DER TOTE IM WHISKEY-FASS

EIN IRLAND-KRIMI
VON
IVY A. PAUL

DRYAS

Das für dieses Buch eingesetzte Papier ist ein Produkt
aus nachhaltiger Forstwirtschaft.

2. Auflage 2018

Herausgeber: Dryas Verlag, Frankfurt am Main,
gegr. in Mannheim.

Herstellung: Dryas Verlag, Frankfurt am Main
Lektorat: Kristina Frenzel, Berlin
Korrektorat: Birgit Rentz, Itzehoe
Umschlaggestaltung: © Guter Punkt, München (www.guter-punkt.de)
unter Verwendung von Motiven von IStock undThinkstock
Grafiken: *Rabe* – Vector raven or crow in grunge style © LHF Graphics – fotolia.com / *Whiskey-Fass* –Wooden barrel © afishman64 – fotolia.com
Satz: Dryas Verlag, Frankfurt am Main
Gesetzt aus der Bookmania
Druck: GGP Media GmbH, Pössneck

Bibliografische Information der Deutschen Bibliothek:
Die Deutsche Bibliothek verzeichnet diese Publikation in der Deutschen Nationalbibliografie, detaillierte bibliografische Daten sind im Internet über http://dnb.ddb.de abrufbar

ISBN 978-3-940258-55-7
www.dryas.de

Was in einem Whiskey-Fass geschieht,
gehört ins Reich der Magie und des Geheimnisses
und soll dort auf ewig bleiben,
denn wenn das Geheimnis verloren geht,
haben wir alles verloren.

Unbekannt

1. Kapitel

»Jedes Land hat das Getränk,
das seinem Wesen entspricht.«
Sir Robert H. Bruce Lockhart (1887 – 1970),
britischer Diplomat, Geheimagent

Loreena Fallon lenkte den Mietwagen über eine Anhöhe und sah auf das malerische Örtchen Badger's Burrow hinunter, das in der Senke lag. Sie atmete hörbar aus und versuchte, ihr Herzklopfen zu ignorieren. Hinter dem Dorf erkannte sie die lang gestreckten Gebäude und den hohen Kamin der Destillerie O'Mulligan's.

Auf ihrer Rundreise durch Irland hatte sie bisher in beinahe jedem Ort ein Bed & Breakfast gefunden. Da sie dieses Mal jedoch vorhatte, mehr als eine Nacht zu bleiben, wollte sie im Pub gezielt nach Unterkünften fragen, die ihre Gäste gerne länger als die üblichen zwei oder drei Übernachtungen beherbergen würden.

Als sie durch den Ort fuhr, entdeckte sie kein einziges

B&B-Schild. Das war ungewöhnlich. Sie parkte in unmittelbarer Nähe des Pubs und stellte den Motor ab. Erst als sie den Schlüssel abgezogen hatte, bemerkte sie ihre Anspannung. Sie lehnte sich zurück und seufzte. Müde rieb sie sich über das Gesicht, doch dann rief sie sich zur Ordnung, nahm ihre Tasche und stieg aus.

Das Haus, in dem sich der Pub befand, wirkte mit seiner Fassade aus weißem Kalkputz und den schwarzen Balken sehr ansprechend. Vor der Tür lagen allerdings Zigarettenkippen herum, obwohl ein Aschenbecher an der Hauswand stand. Loreena grinste. Das Rauchverbot in öffentlichen Gebäuden galt auch in Irland. Doch als sie das Lokal betrat, verriet ihr der Geruch, dass es hier offenbar nicht allzu streng gehandhabt wurde.

Hinter dem Tresen stand ein Mann mit rotem Haar und Sommersprossen, der so aussah, als wäre er einem irischen Reiseprospekt entsprungen. Loreena nickte ihm grüßend zu und wollte sich gerade an einen der Tische setzen, als der Mann sie zu sich an den Tresen winkte.

»Touristin, was? Lass mich raten: irgendwas Nordeuropäisches. Grüne Augen wie die irische See und Haut wie frisch geschlagene Sahne.«

Loreena stand eindeutig einem Iren mit dem typischen Hang zur Poesie gegenüber. »Deutschland«, erwiderte sie amüsiert. Ihre Müdigkeit war für den Moment verflogen. Sie ließ sich auf einem Barhocker nieder.

»Oh, good old Germany!«, schwärmte der Wirt. Er warf das Geschirrtuch, mit dem er eben noch Gläser poliert hatte, auf den Tresen und beugte sich vor. »Was darf ich denn bringen?«

Loreena zögerte. Ein Blick auf die Uhr zeigte ihr, dass es kurz vor der landesüblichen Nachmittagsruhe war. Doch ihr Magen knurrte vernehmlich.

»Ist es möglich, noch etwas zu essen zu bestellen?«

Der Wirt drehte sich um und versetzte der Tür, die wohl in die Küche führte, einen Tritt, sodass sie aufschwang. »Aileen, wir haben eine hungrige Touristin, mach Sandwiches!« Dann wandte er sich wieder Loreena zu und zuckte bedauernd mit den Schultern. »Mehr ist nicht drin, offiziell schließen wir in zehn Minuten. Abends bieten wir wieder was Warmes an. Eigentlich würden wir so kurz vor der Nachmittagspause gar nichts mehr zu essen servieren, aber wir haben eine Abmachung mit ein paar Arbeitern aus der Destillerie. Die kommen jeden Werktag um diese Zeit und wollen was zu beißen.«

Loreena war froh, überhaupt noch etwas zu bekommen. In Badger's Burrow gab es vermutlich nur einen kleinen Corner Shop, der über den Nachmittag genauso schließen würde wie der Pub. Und da sie im Moment keine Lust hatte, in den nächsten größeren Ort mit Supermarkt zu fahren, wäre die Alternative nur eine Handvoll weich gewordener Cracker und Schokoladenfudge aus ihrem Handschuhfach.

»Sandwich klingt super«, sagte sie deshalb. »Und wenn ich dann noch ein Glas Guinness kriegen könnte, wäre ich wunschlos glücklich.«

»Ein Guinness, kommt sofort«, echote der Wirt jetzt einsilbig. Er zapfte die schwarze Köstlichkeit und stellte das Glas vor Loreena ab.

Durstig von der langen Autofahrt trank sie einen großen Schluck. Der Wirt beobachtete sie schweigend. Als sie das Glas zurück auf den Tresen stellte, nickte er anerkennend.

Loreena erinnerte sich an den eigentlichen Grund ihres Pubbesuchs. »Ich möchte eine Weile hier in der Gegend bleiben«, erklärte sie. »Gibt es irgendwo ein gutes Bed &

Breakfast, in dem ich für ein paar Nächte unterkommen könnte?«

Der Wirt wollte gerade antworten, als drei Männer in identischer Arbeitskleidung zur Tür hereinkamen.

»Dia dhuit, Eoghan!«, begrüßten sie ihn.

Er hob die Hand und wandte sich dann in Richtung Küchentür. »Aileen! Preston, Tyler und Russell sind da. Lass mal die Sandwiches aus der Küche wandern!«

Keine dreißig Sekunden später wurde die Tür aufgeschoben und eine Hand reichte einen Teller heraus.

»Erst die Lady!«, sagte eine quengelnde Frauenstimme.

Der Wirt nahm den Teller gleichmütig entgegen und stellte ihn vor Loreena hin. »Guten Appetit, cailín!«, wünschte er und nickte ihr freundlich zu.

Ein warmes Gefühl erfüllte Loreenas Innerstes. Cailín, Mädchen, so hatte ihr Dad sie genannt. Sehnsucht nach der Geborgenheit ihrer Kindheit und allem, was sie verloren hatte, wallte in ihr auf. Sie schluckte, dann widmete sie sich hungrig ihrem Sandwich. Als sie aufgegessen hatte, fühlte sie sich etwas besser. Sie griff nach ihrem Glas und dachte über ihre Reise nach: Die letzten Tage hatten sie über den wiederbelebten Whiskey-Trail der Grünen Insel geführt. Am Ende ihres Irlandbesuchs wollte sie hier in Badger's Burrow ein wenig Stammbaumsuche betreiben und auch die örtliche Destillerie aufsuchen. Das sollte der Höhepunkt ihres Urlaubs werden. Als sie nun hörte, dass die Männer über eine Präsentation bei O'Mulligan's sprachen, spitzte sie die Ohren. Bald musste sie aber enttäuscht erkennen, dass die Männer das Thema wechselten und sie nicht die Details erfuhr, die sie interessiert hätten.

Plötzlich wurde die Küchentür aufgestoßen und eine Frau kam herausgestapft. Das musste Aileen sein. Ihr

Gesicht wirkte wie eine geballte Faust, die Miene einer Frau, die schlechte Laune zu ihrem Lebensmotto gemacht hatte. Obendrein war sie so schwarzhaarig wie die Hölle selbst. Vermutlich hätte sogar der Teufel vor ihr Angst gehabt. In der einen Hand trug sie drei Speiseteller und in der anderen einen größeren Teller mit einem Berg unterschiedlich belegter Sandwiches. Ihrem Aussehen nach hätte Loreena vermutet, dass Aileen die Teller auf den Tisch knallen würde, doch sie stellte sie ganz vorsichtig ab und wünschte den Männern herzlich einen guten Appetit. Dann stapfte sie in die Küche zurück, streckte aber noch einmal den Kopf zur Tür heraus.

»Wann ist die Präsentation für den O'Mulligan's Gold?«, fragte sie.

»Heute Nachmittag. Kommst du auch, Aileen?«

Die Frau brummte: »Und wer bereitet dann das Essen für heute Abend vor? Erzählt mir, wie's war!«

Loreena trank ihr Glas leer. Der Wirt kam wieder an den Tresen zurück und griff nach seinem Geschirrtuch.

»Ich habe das von der Whiskey-Präsentation mitbekommen. Ist die Veranstaltung öffentlich?«, erkundigte sich Loreena.

Der Wirt zuckte mit den Schultern. »Keine Ahnung, cailín.« Dann wandte er sich den Männern zu: »Russell, beweg deinen schottischen Arsch hierher!«

Alle drei sahen auf und der Größte von ihnen zog fragend die Augenbrauen hoch, bevor er geräuschvoll seinen Stuhl zurückschob und sich erhob. Auf seinem Sandwich kauend kam er näher und stellte sich lässig an den Tresen.

»Willst mir was ausgeben?«

»Träum weiter, Braveheart!« Der Wirt deutete auf Loreena. »Die Dame interessiert sich für die Whiskey-Präsentation.«

Der Arbeiter reichte ihr die Hand. »Russell Nash ist mein Name, bin Brennmeister drüben in der Destillerie.« Sein Akzent wies ihn eindeutig als Schotte aus; niemand sonst rollte das R so weich. Er zog wieder die Augenbrauen hoch. »Sind Sie sicher, dass Sie das interessiert? Die meisten Ladys sind doch schon mit dem Einkauf von Whiskey heillos überfordert.«

Loreenas Laune sank sofort und Russell Nash wurde ihr mit einem Schlag höchst unsympathisch. Sie hatte ein paar scheußliche Monate hinter sich, und das Letzte, was ihr nun fehlte, war ein Chauvi, der sie dumm anredete.

»Keine Sorge, ich verkaufe ihn sogar«, erklärte sie.

»Na, dann will ich Ihnen mal glauben«, meinte er großmütig und deutete mit dem Kopf nach rechts, vermutlich in die Richtung, in der die Destillerie O'Mulligan's lag. »Die Chose steigt so gegen fünfzehn Uhr. Die sind alle schon mächtig aufgeregt. Ist 'ne offene Veranstaltung. Wenn Sie kommen wollen, kommen Sie. Sie verpassen aber nichts, wenn Sie hinterher nur eine Flasche vom O'Mulligan's Gold kaufen. Wird auch in kleinen Flaschen verkauft, weil er so teuer ist. Haben Sie noch Fragen? Eoghan kann sie Ihnen bestimmt beantworten. Bye, Lady!« Ohne weiter auf Loreena zu achten, drehte Russel Nash sich um und ging wieder zu seinen Kollegen zurück.

Loreena starrte ihm hinterher. Hatte er gerade tatsächlich angedeutet, dass sie sich den Whiskey nicht leisten konnte? Was für ein unverschämter Kerl! Zögernd wandte sie sich wieder dem Wirt zu.

»Schotte«, meinte der achselzuckend, als erklärte das alles.

»Und weshalb arbeitet ein Schotte in einer irischen Destillerie?«, fragte Loreena verwundert.

Der Wirt kratzte sich am Hals, wo sich die Haut prompt dunkelrot verfärbte. »Keine Ahnung! Er hat vorher bei Highland Spirits drüben in Glasgow gearbeitet, ihm wurde dann aber gekündigt. Hat er zumindest mal erzählt.«

Wenn er dort ebenso charmant war wie hier, wundert mich das nicht, dachte Loreena und zog ihren Geldbeutel aus der Tasche. Sie wollte sich nicht länger mit dem Schotten und dessen ungehobeltem Benehmen auseinandersetzen.

»Wie finde ich denn zur Destillerie?«, fragte sie. »Ist es weit?« Sie prägte sich die poetische Wegbeschreibung des Wirts ein und zahlte. Dann verließ sie den Pub und ging zu ihrem Mietwagen.

Schon nach kurzer Fahrt erreichte Loreena das Gebäude, an dem sie abbiegen musste. Es wirkte wie ein verfallenes Hexenhaus. Der riesige Apfelbaum daneben war alt, aber prächtig. Fasziniert hielt Loreena an und betrachtete ihn. Die Baumkrone war ein dichtes Blättergewirr, durch das kein Sonnenstrahl dringen konnte. Vereinzelt konnte sie noch Blüten erkennen, kleine weiße Kleckse in all dem Grün. Von einem der unteren Äste hing eine Schaukel.

Loreena schaltete das Radio ein. Sie öffnete das Autofenster, um Luft hereinzulassen, und sang das bekannte irische Lied mit, das just in diesem Moment gespielt wurde. Dann startete sie den Wagen und fuhr weiter.

Die Destillerie war leicht in der ebenen Landschaft auszumachen. Schon aus der Ferne sah Loreena die lang gezogenen Gebäude mit den dunklen Dächern und den weißen Mauern. Das gesamte Gelände schien eingezäunt zu sein, bis auf die Vorderseite, wo sich der Parkplatz befand. Loreena hätte beinahe die Einfahrt verpasst, die sie vorher nicht hatte sehen können, obendrein versperrten die Sträucher am Straßenrand ihr die Sicht. Also setzte sie hastig den Blinker und stach in die Auffahrt. Dabei kollidierte sie fast mit einem weißen, verbeulten Sedan, der ihr entgegengeschossen kam. Loreena bremste scharf und Kies spritzte hoch. Ihr Wagen kam zum Stehen, doch das Heck scherte aus. Der Sedan war einfach weitergefahren und schon nicht mehr zu sehen.

Loreenas Puls raste. »Himmel, die Iren sind verrückt!«, murmelte sie kopfschüttelnd und schaute zu ihrer Handtasche auf dem Beifahrersitz. Durch ihr Bremsmanöver hatte sich der Verschluss geöffnet und nun lagen Geldbörse, Lippenstift und ihr Schlüsselbund auf dem Sitz verstreut. Das Gesicht, das ihr vom Foto auf dem Schlüsselanhänger entgegenstarrte, wollte sie nun wirklich nicht mehr sehen. Warum hatte sie Pauls Bild nicht schon längst entsorgt? Sie stöhnte, als ihre Gedanken zurück zu ihrem Ex-Freund schweiften.

»Du bist genauso krank im Kopf wie dein Vater!«, hatte er gebrüllt, als sie ihm von ihren Plänen und dem Versprechen erzählt hatte. In diesem Moment war Paul wieder Single geworden.

Loreena riss sich zusammen. Das war Vergangenheit. Lieber konzentrierte sie sich auf die Gegenwart – und die Zukunft.

Warum habe ich nicht das Gefühl, dass es hier und heute endet?, überlegte sie und schaute auf die Destillerie-Gebäude vor sich. Sie startete den Motor erneut und lenkte den Wagen auf den Parkplatz.

Es war ziemlich voll. Offenbar interessierten sich viele Leute für die Whiskey-Präsentation. Schließlich fand Loreena eine kleine Lücke und quetschte ihr Auto hinein. Zufrieden stieg sie aus und hievte den Korb, der im Fußraum des Beifahrersitzes gestanden hatte, über die Fahrerseite hinaus. Die Beifahrertür hätte sie nicht öffnen können, so eng, wie sie eingeparkt hatte. Sie stellte den Korb in den Kofferraum, dann ging sie los.

Der Boden unter ihren Füßen schmatzte und sie war froh, dass sie ihre Wanderschuhe trug. Natürlich hätte sie auf den Kieswegen zu den Gebäuden hinüberlaufen können, aber sie zog die Abkürzung über die Wiese vor. Torfgeruch hing in der Luft und mischte sich mit dem nach Maische, der vom Wind zu ihr getragen wurde. Farn und hohes Gras dehnten sich vor ihr aus. Irgendwo hinter den sanften Hügeln blökten Schafe. Just in diesem Moment tauchte eins auf einem Hügel auf und reckte seine Nase in die Luft. Loreena und das Schaf starrten sich einige Atemzüge lang an. Bislang hatten die Tiere sich friedlich verhalten, dennoch misstraute Loreena dem wolligen Wesen.

Als sich unvermutet eine Hand auf Loreenas Schulter legte, schrie sie erschrocken auf und drehte sich um. Ein Mann, etwa Mitte dreißig, stand schmunzelnd vor ihr. Loreenas Herz hämmerte panisch in ihrer Brust. Der Fremde hob entschuldigend die Hände.

»Haló«, grüßte er.

»Hallo«, entgegnete Loreena. »Ich spreche aber nur Englisch.«

Er strahlte sie an und reichte ihr die Hand. »Sind Sie zur Verkostung des neuen Whiskeys gekommen?«

Interessiert neigte Loreena den Kopf. »Ja und nein, ich bin zufällig hier. Ich bereise den Whiskey-Trail.« Genau genommen stimmte das ja auch. Die Details gingen niemanden etwas an.

»Den Whiskey-Trail also«, wiederholte der Mann. »Aber O'Mulligan's liegt gar nicht am offiziellen Whiskey-Trail.« Er zeigte in Richtung der Gebäude. »Sollen wir?«

Loreena nickte und sie schlenderten gemeinsam zur Brennerei hinüber. Der Kiesweg, den sie betraten, endete schließlich an einem Holzsteg, der über einen schmalen Bach führte. Eine silbrig glänzende Forelle flitzte mit einem Platschen unter die kleine Brücke.

Loreena wandte sich wieder ihrem Begleiter zu. »Ich interessiere mich von Berufs wegen für Whiskey«, erklärte sie.

Sein fragender Blick erstaunte sie nicht. Im Gegensatz zu Russell Nash, der sie mit wenigen Worten aufgebracht hatte, weckte er keineswegs ihre Missbilligung. Vielleicht lag es an dem höflichen Interesse, das er ihr entgegenbrachte, und seiner charmanten Ausstrahlung. Und wenn sie ehrlich war, erschien die Kombination »Frauen und Whiskey« vielen Leuten immer noch ungewöhnlich. Sie lächelte.

»Ich besitze in Deutschland einen Laden für edle Whiskeys und bin nicht nur hier, um Urlaub zu machen, sondern auch, um vor Ort neue Bezugsquellen zu erschließen«, erzählte sie.

Der Mann blieb stehen und musterte sie neugierig. Dann zog er seine Visitenkarte aus der Tasche und reichte sie ihr. »Wir sollten uns eingehender mit diesem Thema auseinandersetzen«, schlug er vor.

Loreena nahm die Karte entgegen und schaute darauf. »Kenneth O'Mulligan?« Sie starrte ihn an. »Sie sind der Juniorchef?«

»Höchstpersönlich«, bestätigte er schmunzelnd und seine grünen Augen blitzten. Dann wirkte er kurz, als würde er angestrengt über etwas nachdenken. »Sind Sie länger in der Gegend?«

Loreena witterte ihre Chance, mit den O'Mulligans ins Geschäft zu kommen. Nachdem man sie in Cork und

Galway rüde abgewiesen hatte, konnte sie ihr Glück kaum fassen.

»Ich wollte für einige Zeit in einem Bed & Breakfast unterkommen«, erzählte sie. »Können Sie mir eins in der Gegend empfehlen?«

»Die Kellys haben meines Wissens noch ein Zimmer frei. Sie wohnen allerdings ein Stück außerhalb des Ortes, dafür aber direkt am Fluss. Sagen Sie, ich habe Sie geschickt, dann bekommen Sie das Zimmer mit Ausblick auf das Wasser. Sie werden die Aussicht lieben!« Er sah sie erwartungsvoll an.

Pflichtschuldig griff Loreena in ihre Jackentasche und holte ihre eigene Visitenkarte heraus. Sie war etwas zerknittert, aber eine andere hatte sie gerade nicht dabei, also reichte sie sie ihm. Scham stieg in ihr auf, als sie sah, wie er die Karte mit einer gewissen Fassungslosigkeit anstarrte. Er räusperte sich und steckte sie in seine Hosentasche.

»Ich werde Sie morgen anrufen«, versprach er. »Falls das in Ordnung ist. Heute ist alles ein wenig hektisch wegen der Verkostung.«

Loreena nickte zustimmend. »Kein Problem. Ich werde auf jeden Fall länger in der Gegend bleiben. Und wenn ich in Badger's Burrow keine Unterkunft finde, werde ich nach Longford hinüberfahren.«

Sie betraten den Hof der Destillerie. Vereinzelt wuchsen Grasbüschel und Unkraut zwischen den Ritzen des Kopfsteinpflasters. Am Hauptgebäude bröckelte Putz vom Sockel ab und gab den Blick auf die Ziegelwand frei. Als sie am Souvenirshop vorbeikamen, warf Loreena einen Blick ins Innere. Durch die große Fensterscheibe waren verschiedene, auf einem Holzfass gruppierte Whiskey-Flaschen zu sehen. Das Arrangement wirkte wie zufällig hingestellt.

»Unsere beliebtesten Sorten«, erläuterte Kenneth O'Mulligan. »Möchten Sie hineingehen, Ms Fallon?«

Sie schüttelte den Kopf. »Vielleicht später. Die Whiskey-Präsentation ...«

Kenneth O'Mulligan schreckte sichtlich zusammen und sah auf die Uhr an seinem Handgelenk. »Gott hat zwar ausreichend Zeit geschaffen, aber dummerweise haben meine Sekretärin und die Gäste davon eine deutlich strengere Auffassung. Ich muss Sie leider allein lassen und hinüber in die Halle gehen. Dort warten die Presse und die Gäste auf mich.«

»Darf ich mitkommen?«

Erfreut stimmte Kenneth O'Mulligan zu. »Selbstverständlich! Wir präsentieren einen ganz besonderen neuen Whiskey.« Er lächelte und auf seinen Wangen erschienen zwei tiefe Grübchen.

Sie gingen über den weiträumigen Platz zur Halle hinüber, vorbei an einem alten Lkw aus den 1960er Jahren in dunklem Moosgrün. An der Seite stand in einem geschwungenen Schriftzug »O'Mulligan's«. Die Tore der Halle waren offen und Loreena sah Bänke und eine Tribüne. Dahinter waren große Topfpflanzen in einer Reihe aufgestellt, vermutlich um die Gäste davon abzuhalten, in die Lagerhalle vorzudringen. Außerdem entdeckte sie Tische mit weißen Leinentüchern, auf denen man die typischen Nosing-Gläser aufgereiht hatte. Offenbar wurde hier die Glencairn-Variante bevorzugt: tulpenförmig und mit einem stabilen Glasboden.

Kenneth O'Mulligan legte Loreena eine Hand auf die Schulter und deutete auf die Sitzreihen vor der Bühne. »Suchen Sie sich doch einen Platz!« Dann zeigte er auf ein älteres Paar, das mit einigen Leuten plauderte. »Meine Eltern – Patricia und Ian O'Mulligan. Leider muss ich jetzt wirklich gehen.« Er lächelte Loreena zu und ging zur Tribüne.

Auf dem Weg dorthin gesellte sich das Paar zu ihm. Loreena erinnerte sich, gelesen zu haben, dass die beiden die Senior-Chefs der Whiskeybrennerei waren. Ian O'Mulligan hatte einen kleinen Buckel, strahlte aber dennoch etwas Erhabenes aus. Die grünen Augen hatte Kenneth offenbar von ihm geerbt. Patricia O'Mulligan war eher unscheinbar, klein und massiv, wie man sich einen Troll vorstellte, doch mit einem offenherzigen, freundlichen Gesicht, das Loreena irgendwie vertraut vorkam. Ihre Kleidung war geschmackvoll. Offenbar war sie eine Frau, die nicht übermäßig eitel war, aber das Beste aus den Gegebenheiten herauszuholen verstand.

Die drei stiegen gemeinsam auf die Tribüne und Kenneth O'Mulligan stellte sich ans Mikrofon. Kameras wurden gezückt und klickten. Die Presse des gesamten Countys musste vor Ort sein, glaubte man der Begrüßungslitanei, die Kenneth O'Mulligan herunterbetete.

Loreena schlenderte hinüber zu der Absperrung. Sie entdeckte den Schotten aus dem Pub, Russell Nash, der sich vor seinem Kollegen aufgebaut hatte. Nash überragte den anderen zwar um einen Kopf, der funkelte ihn jedoch mit irischer Sturheit an.

»Wir nehmen dieses Fass hier!«, bellte der Kleinere.

»Murray, das Fass stand aber nicht dort, wo es laut O'Mulligan stehen sollte!«, widersprach Russell Nash hitzig.

»Das ist mir furzegal! Das hier ist beschriftet, da ist der O'Mulligan's Gold drin. Das Fass nehmen wir! Was soll das, Nash? Du kommst her, nicht besser als ich, und willst sofort den Boss spielen?«

Loreena beobachtete die beiden interessiert. Russell

Nash war knallrot im Gesicht, seine Ohren hatten sich purpurn verfärbt. Er war zornig, ganz eindeutig, dennoch gab er klein bei.

»Dann eben dieses Fass hier, Murray. Wie du willst!«, sagte er aufgebracht. In diesem Moment schien er Loreena zu bemerken und starrte in ihre Richtung.

Sie sah rasch weg. Der Mann war offensichtlich auf Krawall gebürstet und sie hatte kein Interesse daran, in einen Streit verwickelt zu werden. Sie wechselte den Platz, während die beiden Arbeiter das Fass auf die Bühne brachten. Die zwei plagten sich sichtlich, bis sie es endlich abgestellt hatten. Der Mann namens Murray wischte sich mit dem Ärmel über sein feistes Gesicht und stieg von der Bühne. Russell Nash folgte ihm.

»So wie sich unsere beiden Helfer abgemüht haben, muss der Whiskey derart hervorragend sein, dass die Engel ihren Anteil Gott persönlich überlassen wollten«, scherzte Kenneth O'Mulligan und öffnete mit ehrfürchtiger Miene das Fass. Er hob den Deckel an und schaute hinein. Dann wechselte seine Mimik binnen Sekunden von Verwirrung über Unglauben und Wut zu Entsetzen, ehe er stolpernd rückwärts taumelte.

Seine Mutter trat resolut vor, beugte sich über das Fass, griff hinein und zog etwas Längliches heraus, das Loreena erst auf den zweiten Blick erkannte: Es war ein Arm in einem dunklen Jackett. Die bleiche, aufgedunsene Hand hing leblos herab. Eine Frau kreischte, die Kameras klickten stakkatoartig und Blitzlichter zuckten durch die Halle.

Auf dem Hof herrschte reges Treiben. Gäste, Journalisten, Destillerie-Mitarbeiter und Polizisten standen in kleinen Grüppchen beisammen und unterhielten sich, beobachteten die anderen oder wuselten herum. Irische Wortfetzen mischten sich mit englischen Satzbrocken.

Ein salopp gekleideter Polizist kam auf Loreena zu und reichte ihr einen Pappbecher mit einem dampfenden Getränk. Dankbar nahm sie ihn an und schnupperte: schwarzer Tee. Sie nippte an dem Becher und sah zu dem Mann auf. Er deutete neben sie auf das Trittbrett des alten Lkw, auf dem sie saß.

»Darf ich?«, fragte er mit sonorer Stimme.

Loreena rückte ein Stück zur Seite. »Natürlich.«

»Detective Inspector Brandon Porter«, stellte er sich vor. Seine haselnussbraunen Augen musterten sie freundlich.

»Loreena Fallon«, erwiderte sie und umklammerte den Pappbecher mit beiden Händen. Die Wärme war wohltuend. Erneut trank sie einen kleinen Schluck. »Wissen Sie schon, wer der Tote ist?«

Brandon Porter holte einen kleinen Notizblock aus seiner Tasche. »Den Papieren nach ein«, er sah auf den Block, »Edward Connor.«

Loreena schüttelte den Kopf. »Nie gehört«, erklärte sie, als habe der Polizist gefragt.

Er nickte, zog nun auch einen Stift aus der Tasche seines Sakkos und machte sich Notizen. »Weshalb sind Sie zur Präsentation gekommen?«

»Das war Zufall. Ich komme aus Deutschland und wollte mir die Destillerie ansehen. Dann habe ich heute ein paar Arbeiter im Pub von Badger's Burrow über die Whiskey-Präsentation reden hören.«

Brandon Porter starrte düster auf seinen Notizblock. »Wie lange kennen Sie Kenneth O'Mulligan schon?«

Loreena leerte den Becher in einem Zug, bevor sie antwortete: »Seit heute Nachmittag. Wir sind uns hinter dem Parkplatz zufällig begegnet.«

Brandon Porter sah auf und wirkte nun freundlicher. »In Ordnung«, murmelte er.

In diesem Moment trat ein uniformierter Polizist aus der Halle. »Inspector!«

Brandon Porter sah zu ihm hinüber und hob die Hand. »Ich bin gleich zurück!« Er wandte sich wieder Loreena zu. »Sie bleiben in der Gegend?«

Loreena nickte. »Ich nehme mir ein Zimmer«, erklärte sie. Dann fiel ihr ein, was Kenneth O'Mulligan gesagt hatte. »Bei den Kellys, falls eins frei ist«, fügte sie hinzu.

Der Inspector schaute sie nachdenklich an. »Wenn Sie lieber direkt in Badger's Burrow übernachten wollen, gehen Sie zur alten Mrs Pennywether. Sagen Sie ihr, Brandon schickt Sie. Die Dame wohnt direkt gegenüber vom Pub.«

»Danke, das hört sich gut an!«, entgegnete Loreena.

Brandon Porter klopfte sich auf die Hosenbeine, als wären sie staubig, und stand dann auf. »Sagen Sie, Sie sind Irin, oder?«, fragte er neugierig.

»Mein Vater war Ire«, gab Loreena zu. »Er stammte sogar aus Badger's Burrow.«

»Kenne ich ihn vielleicht?«

Ein Hoffnungsfunke glomm in Loreena auf. »Er hieß John Fallon«, sagte sie.

Brandon Porter hob die Schultern. »Nie gehört«, erwiderte er entschuldigend und Loreenas freudige Anspannung wich augenblicklich. »Ich muss die anderen Augenzeugen befragen.« Er nickte ihr zu und ging zu dem Polizisten hinüber, der ihn gerufen hatte.

Loreena beobachtete, wie er mit ihm redete, und knüllte den leeren Pappbecher zusammen. Deprimiert erhob sie sich und warf den Müll in den nahen Abfalleimer. Sie seufzte, drehte sich um – und machte einen erschrockenen Satz nach hinten.

Bedauernd hob Kenneth O'Mulligan die Hände. »Sorry! Das scheint wohl zur Gewohnheit zu werden.« Er grinste verlegen. Seine Haare standen verstrubbelt in alle Richtungen. Er hatte das Jackett abgelegt und seine Hemdsärmel hochgekrempelt.

Loreena sah über seine Schulter: Gerade wurde die Bahre mit der Leiche davongetragen. »Hat man Ihnen gesagt, wer der Tote ist?«, erkundigte sie sich. Dessen Identität war sicher kein Geheimnis, wenn der Inspector ihr so bereitwillig Auskunft erteilt hatte.

Kenneth O'Mulligan nickte, schien das Thema aber nicht weiter vertiefen zu wollen. »Darf ich Sie zum Wagen begleiten? Oder müssen Sie noch auf die Polizei warten?«

»Ich kann gehen, Inspector Porter hat keine weiteren Fragen«, behauptete Loreena. Sicher war sie sich jedoch nicht und sie hoffte, sich nicht eines Vergehens schuldig zu machen, weil sie nun einfach ging. Andererseits würde Brandon Porter sie wiederfinden.

Während sie mit Kenneth O'Mulligan den Hof überquerte, bemerkte sie den misstrauischen Blick des Inspectors. Irgendetwas an seiner Art verwirrte sie. Sie schaute zu Kenneth O'Mulligan. Der tippte sich an die Stirn und grüßte Brandon Porter übertrieben höflich. Es war eindeutig, dass die beiden sich kennen mussten.

Mehr um das Schweigen zu brechen als aus echtem Interesse, erkundigte sich Loreena: »Kennen Sie Inspector Porter näher?«

»Oh!« Kenneth O'Mulligan verzog spöttisch die Miene. »Wir sind zusammen zur Schule gegangen. Eine gemeinsame Schulzeit kann Freundschaften oder Feindschaften fürs Leben begründen.« Er zwinkerte Loreena zu, wohl um seinen Worten die Schärfe zu nehmen, doch sie erriet, dass es sich in diesem Fall um eine sorgsam gepflegte Antipathie zwischen den beiden Männern handelte.

Inzwischen hatten sie den Steg erreicht und blieben stehen. Das Wasser trug einige Blätter bachabwärts, Plätschern und Blubbern war zu hören. Irgendwo hinter den Hügeln blökten die Schafe. In der Ferne bellte ein Hund, während aus Badger's Burrow das Läuten der Kirchenglocken zu vernehmen war.

»Wie gefällt es Ihnen in Irland?«, wollte Kenneth O'Mulligan wissen. Er sah Loreena an, als hätte er ein Unrecht begangen und sie allein könnte ihm vergeben.

Schnell schüttelte sie den Gedanken ab. Es lag wohl am Übermaß des katholischen Geistes, der über der Insel schwebte und den Sühne-Vergebungs-Reigen förderte. Verwirrt, weil sie solch kritische Ansichten überkamen, räusperte sich Loreena.

»Ich liebe Irland«, gestand sie ehrlich. »Und ich verstehe nicht, weshalb ich nicht schon viel früher hierhergekommen bin.«

»Hat Ihre Familie denn nie Urlaub in Irland gemacht?«, fragte Kenneth O'Mulligan.

Loreena seufzte. »Meine Eltern besaßen den Whiskeyladen. Wir sind nie in die Ferien gefahren.«

Kenneth O'Mulligan nickte verständnisvoll. »Das kommt mir bekannt vor. Es ist wohl das Schicksal vieler Kinder, deren Eltern ein eigenes Geschäft oder eine Firma haben.« Er schaute auf seine Uhr. »Lassen Sie uns weitergehen, ich müsste eigentlich schon längst zurück sein.«

Wieder gingen sie über die kleine Brücke und quer über die feuchte Wiese. Als sie bei Loreenas Mietwagen angekommen waren, entriegelte sie die Türen. Kenneth O'Mulligan öffnete ihr die Fahrertür.

»Vielen Dank!« Loreena wollte gerade einsteigen, als

sie an den Toten im Whiskey-Fass denken musste. »Wer war eigentlich dieser Edward Connor?«

»Der Besitzer der schottischen Destillerie Highland Spirits, ein guter, alter Feind der O'Mulligans.«

»Die Iren werden Feindschaften doch hoffentlich nicht als Volkssport betrachten«, meinte Loreena lächelnd.

Kenneth O'Mulligan grinste. »Nur mit dem richtigen Gegner«, konterte er, dann wurde er ernst. »Und es endet höchstens in einer Prügelei, aber nie in einem Schwerverbrechen. Es tut mir aufrichtig leid, Ms Fallon, dass Ihr Aufenthalt in Badger's Burrow mit so einer Tragödie beginnt. Ich kann Ihnen versichern, dass das grauenvollste Verbrechen in den letzten hundert Jahren hier der Tod von vier Hühnern, verursacht durch einen Fuchs, war. Und ganz sicher war auch das nur Notwehr.« Es sollte ein Scherz sein, doch seine Miene zeigte sein Unbehagen nur allzu deutlich.

Bedauernd schüttelte sie den Kopf. »Sie müssen sich nicht entschuldigen, Sie haben den armen Mann ja hoffentlich nicht ermordet und in das Fass gesteckt.«

Entsetzt starrte Kenneth O'Mulligan sie an. »Und unseren besten Whiskey des Jahres versauen? Eher würde ich mir die rechte Hand abschlagen!«

Loreena wusste nicht, was sie darauf sagen sollte. Also nickte sie nur und reichte Kenneth O'Mulligan zum Abschied die Hand. Dann stieg sie in ihr Auto und fuhr aus der Parklücke. Als sie in den Rückspiegel blickte, bemerkte sie, dass er ihrem Wagen hinterhersah.

Während der Fahrt zurück zum Dorf ging ihr der Tote im Whiskey-Fass nicht aus dem Kopf. Wer würde so etwas nur tun? Es wirkte, als hätte jemand den Mann im Affekt getötet und die Leiche dann am erstbesten Ort versteckt, den er finden konnte. Nein! Loreena schüttelte den

Kopf. Das klang unwahrscheinlich. Oder war es Rache gewesen? Hatte Kenneth O'Mulligan nicht gesagt, seine Destillerie habe im Clinch mit der von Edward Connor gelegen? War das am Ende der Grund für den Tod des Mannes gewesen?

Sie wollte gar nicht wissen, ob der Schotte noch gelebt hatte, als er in das Fass gesteckt worden war. Und noch weniger Gedanken wollte sie sich darüber machen, was geschehen wäre, wenn man das Fass auf herkömmliche Weise angestochen und den Whiskey ausgeschenkt hätte. Dutzende hätten davon getrunken, ehe die Leiche gefunden worden wäre. Loreena schüttelte sich. Dann aber lenkte sie ihre Aufmerksamkeit lieber auf die Frage, wo sie denn nun übernachten sollte. Sie entschied sich, den Tipp des Inspectors mit der alten Dame zu befolgen. Direkt in Badger's Burrow unterzukommen, war ihr ohnehin lieber, als irgendwo außerhalb zu wohnen, wo sich Hase und Igel Gute Nacht sagten. Ob Mrs Pennywether tatsächlich noch ein Zimmer frei hatte? Und würde sie sich dort wohlfühlen?

2. Kapitel

»Ich bin seit elf Jahren im Amt.
Man kann mich mit altem Whisky vergleichen.
Whiskys erreichen ihre Reife erst im zwölften Jahr,
danach werden sie immer besser.
Das ist sehr ermutigend.«
Margaret Thatcher (1925 – 2013),
britische Premierministerin

Loreena stand vor einem entzückenden kleinen Reihenhaus mit dunkelgrauer Fassade und weißen Sprossenfenstern mit Spitzengardinen davor. Die schmale Blumenrabatte war allerdings überwuchert von Disteln und anderem Unkraut. Dafür war der Weg zur Haustür blitzsauber. Loreena drückte auf den Klingelknopf und lauschte der Melodie. Sie stellte sich vor, wie ein altes Mütterchen öffnen würde, mit Dutt oder Löckchen und einer frisch gestärkten Schürze.

Die Tür flog auf und Loreena riss die Augen auf. Sie

musterte die Frau, die sich an den Türrahmen lehnte, sie ebenfalls begutachtete und an einer dicken Zigarre sog. Dann stieß sie eine Rauchwolke aus, deren Geruch Loreena im selben Moment in die Nase stieg.

»Na, Mädchen, was kann ich für dich tun?«, fragte die Frau und fixierte Loreena mit ihren wässrig-blauen Augen. Sie blickte kurz auf Loreenas Schuhe und schließlich auf ihr Auto. »Touristin, was? Suchst ein B&B.«

Loreena nickte stumm und fasste sich wieder. »Brandon Porter schickt mich. Sie ... Sind Sie Mrs Pennywether?«

Die alte Frau strich sich ihr graues Haar hinter die Ohren und lachte. »Himmel«, sagte sie mit heiserer Stimme. »Mrs Pennywether? Gottchen, schon ewig hat mich niemand mehr so genannt.« Sie zeigte auf die Tür. »Komm rein, Liebchen!«

Zögernd betrat Loreena das Haus. Hinter ihr lachte die Frau immer noch.

»Mrs Pennywether, also nein, der Junge macht mir wirklich Spaß!«

Loreena drehte sich um und beobachtete, wie die Frau ihren Zigarrenstummel in einen Totenkopf-Aschenbecher legte.

»Ein Schrumpfkopf aus Papua-Neuguinea«, erklärte sie stolz, als sie Loreenas Blick bemerkte. Dann ging sie an ihr vorbei und schloss die Tür zu einem Zimmer, aus dem Geräusche drangen, die Loreena an eine Horde galoppierender Pferde erinnerten. »Bisons, die über die Prärie stampfen«, sagte Mrs Pennywether, als sei es das Selbstverständlichste der Welt. Sie ging weiter und öffnete eine dunkle Holztür. »Komm!«

Loreena folgte ihr. Der Raum hinter der Tür erwies sich als eine gemütliche Wohnküche. Alles darin war alt, aber blitzsauber. Um einen massiven Holztisch standen vier Stühle – ein bunt zusammengewürfeltes Set: Einer hatte eine hohe Lehne und einen braunen Lederbezug, ein anderer war aus neongrünem Plastik mit chromglänzenden Füßen, der nächste hatte ein dickes Sitzpolster aus rotem Plüsch und der letzte schließlich eine Flechtkorbsitzfläche. Obwohl es ein wilder Stil- und Materialmix war, wirkte das Ganze gemütlich.

»Mrs Pennywether ...«, begann Loreena.

»Setz dich und nenn mich Mae!«, verlangte die Frau.

Loreena gehorchte. Auf eine solche Situation war sie nun wirklich nicht vorbereitet gewesen. Sie schaute sich um, doch schon im nächsten Moment knallte Mae eine Tasse mit dampfendem Inhalt vor sie auf den Tisch. Loreena zuckte zusammen.

»Trink, Mädchen, die Temperaturen Irlands bist du bestimmt nicht gewohnt.«

Noch bevor Loreena einen Schluck genommen hatte, erschnupperte sie Whiskey. Sie kostete und erkannte, dass das Mischungsverhältnis mindestens halbe-halbe war, vielleicht auch zwei zu eins – für den Whiskey. Es war kein schlechter Whiskey, aber definitiv Discountware.

Mae nickte auffordernd. »Wir haben bald Teatime. Genau die richtige Zeit, um sich vorher einen Whiskey zu gönnen.« Sie ließ sich auf den Stuhl mit dem Plüschpolster plumpsen und trank aus ihrer Tasse. Dabei musterte sie Loreena über den Rand des Gefäßes. »Brandon hat dich also hergeschickt? Normal bin ich wählerisch, was meine Gäste betrifft, aber wenn Brandon dich empfiehlt, geht das in Ordnung. Musst nur mit mir und meinen Eigenheiten zurechtkommen. Ich schlafe nackt. Wenn du also nachts im Haus rumturnst, wirst du mir unter Umständen begegnen.«

»Das stört mich nicht«, sagte Loreena.

»Ich hab dich gewarnt. Eine alte Frau ist kein schöner Anblick. Verschiedene Körperteile hängen rum; von denen wusste man nicht einmal, dass sie schlaff werden können«, erwiderte Mae.

Loreena unterdrückte ein Kichern, als Maes scharfer Blick sie traf.

»Jetzt zu dir: Wer bist du, woher kommst du und was willst du hier?« Ohne die Antworten abzuwarten, stand sie auf und fing an, in einem der Küchenschränke zu wühlen.

»Ich heiße Loreena Fallon«, begann Loreena, hielt aber inne, als Mae einen Fluch ausstieß.

Mae räusperte sich und sammelte die Schokotaler ein, die ihr heruntergefallen waren. Umständlich richtete sie sich auf und warf die Süßigkeiten auf den Tisch, ehe sie sich erneut niederließ.

»Und weiter?«, fragte sie schroff. Doch dann lächelte sie Loreena herzlich zu.

»Ich bin aus Deutschland und bereise den Whiskey-Trail«, erzählte die.

Mae zog die Augenbrauen hoch und nickte anerkennend. »Eine Frau auf dem Whiskey-Trail und obendrein allein. Gefällt mir. Ist zwar nicht mit einem Trip durch den australischen Busch oder einer Fahrt auf dem Amazonas vergleichbar, aber ein Anfang.« Sie grinste. »Und warum Irland? Warum der Whiskey-Trail? Einem so hübschen Ding wie dir traut man doch eher zu, sich für Kunsthandwerk zu interessieren, vielleicht auch Set Dance. Aber Whiskey?« Sie zwinkerte Loreena zu.

Die begriff, dass Maes Worte nicht wirklich ernst gemeint waren. Sie entschied sich, offen zu sein. Schließlich war ihr Aufenthalt hier kein Geheimnis.

»Mein Vater ist vor ein paar Wochen gestorben. Dass ich diese Reise unternehme, war sein letzter Wunsch«, fing sie an.

»Mein Beileid«, warf Mae sanft ein.

Loreena senkte den Blick und schluckte. Sie fühlte den vertrauten Kummer in sich hochsteigen. Mittlerweile hatte sie sich so weit im Griff, dass sie nicht mehr weinen musste, wenn sie an ihren Dad dachte. Doch der Schmerz über den Verlust traf sie oft genug und meist unvermutet. Manchmal reichte eine Stimme, die ähnlich klang wie seine, der Hauch eines Geruchs, den sie mit ihm verband, und sofort war die Erinnerung wieder da. Und seit sie hier in Irland war, erinnerte sie ohnehin fast ständig irgendetwas an ihn.

»Woran ist er gestorben?«, erkundigte sich Mae.

»Er hatte einen Schlaganfall.«

Mae nickte und warf einen Blick in ihre Tasse. »Heute noch da, morgen schon Müll. Schöne Scheiße!« Sie hob die Tasse und prostete Loreena zu. »Auf das Leben!« Dann leerte sie den Inhalt in einem Zug, stellte die Tasse ab und griff unter den Tisch. Sie förderte eine Whiskey-Flasche zutage und goss sich und Loreena daraus ein, ohne Tee nachzuschenken. »Zum Besaufen taugt der Sprit«, erklärte sie und zwinkerte Loreena zu.

Die musste lächeln. Sie trank und genoss das scharfe Brennen in ihrer Kehle, das sich schließlich bis in ihren Magen ausbreitete. Ein ungewohntes Gefühl, das sie auf den Fusel schob. Nach kurzer Zeit wurde ihr warm und der Alkohol stieg ihr in den Kopf.

Mae erhob sich. »Komm, ich zeig dir, wo du schlafen kannst. Wenn es dir gefällt und du bleiben möchtest, kannst du dich ausruhen, während ich uns was koche. Hab noch was von Tesco im Kühlschrank«, erklärte sie.

Loreena vermutete, dass sie von einem Fertiggericht sprach.

Mae grinste sie an, als würde sie ihre Gedanken kennen. »Wenn's schnell gehen muss, nimm was von Tesco«, sagte sie, und es klang wie ein Werbeslogan. Sie rieb sich die Hände. »Komm, du siehst aus, als täten dir ein paar Minuten Erholung gut. Du kriegst das große Zimmer.«

Sie ging voraus in den Flur und Loreena folgte ihr. Gemeinsam stiegen sie die schmale Treppe in den ersten Stock hinauf. Oben öffnete Mae eine Tür. Dahinter befand sich ein kleines Bad, dessen Fußboden mit rosa PVC bedeckt war. Ein Duschvorhang in Schweinchenrosa hing über der Badewanne und ein gleichfarbiger puscheliger Bezug zierte den Klodeckel.

Mae zuckte mit den Schultern. »Ist etwas vernachlässigt, aber irgendwann werde ich da innenarchitektonisch rangehen.« Sie führte Loreena weiter und stieß eine andere Tür auf. Der Raum dahinter war dunkel, doch Mae durchquerte ihn zielstrebig und zog die Stoffbahnen vor den Fenstern zurück.

Zögernd betrat Loreena das schlichte Gästezimmer. Die hellen Holzmöbel wirkten freundlich. Auf dem Boden lag ein bunter Teppich mit indianischem Muster und im schweren Vorhang wiederholten sich Farben und Ornamente.

»Sehr schön«, lobte sie.

Mae nickte. »Also nimmst du das Zimmer?«

Loreena lächelte. »Ja, hier gefällt es mir.«

»Dann ruh dich erst mal aus, Mädchen! Wenn du so weit bist, komm runter und wir essen zusammen.« Leichtfüßig verließ Mae das Zimmer und schloss die Tür hinter sich.

Loreena trat ans Fenster und sah hinaus auf ein winziges Rasenstück hinter dem Reihenhaus, offenbar Maes Garten. Die Nachbarn benutzten ihren Bereich als Abstellplatz für Mülltonnen und Sperrgut. Hinter den Grundstücken verlief eine enge, holprige Straße, an deren gegenüberliegender Seite sich wiederum Gärten und Häuser befanden. Über den Dächern entdeckte Loreena den Turm der örtlichen Kirche. Sie blinzelte. Die irischen Gotteshäuser und Friedhöfe lagen immer nebeneinander, das war ihr schon am ersten Tag auf der Insel aufgefallen.

Ihr Vater war irgendwo hier geboren worden und hatte vermutlich die ersten zwanzig Jahre seines Lebens in Irland verbracht, so genau wusste Loreena das nicht. Er hatte ihre Nachfragen über seine Herkunft stets lachend damit abgetan, dass ihn die Feen von der Grünen Insel gepustet hätten. Mit Sicherheit wusste Loreena nur, dass er in der Destillerie von Kilbeggan gearbeitet und in dieser Zeit ihre Mutter Gerda kennengelernt hatte, die als Touristin in Irland gewesen war. Er war ihr nach Deutschland gefolgt, später hatten sie geheiratet und Loreena war geboren worden. Nun waren sie beide tot und Loreena konnte von ihnen nichts mehr über ihre irischen Wurzeln in Erfahrung bringen und musste auf eigene Faust Stammbaumforschung betreiben. Sie war wild entschlossen, etwas über die Herkunft ihres Vaters in Erfahrung zu bringen.

Sicher war der Friedhof ein guter Ort, um mit ihrer Suche zu beginnen. Bestimmt lag dort zumindest ein Fallon begraben. Die irischen Familien waren kinderreich, und selbst wenn ihr Vater ein Einzelkind gewesen sein sollte – irgendeinen Onkel, eine Tante oder ein sonstiges Familienmitglied würde es doch wohl geben. Loreena rieb sich über den Nacken und kaute auf ihrer Unterlippe, während sie weiter überlegte: Mae war eine alte Frau, kannte den Pfarrer und unter Garantie ganz Badger's Burrow. Sie sollte ihr eigentlich bei ihren Nachforschungen helfen können.

Nachdem Loreena ihre Reisetasche und den Korb mit der Urne ihres Vaters in ihr Zimmer gebracht hatte, ging sie in die Küche. Dort war Mae gerade damit beschäftigt, Teig zu kneten. Auf dem Herd stand eine Pfanne und rechts daneben ein Teller, auf dem ein flacher Brotfladen lag.

Als Mae Loreena bemerkte, schaltete sie die Mikrowelle ein. »Ein bisschen dauert es noch. Setz dich, Liebes!«

Folgsam ließ sich Loreena auf einem Stuhl nieder und beobachtete, wie Mae mit geschickten Bewegungen aus dem Teig einen Fladen formte und ihn in die Pfanne gleiten ließ.

»Fladenbrot nach einem tunesischen Rezept. Hat mir eine alte Tunesierin verraten«, erklärte Mae und grinste. »In der Mikrowelle steht ein Linsengericht von Tesco. Wir werden zwar nicht wie im Gourmettempel speisen, aber wir werden satt werden. Und es wird dir schmecken, hoffe ich.«

»Du bist wohl viel in der Welt herumgekommen?«, fragte Loreena; das Haus, Maes Eigenarten und ihre Bemerkungen deuteten darauf hin.

»Ich bin Ethnologin – also ich war es. Hab mich bei etlichen Naturvölkern rumgetrieben. War 'ne lässige Zeit«, sagte Mae wehmütig. Eine ganze Weile schien sie ihren Gedanken nachzuhängen, dann seufzte sie und wandte sich wieder Loreena zu. »Mit zunehmendem Alter wird einem klar, dass man nicht unsterblich ist. Ich hab mich vor ein paar Jahren zur Ruhe gesetzt. Verbringe meinen

Lebensabend hier in der Nähe der Familie. Brandon kennst du ja schon. Ist mein Liebling und der schrägste Vogel unter meinen Enkeln. Die elf anderen sind wie ich: unkonventionell und abenteuerlustig.«

»Du hast zwölf Enkel?«

Mae wendete das Brot in der Pfanne und lachte. »Ja. Meine beiden Töchter und die zwei Söhne halten die irische Tradition am Leben: mehr als zwei Kinder«, sagte sie vergnügt. »Und du? Auch Geschwister?«

»Leider nicht«, erwiderte Loreena.

Die Mikrowelle klingelte. Mae ging hinüber, nahm eine dampfende Schüssel heraus und stellte sie auf einen Untersetzer in der Mitte des Tisches. Dann holte sie das Brot und nahm Platz.

»Greif zu, Mädchen!« Sie riss sich ein Stück Brot ab und biss herzhaft hinein. »Immer wieder ein Genuss«, meinte sie kauend, während sie nach einer Gewürzdose griff und den Inhalt großzügig über die Linsen streute. »Gib mir deinen Teller!«, verlangte sie und Loreena reichte ihn ihr. Mae schöpfte Linsen darauf, füllte ihren eigenen Teller und dann aßen sie schweigend.

Über dem Haus lag eine andächtige Stille, die Loreena an die Ruhe in einer Kirche erinnerte. Von draußen drang kein Laut herein, und als die Sonne unterging, wurde es im Raum langsam düster. Mae legte den Löffel in ihre Linsen, erhob sich und schaltete das Licht ein. Sie ächzte, als sie sich wieder auf ihren Stuhl sinken ließ. Dabei musterte sie Loreena neugierig.

»Wie lange hast du vor, in Badger's Burrow zu bleiben?«, fragte sie.

Loreena runzelte die Stirn. »Ich bin mir nicht sicher. Zuerst möchte ich mit Kenneth O'Mulligan sprechen.« Als Mae fragend die Augenbrauen hob, fügte sie hinzu: »Ich habe den Whiskey-Fachhandel meines Vaters geerbt und will das Sortiment erweitern.«

»Du willst also vor Ort Geschäftskontakte knüpfen?«, vergewisserte sich Mae.

»Ja, genau.« Loreena zögerte. »Und die Familie meines Vaters finden«, sagte sie schließlich. »Wir hatten keinen Kontakt zu ihnen, das würde ich gern ändern.«

Bevor Mae etwas darauf erwidern konnte, klingelte es an der Haustür. Kurz darauf klapperte ein Schlüsselbund und die Tür wurde zugeschlagen.

»Granny Mae?«, rief ein Mann.

Mae richtete sich auf und sah zur Küchentür. »Brady, mein Schatz! Ich bin in der Küche, zusammen mit deiner Freundin Loreena.«

»Loreena? Welche Loreena?« Die Stimme näherte sich und Brandon Porter trat ein. Er sah Loreena einen Moment lang irritiert an. Dann erhellte sich seine Miene. »Loreena Fallon, die Zeugin aus der Destillerie.«

Sie nickte ihm zu. »Kann man mich eine Zeugin nennen? Ich habe doch nur gesehen, wie die Leiche im Fass entdeckt wurde.«

Brandon Porter schüttelte ihre Hand und seine Augen blitzten. »Sie haben also meinen Rat befolgt und sich bei Granny Mae einquartiert.«

»Direkt in Badger's Burrow zu wohnen, ziehe ich dem Ausblick auf einen Bach vor«, gestand Loreena.

»Verständlich«, sagte Brandon Porter, drehte einen der freien Stühle um und setzte sich. Die Arme stützte er auf der Lehne ab. Hier im privaten Umfeld wirkte er lockerer und auch jünger als am Nachmittag bei der Arbeit.

Mae stand auf, tätschelte im Vorübergehen seine Wange und kam dann mit einem Teller und einem Löffel an den Tisch zurück. »Du siehst müde aus, mein Schatz.«

Brandon Porter nickte. »Ich habe eine lange Schicht hinter mir, und gerade, als ich heimgehen wollte, kam der Anruf aus der Destillerie.« Er sah Loreena forschend an.

»Ich höre bestimmt nicht zu«, versicherte sie. Natürlich war sie neugierig, doch eigentlich musste sie sich um ganz andere Dinge kümmern.

»Schon gut. Vermutlich erzähle ich sowieso nichts, was Sie nicht bereits wissen«, meinte er. »Und wenn Sie ein paar Tage in Badger's Burrow bleiben und mit den Leuten plaudern, erfahren Sie wahrscheinlich sogar mehr als ich.« Dann wandte er sich Mae zu, die ungeduldig mit den Fingern auf die Tischplatte trommelte. »Man hat Edward Connor, den Besitzer von Highland Spirits, tot aus einem Whiskeyfass gezogen.« Das waren offenbar erst einmal genug Informationen, denn er schaufelte sich Linsen auf seinen Teller und begann zu essen.

Mae runzelte die Stirn. »Sachen gibt's. Wie ist er denn da hineingeraten?«

Brandon Porter ließ die Hand sinken. »Wenn ich das nur wüsste. Man hat ihn ja nicht einmal vermisst. Als ich in seinem Büro in Schottland anrief, hieß es nur, er sei bis Ende der Woche verreist. Seine Frau wusste auch nicht mehr.« Er legte den Löffel auf den Tisch und schob lustlos den Teller von sich. Die Sache verdarb ihm den Appetit.

Mae erhob sich und holte eine schlanke Whiskeyflasche aus dem Küchenschrank, danach drei edel aussehende Nosing-Gläser mit Gravuren auf der Vorderseite. Sie füllte die Gläser, stellte ihrem Enkel und Loreena je eins hin, nahm sich das dritte und setzte sich. Genießerisch bewegte sie ihr Glas mehrmals unter der Nase, um daran zu schnuppern, und seufzte. Loreena hielt ihr Glas ins

Licht und bewunderte die goldene, fast schon bernsteinfarbene Tönung des Whiskeys. Dann roch sie daran, so wie Mae es getan hatte, ehe sie den Whiskey über ihre Zunge rollen ließ. Genau so hatte sie es von ihrem Vater gelernt. Torf war zu schmecken und im Abgang Karamell.

Brandon Porter hob die Augenbrauen. »Jesus, Maria und Josef! Zwei Whiskeykennerinnen an einem Tisch, womit habe ich das verdient?« Er zog eine Leidensmiene, griff nach seinem Glas und prostete erst Loreena und dann seiner Großmutter zu. »Slaínte!« Er roch nur kurz, trank aber nicht weniger genießerisch. »Ein O'Mulligan's Green?«

Mae nickte zufrieden. »Genau, du bist ein guter Schüler!«

»Sie hat mich seit meinem vierzehnten Lebensjahr darauf trainiert«, erklärte Brandon Porter und zwinkerte Loreena zu.

»Auf das Whiskeytrinken?«, vergewisserte sie sich.

»Nein, dass er die Whiskeys leidlich erkennt«, stellte Mae klar. »Er ist mittlerweile ganz passabel darin, die wirklich berühmten Whiskeys und O'Mulligan's Sortiment zu erkennen.«

»Wieso berühmte und O'Mulligan's Whiskeys?«, wollte Loreena wissen.

»Als direkte Nachbarn sollte man vor allem deren Whiskeys kennen und bestimmen«, erklärte Brandon Porter. Sein Haar, das bei Tag eher kastanienrot gewirkt hatte, leuchtete im Licht der Küchenlampe feuerrot.

Loreena nahm einen weiteren Schluck und ließ den Whiskey langsam über ihre Zunge gleiten. Sie genoss das Brennen im Rachen, das ihr verriet, dass der Whiskey ein älterer Jahrgang sein musste. Nur zu gut konnte sie verstehen, dass ihr Vater die O'Mulligan's Whiskeys favorisiert hatte. Diese Familie verstand ganz eindeutig etwas von Whiskey.

»Sehr ausgewogen«, lobte sie. »Ich habe selten einen torfigen Iren getrunken, der wirklich gut war, aber der hier gehört mit Sicherheit dazu.« Sie kostete erneut. »Der O'Mulligan's Green kommt aus einem Madeira-Fass, richtig?« Natürlich schmeckte sie die Süße, die nur von einem Sherry-Fass stammen konnte, aber es interessierte sie, ob Mae und Brandon Porter tatsächlich Ahnung von Whiskey hatten.

»Sherry«, sagten die beiden einstimmig.

Loreena nickte und ließ den Whiskey im Glas kreisen. Während sie die Flüssigkeit beobachtete, überlegte sie, ob sie Brandon Porter um Hilfe bei der Suche nach ihren irischen Verwandten bitten sollte. Als sie aufsah, bemerkte sie, dass er sie anstarrte.

»Kennen Sie einen John Fallon?«, fragte er. »Sie tragen immerhin denselben Nachnamen.«

Loreena schluckte überrascht. »Ja, das war der Name meines Vaters. Er ist vor ein paar Wochen gestorben.«

»Mein Beileid«, sagte Brandon Porter mitfühlend. »Trotzdem müssen Sie morgen aufs Revier kommen.«

Loreena blinzelte und räusperte sich, um den Kloß in ihrer Kehle loszuwerden. »Wieso?«, fragte sie.

»Edward Connor hatte die Visitenkarte eines John Fallon in seinem Jackett«, erklärte Brandon Porter. »Jetzt ist er tot und Sie tauchen hier auf.«

Es dauerte einen Moment, bis Loreenas Verstand diese Information verarbeitet hatte.

Mae richtete sich auf. »Braucht sie einen Anwalt?«

»Granny!«, rief Brandon Porter entrüstet.

Mae hob entschuldigend die Hände. »Ich werde doch mal fragen dürfen.«

»Misch dich nicht in meine Arbeit ein!«, wies Brandon Porter sie streng zurecht; offenbar führten sie ein derartiges Streitgespräch nicht zum ersten Mal. Dann wandte er sich wieder an Loreena: »Es ist nur eine Routinebefragung.« Doch sein Tonfall verriet ihr, dass er in diesem Moment als Inspector der irischen Kriminalpolizei zu ihr sprach, nicht als Maes Enkel.

Loreena nickte mechanisch und ihr Herz schlug aufgeregt. Ihr Vater hatte den Schotten oder die Destillerie Highland Spirits nie erwähnt. Vielleicht hatte er die eine oder andere Flasche der Brennerei in seinem Shop verkauft, aber sie erinnerte sich nicht, diese Marke je im Geschäft gesehen zu haben.

»Ehrlich gesagt verstehe ich das nicht«, stammelte sie. »Was hätte mein Dad mit Edward Connor zu tun gehabt haben sollen?«

Brandon Porter winkte ab. »Wir klären das morgen in meinem Büro. Neun Uhr?«

Loreena nickte. »Ich werde pünktlich sein.«

Der Mond schien durch das Fenster, als Loreena ihr Zimmer betrat. Sie schaltete das Licht ein und lehnte sich für einen Moment an die Tür, ehe sie sich straffte und zum Fenster hinüberging, um die Vorhänge zu schließen. Dann begann sie, ihren Koffer auszupacken. Zum Schluss nahm sie sich ihren Korb vor, den sie während der gesamten Fahrt durch Irland wie ihren Augapfel gehütet hatte. Vorsichtig hob sie die Urne heraus und stellte sie auf die Kommode. Sie strich mit den Fingern über die Gravur am bauchigen Teil des Gefäßes, wie sie es bereits unzählige Male getan hatte: »John Fallon« stand darauf.

Der letzte Wille ihres Vaters war es gewesen, dass sie seine Asche an den Destillerien des irischen Whiskey-Trail verstreute. Die letzte Handvoll, die sich in der Urne befand, sollte sie bei O'Mulligan's in den Rasen rieseln lassen. Ihr Vater hatte den Whiskey dieser Familie zeitlebens mehr als jeden anderen geschätzt, und schon deshalb würde Loreena seinen Wunsch mit Freuden erfüllen. Außerdem deutete sie seine Bitte, letztendlich nach Badger's Burrow zu gehen, als Zeichen, dass er es begrüßt hätte, wenn sie seine Herkunftsfamilie kontaktieren würde.

Ihre irischen Verwandten zu finden hatte sich Loreena schon vor dem Abflug vorgenommen. Sie sehnte sich danach, sie endlich kennenzulernen; erst im Anschluss würde sie den allerletzten Willen ihres Vaters erfüllen. Er hatte Irland aus Liebe zu Loreenas Mutter verlassen, um mit ihr in Deutschland zu leben. Jetzt war Loreena zurückgekehrt, um ihn hier zur Ruhe zu betten. Und vielleicht auch, um mehr über ihre eigene Geschichte herauszufinden – wer sie war, woher ihr Dad stammte.

Loreena war mit den Legenden vom Feenvolk aufgewachsen, mit irischen Wiegenliedern in den Schlaf gesungen worden. Doch nie hatte ihr sonst so redseliger Vater etwas von seiner Familie erzählt. Die Neugier brannte Loreena auf der Seele. Als Teenager war es schlimmer gewesen, doch mit den Jahren hatte sie sich an das Schweigen ihres Vaters gewöhnt. Aber nie hatte sie aufgehört zu hoffen, irgendwann doch noch mehr zu erfahren als die spärlichen Informationen, die ihm im Laufe der Jahrzehnte herausgerutscht waren. Und so kannte sie den Namen des Ortes, aus dem ihr Vater stammen musste: Badger's Burrow. Von ihrer Mutter, die gestorben war, als Loreena noch ein dürrer, vorlauter Teenager gewesen war, hatte sie erfahren, dass er bei der berühmten Whiskeybrennerei Kilbeggan gearbeitet hatte, als er ihr begegnet war. Auf seinen damaligen Vorgesetzten

Timothy O'Keene hatte er große Stücke gehalten. Das war alles, was Loreena wusste. Der Besuch bei Kilbeggan stand noch aus und sie hoffte, dass Timothy O'Keene weiterhin dort arbeitete und bereit war, mit ihr zu sprechen. Aber erst einmal musste sie die Befragung durch Brandon Porter hinter sich bringen.

Müde rieb sie sich die Augen und ließ sich aufs Bett sinken.

3. Kapitel

»Möge dein Glas immer voll sein
und das Dach über deinem Kopf immer fest.
Und mögest du schon eine
halbe Stunde im Himmel sein,
wenn der Teufel merkt,
dass du tot bist.«
Irischer Trinkspruch

»Ms Fallon, kommen Sie bitte?« Die Polizistin lächelte Loreena an.

Loreena erhob sich von dem unbequemen Plastikstuhl, auf dem sie ausgeharrt hatte, und folgte ihr. Sie gingen vorbei am Büro des Superintendent, wie ein Schild an der Tür verriet, und weiter bis zu einem Großraumbüro, in dem Brandon Porter an einem Schreibtisch am Fenster saß. Neben ihm stand ein großes Flipchart mit Fotos, Notizen und Pfeilen darauf. Als der Inspector Loreena sah, stand er auf und drehte die Tafel um. Dann begrüßte er sie und deutete auf den Stuhl vor seinem Schreibtisch. Loreena nahm Platz.

»Ich habe leider nicht viel Zeit, die Familie des Ermordeten wird in Kürze hier eintreffen«, erklärte Brandon Porter, während er sich wieder hinsetzte.

»Ermordet? Sie gehen also tatsächlich von Mord aus?«, fragte Loreena.

»Doc Sherman ist sich inzwischen völlig sicher, dass der Tod gewaltsam herbeigeführt wurde«, erklärte Brandon Porter bereitwillig, doch mehr wollte er ihr offenbar nicht erzählen.

»Und Sie haben bei dem Opfer eine Visitenkarte meines Vaters gefunden.« Loreena schluckte.

Brandon Porter lehnte sich zurück, legte seine Fingerkuppen aneinander und musterte Loreena. Dann beugte er sich vor und schob ihr eine kleine durchsichtige Plastiktüte über den Tisch zu. Loreena betrachtete das rechteckige Stück Papier darin. Es sah tatsächlich aus wie eine Visitenkarte ihres Vaters. Sie nahm die Tüte in die Hand und schaute sich die Karte genauer an. Das Papier war gewellt, wohl durch die Nässe im Whiskeyfass, und in der Mitte konnte man erkennen, dass sie einmal geknickt worden war. Die linke obere Ecke war eingerissen. Loreena drehte die Tüte um, doch die Rückseite der Karte war leer. Manchmal hatte ihr Vater etwas darauf notiert, eine Empfehlung für einen Whiskey zum Beispiel, aber hier nicht. Edward Connor hätte die Karte also überall eingesteckt haben können.

»Diese Karten hat mein Dad zuhauf herausgegeben«, erklärte Loreena. »Bei jeder Onlinebestellung legte er eine ins Paket, in Läden und Pubs verteilte er sie ebenfalls – und natürlich auf Whiskymessen.« Sie stockte, denn ihr war gerade etwas eingefallen: Vertreter von Destillerien kamen oft auf Fachmessen, unter anderem um Kontakte zu knüpfen. »Vielleicht haben sich Dad und Mr Connor auf einer Messe oder einer Tagung getroffen und ihre Visitenkarten getauscht«, überlegte sie laut.

Brandon Porter hatte ihr aufmerksam zugehört, sich Notizen gemacht und nickte nun. »Wissen Sie, welche Messen und Veranstaltungen Ihr Dad besucht hat?«

Loreena schloss die Augen, rieb sich über die Stirn und dachte nach. »Er war oft auf solchen Messen und anderen Whiskey-Events«, sagte sie schließlich. »Die kriege ich unmöglich alle zusammen.« Sie hob entschuldigend die Schultern.

Brandon Porter schob ihr einen Notizblock und einen Kugelschreiber zu. »Kein Problem! Fürs Erste reicht es uns für die Ermittlungen, wenn Sie uns alle entsprechenden Termine Ihres Dads in den Wochen vor seinem Tod aufschreiben könnten.«

»Die letzten drei Veranstaltungen haben wir zusammen besucht«, sagte Loreena und griff nach Block und Stift. »Das waren die Messe in München, die Tagung in der Schwabenhalle in Augsburg und dann drüben bei Ulm die Besichtigung einer Destillerie.« Sie notierte die drei Termine. »Überall dort hat mein Dad Visitenkarten verteilt, bestimmt über hundert Stück. Er war immer sehr freigiebig. Für die Zeit davor wird es etwas schwieriger, allerdings gibt es im Winter nicht viele Fachmessen.« Sie schrieb einige weitere Termine auf. »An andere Veranstaltungen kann ich mich im Moment nicht erinnern, da müsste ich zu Hause noch einmal in seinen Terminkalender schauen, um ganz sicher zu sein.« Sie gab Brandon Porter den Block zurück. Als er sie mit hochgezogenen Augenbrauen ansah und sich räusperte, bemerkte sie, dass sie gerade ganz in Gedanken den Kugelschreiber hatte einstecken wollen. »Oh, Entschuldigung!« Sie reichte ihm den Stift.

»Wann, sagten Sie, ist Ihr Dad gestorben?«

»Vor acht Wochen«, erwiderte Loreena und fühlte wieder den Schmerz in ihrer Brust. Es kam ihr vor, als sei es erst gestern gewesen. Eben noch hatte ihr Vater hinter dem Tresen seines Whiskeyladens, des Uisce Beatha, gestanden und mit seinen Stammkunden gescherzt. Im nächsten Moment war er tot gewesen, fort, von den Feen geraubt. Loreena schluckte und versuchte, sich ihre Gefühle nicht anmerken zu lassen.

Brandon Porter blätterte in seinem schwarzen Buch, dann schrieb er etwas hinein. Er schien nicht zu bemerken, was in Loreena vorging.

»Natürlich kann Ihr Vater kaum der Täter sein, aber ich muss alles untersuchen, was im Zusammenhang mit dem Mord stehen könnte«, erklärte er geistesabwesend.

Loreena schnappte nach Luft. Allein der Gedanke, ihrem Vater eine solche Niederträchtigkeit wie einen Mord zuzutrauen, war entsetzlich.

»Mein Dad konnte keiner Fliege etwas zuleide tun und einen guten Whiskey hätte er garantiert nicht auf diese Weise ruiniert!«, stieß sie hervor.

Brandon Porter sah auf und lächelte sie beruhigend an. »Bitte entschuldigen Sie, Ms Fallon! Ich weiß, das Ganze muss furchtbar für Sie sein, doch ich tue hier nur meine Arbeit, und dazu gehört auch, unangenehme Fragen zu stellen. Jedenfalls müssen Sie keine Ermittlungen gegen Ihren Vater befürchten.« Er deutete auf den Schreibblock mit Loreenas Auflistung. »Wie Sie schon sagten, es gab ausreichend Gelegenheiten für Edward Connor, an die Visitenkarte zu kommen.«

Seine Aufmerksamkeit wurde durch jemanden oder

etwas hinter Loreena abgelenkt. Sie drehte sich um und erkannte die Polizistin, die sie hereingeführt hatte.

»Inspector, da will jemand mit Ihnen sprechen.«

Brandon Porter nickte. »Danke, Siobhan. Ich brauche hier nur noch ein paar Minuten.« Er wandte sich wieder an Loreena. »Wir müssen leider Schluss machen. Sie bleiben hoffentlich in der Gegend für den Fall, dass ich noch Fragen haben sollte.«

Loreena nickte, ein wenig verdutzt über das plötzliche Ende der Befragung. Als Brandon Porter sich erhob, tat sie es ihm automatisch gleich. Doch die eigenartigen Umstände ließen ihr keine Ruhe.

»Könnte es nicht vielleicht doch eine Verbindung geben?«, fragte sie. »Natürlich nicht die, dass mein Vater der Mörder ist, aber möglicherweise eine andere. Er stammte aus Badger's Burrow und ist nicht einmal annähernd ein Vierteljahr tot, da taucht hier auf einmal eine Leiche auf, mit seiner Visitenkarte in der Tasche.« Sie konnte sich das alles nicht erklären und hoffte, die Polizei würde ihr dafür eine schlüssige Erklärung liefern, etwas, das dafür sorgte, dass sie sich besser fühlte. Selbst wenn es nur ein »Wir gehen der Sache nach« wäre.

Brandon Porter schüttelte lächelnd den Kopf. »Machen Sie sich keine Sorgen! Das ist alles nur ein Zufall.« Er reichte ihr die Hand zum Abschied.

Die Polizistin, die Loreena hereingeführt hatte, begleitete sie wieder nach draußen. Auf dem Flur kamen sie an einer Frau und einem Mädchen mit rot geränderten Augen vorbei, die auf etwas zu warten schienen. Loreena vermutete, dass es sich dabei um die Angehörigen des Ermordeten handelte. Sie zögerte und überlegte, ob sie den beiden ihr Beileid aussprechen sollte. Doch was hätte sie schon sagen können, das ihnen Trost gespendet hätte?

Also verzichtete sie darauf und ließ sich von der Polizistin bis zur Tür bringen. Draußen atmete sie tief durch und ging zu ihrem Wagen.

Während der gesamten Rückfahrt ließ Loreena ein Gedanke nicht los: Warum schob die irische Polizei die Möglichkeit, dass es einen Zusammenhang zwischen ihrem Vater und Edward Connors Ermordung gab, so schnell beiseite? War das alles nicht zu auffällig? Oder drehte sie langsam durch? Vielleicht war in letzter Zeit alles etwas viel für sie gewesen: erst der Tod ihres Vaters und seine Beerdigung, die Trennung von Paul, dann eine mehrwöchige Rundreise, bei der sie eigentlich auch nie zur Ruhe gekommen war, und nun noch eine Leiche! Und als ob das nicht schon genug wäre, gab es keinen Anhaltspunkt, wer die Familie ihres Vaters gewesen war – wie sie hießen, warum er niemals Kontakt zu ihnen aufgenommen und umgekehrt auch nie jemand nach ihm gesucht hatte.

Was auch immer der Grund dafür sein mochte, im Tod hatte seine Sehnsucht ihn nach Irland zurückgeführt. Sein letzter Wille – Loreenas Rundreise und das Verstreuen seiner Asche – gab ihr nun die Möglichkeit, dem Ganzen vor Ort nachzugehen. Aber er hatte auch ihre Neugier über die Beweggründe ihres Vaters, seiner Heimat komplett den Rücken zu kehren, neu aufflammen lassen. Denn allein an der Liebe zu ihrer Mutter Gerda konnte es nicht gelegen haben. Die war selbst immer ein Fan der Grünen Insel gewesen und wäre sicher mit Begeisterung nach Irland ausgewandert. Doch aus irgendeinem für Loreena unverständlichen Grund hatten ihre Eltern dies nie ernsthaft in Erwägung gezogen. Natürlich hatten sie den Whiskeyladen gehabt, der nach den ersten Jahren genug für einen angenehmen Lebensunterhalt abwarf, aber auch in Irland hätte man ein solches Geschäft eröffnen und davon gut leben können.

Loreena grübelte weiter. Der Tote im Whiskey-Fass und die Visitenkarte ihres Vaters in dessen Jackett ließen ihr keine Ruhe. Sie wollte nicht glauben, dass das alles nur ein Zufall war. Der Mord musste auf irgendeine, wenn auch verquere, Art und Weise mit ihrem Vater zusammenhängen. Doch Brandon Porter hatte diesen Gedanken sofort als irrelevant beiseite gewischt. Dabei wäre es für ihn garantiert ein Leichtes, in Erfahrung zu bringen, woher ihr Vater stammte und weshalb er mit seinen Verwandten gebrochen hatte. Oder war das nur ihr Wunschdenken?

Ihr schmerzte der Kopf von all diesen Überlegungen. Sie brauchte dringend frische Luft. Inzwischen hatte sie Badger's Burrow erreicht. Rechts lag der Sportplatz mit seinem akkurat gestutzten Rasen und einigen aufgesprühten Markierungen verlassen da. Eine Gruppe Jugendlicher näherte sich über die Wiese dahinter. Ein Junge trug einen Ball unter dem Arm, offenbar wollten sie auf dem Platz trainieren.

Auf der gegenüberliegenden Straßenseite befanden sich die Kirche und der Friedhof. Spontan entschied Loreena, dass sie hier mit ihren Nachforschungen über die Familie ihres Vaters beginnen würde. Sie parkte direkt vor dem Kirchengrundstück und stieg aus dem Wagen. Auf dem Sportplatz wurden Rufe laut, die Jugendlichen lachten und grölten. Loreena achtete nicht weiter darauf, sondern ging zielstrebig auf das Tor des Friedhofs zu. Es klemmte, und erst, als sie sich dagegenstemmte, schwang es quietschend auf.

Sie lief ein paar Meter auf dem Weg, dann erreichte

sie die erste Reihe mit Grabsteinen und schritt an ihnen entlang. Die Steintafeln und -kreuze waren teils so verwittert, dass kaum noch Schrift oder Symbole zu erkennen waren. Es gab keine bepflanzten Flächen, keine Grableuchten, keine Blumen oder Kränze. Mit jeder Reihe, die Loreena absuchte, wurden die Gräber moderner. Die Inschriften verrieten traurige Geschichten zu früh verstorbener, alter und innig geliebter Menschen. Doch egal, wie sehr Loreena es sich auch wünschte – es gab kein Mitglied der Familie Fallon, das auf diesem Friedhof begraben worden war. Und so stapfte sie energisch und nicht sonderlich gut gelaunt zu ihrem Mietwagen zurück.

Sie war eben im Begriff, die Autotür zu öffnen, als ihr beim Johlen der Jugendlichen ein neuer Einfall kam. Sie straffte sich und marschierte zum Sportplatz hinüber. Die Jungs kickten den Ball über den Rasen, als hinge ihr Leben davon ab. Sie schienen Loreena überhaupt nicht zu bemerken. Eine Weile beobachtete sie die Gruppe, dann steckte sie zwei Finger in den Mund und stieß einen gellenden Pfiff aus, der die Fußballspieler innehalten ließ.

»Entschuldigt, Jungs, ich hab nur eine Frage«, begann sie und deutete hinter sich auf die Kirche. »Ich suche die Gräber einer Familie Fallon. Kennt ihr die zufällig?«

Die Jugendlichen sahen zuerst Loreena und dann einander verwirrt an. Einige zuckten mit den Schultern, andere schüttelten die Köpfe.

»Ne, sorry, Miss, den Namen haben wir noch nie gehört. Da haben Sie sich wohl geirrt, hier gibt's keine Fallons«, sagte der Spieler mit der Armbinde. Offenbar war er nicht nur auf dem Spielfeld, sondern auch sonst der Anführer der Clique.

Loreena nickte enttäuscht. »Danke, Jungs, und entschuldigt die Störung!« Sie wandte sich ab und wollte zu ihrem Wagen zurückgehen.

Plötzlich rief einer der Jungs: »Vielleicht fragen Sie mal ein paar der alten Leute im Ort, die kennen normalerweise jeden hier in der Gegend.«

Loreena drehte sich um und nickte dem Teenager zu. »Vielen Dank für den Tipp!«

Er hob nur den Arm, bereits wieder mit der Jagd nach dem Ball und einem Tor beschäftigt. Nachdenklich kehrte Loreena zu ihrem Auto zurück. Die älteren Einwohner von Badger's Burrow nach der Familie ihres Vaters zu fragen war eine hervorragende Idee. Hoffentlich war das von mehr Erfolg gekrönt als ihre Suche bei den Gräbern. Sie würde gleich mit Mae beginnen. Voller Tatendrang startete sie den Motor und fuhr los.

Unterwegs grübelte sie darüber nach, ob es nicht doch eine Verbindung zwischen ihrem Vater und Edward Connor gab. Wieso hatte der Tote diese Visitenkarte in der Tasche gehabt? Das gefiel ihr nicht. Es warf den Schatten eines Verdachts auf ihren Vater, selbst wenn es ein noch so kleiner war. Immerhin hatte auch Brandon Porter sie darauf angesprochen. Und Loreena kannte die Begeisterung der Iren für gute Geschichten. Wie lange würde es dauern, bis man den Namen ihres Vaters in einem Atemzug mit dem Mord erwähnte?

Es war doch ziemlich komisch, dass die Leiche mit seiner Visitenkarte ausgerechnet dann aufgetaucht war, als sie in Badger's Burrow eingetroffen war, überlegte sie weiter. Natürlich war das ein Zufall, es musste so sein. Aber die Gerüchteküche würde sich damit nicht zufriedengeben. Also musste sie etwas unternehmen, den Namen ihres Vaters von jedem Verdacht reinwaschen. Wenn sie nun einen Hinweis darauf fand, was den Schotten nach Badger's

Burrow geführt hatte, konnte sie vielleicht auch herausbekommen, wer ihn als Letzter gesehen hatte. Euphorisch spann sie den Gedanken weiter: Das würde sie der Lösung des Mordfalles und damit dem Beweis näherbringen, dass ihr Vater nichts, aber auch rein gar nichts, mit diesem Verbrechen zu tun hatte.

Nur wenige Minuten später betrat sie gut gelaunt Maes Haus. Zuerst wollte sie ihre skurrile Vermieterin ausfragen. Doch es war totenstill. Einen Moment lang verharrte Loreena im Flur.

»Hallo? Mae? Bist du da?«, rief sie, erhielt aber keine Antwort. Also vermutete sie, dass sie allein war. Sie ging in ihr Zimmer, setzte sich aufs Bett und starrte aus dem Fenster. Eine Weile dachte sie darüber nach, wie ihre nächsten Schritte aussehen sollten. Die Erinnerung daran, wie der Arm des Toten aus dem Fass hing, und die Vorstellung, wie leicht es hätte passieren können, dass jemand von dem Whiskey getrunken hätte, riefen Übelkeit in ihr hervor. Sie schluckte und versuchte sich darauf zu konzentrieren, welchen Zusammenhang es zwischen ihrem Vater und Edward Connor geben könnte.

Plötzlich hörte Loreena, wie die Haustür geöffnet wurde. Die Tür wurde wieder zugestoßen und Mae fluchte wie ein Kesselflicker. Loreena wartete ein paar Minuten und ging dann nach unten. Sie fand Mae in der Küche damit beschäftigt, ihre Einkäufe wegzuräumen.

Mae lächelte ihr kurz zu, ehe sie wieder hinter der offenen Kühlschranktür verschwand. »Na, wie war's auf der Polizeiwache? Ich hoffe, mein Brady hat sich ordentlich benommen«, sagte sie, während sie irgendetwas im Kühlschrank herumschob.

Loreena ließ sich auf einen Stuhl plumpsen. »Er war sehr professionell.«

Mae schloss die Kühlschranktür mit einem dumpfen Knall und starrte Loreena an. »Du hast dich über ihn geärgert.«

»Nein«, sagte Loreena, doch dann nickte sie.

Mae hob eine Augenbraue. Also begann Loreena, ihr alles zu erzählen. Sie würde ja doch keine Ruhe geben.

»Er misst der Sache mit der Visitenkarte keine Bedeutung bei«, sagte sie schließlich, »aber ich finde, er sollte dennoch klären, ob mein Dad tatsächlich in keinerlei Verbindung zu Edward Connor stand.« Sie seufzte und strich sich das Haar zurück. »Nur zur Sicherheit, um jeden Verdacht aus dem Weg zu räumen.«

Mae kniff die Augen zusammen. »Ich verstehe«, sagte sie bedächtig. »Dein Vater stirbt, du kommst nach Badger's Burrow, um deine Verwandten zu suchen, und prompt wird eine Leiche gefunden, die die Visitenkarte deines Dad in der Tasche trägt. Das ist schon eigenartig.« Ihre Miene wurde weich, als sie Loreena musterte. Abrupt drehte sie sich um und setzte Teewasser auf. »Aber überlass das besser der Polizei. Vor allem willst du ja deine Familie finden. Wir trinken eine Tasse Tee, und dann erzählst du mir, was du geplant hast. Du wirst doch irgendetwas vorhaben, nicht wahr?«

Loreena atmete hörbar aus und nickte düster. Die beiden Frauen schwiegen, bis der Teekessel pfiff. Mae goss den Tee auf, holte zwei Tassen aus dem Schrank und Milch aus dem Kühlschrank, stellte alles auf den Tisch und setzte sich dann zu Loreena.

»Ich habe mir überlegt, die alten Bewohner des Ortes zu befragen. Irgendjemand muss doch etwas über eine Familie Fallon wissen«, sagte Loreena.

Mae rührte nachdenklich in ihrer Tasse. »Ein guter Plan, aber bevor du umständlich alle Greise des Countys abklapperst, frag doch den Pfarrer und Orla Kanturk«, schlug sie vor.

»Wer ist Orla Kanturk?«

»Orla ist die selbst ernannte hiesige Dorfchronistin. Sie weiß alles über Badger's Burrow und seine Einwohner. Und damit meine ich wirklich alles.« Mae zwinkerte Loreena zu und trank einen Schluck Tee.

Loreena warf einen Blick auf ihre Armbanduhr. Für die Fahrt nach Kilbeggan zur dortigen Destillerie war es mittlerweile zu spät.

»Ich würde gern mit Orla sprechen, am besten heute noch«, sagte sie entschlossen.

»Das geht leider nicht«, erwiderte Mae. »Die Gute ist noch bis Anfang nächster Woche bei ihrer Enkelin in Limerick.«

Loreena seufzte. So viel dazu, ihre Zeit hier in Badger's Burrow sinnvoll zu nutzen.

»Und was ist mit dem Pfarrer?«, wollte sie wissen.

Mae grinste. »Der kommt ohnehin morgen Abend auf eine Runde Schach zu mir. Da kannst du ihn ausfragen.«

»Morgen Abend erst?«, fragte Loreena etwas enttäuscht. Doch als ihr eine neue Idee durch den Kopf schoss, straffte sie sich: Warum sollte sie nicht mit Mrs Connor und ihrer Tochter sprechen? »Mae, wie kriege ich raus, wo die Frau des Ermordeten untergekommen ist? Sie wird sicher nicht sofort wieder nach Schottland zurückgefahren sein.«

»Nun, das sollte leicht herauszufinden sein«, erklärte Mae, zog umständlich eine Taschenuhr aus ihrer Hosentasche und warf einen Blick darauf. »Wir werden heute Abend in den Pub gehen.«

»In den Pub?«, echote Loreena verständnislos. Was hatte Mae vor?

»Ja, da spielt Agat, eine ziemlich beliebte Band hier in der Gegend. Also werden viele Leute da sein, auch aus anderen Ortschaften. Und irgendjemand wird wissen, wo die Schottin untergekommen ist.«

Loreena nickte zögernd. Sie bezweifelte zwar, dass das funktionieren würde, aber einen besseren Einfall hatte sie auch nicht. Plötzlich klingelte ihr Handy. Sie erhob sich, zog es aus der Hosentasche, schaute aufs Display und lächelte. Dann entschuldigte sie sich und verließ die Küche.

»Mr O'Mulligan? Hallo!«

»Ich komme auf mein Versprechen zurück«, begann Kenneth O'Mulligan das Gespräch. »Laut unseren Unterlagen haben wir kaum Absatz in Deutschland. Deshalb würde ich gerne mit Ihnen über eine Zusammenarbeit sprechen, falls Sie noch Interesse haben, Ms Fallon.«

Loreena jubilierte innerlich. Die Lieblings-Whiskeymarke ihres Vaters könnte zukünftig in ihrem Laden verkauft werden. Wenn das nicht ein fabelhafter Teilerfolg ihres Aufenthalts hier war!

»Dann sollten wir einen Termin vereinbaren«, sagte sie und versuchte, sich ihre Begeisterung nicht anmerken zu lassen. Das hätte sicher unprofessionell gewirkt.

»Wie wäre es am Freitag gegen vierzehn Uhr, hier in meinem Büro?«, fragte Kenneth O'Mulligan. »Früher geht es leider nicht, ich bin die nächsten zwei Tage in Dublin. Ein wichtiger Geschäftstermin, den ich unmöglich absagen kann. Ich hoffe, das ist kein Problem!«

Loreena konnte hören, dass er nervös war. »Nein, überhaupt nicht«, beruhigte sie ihn. »Ich fliege erst übernächste Woche nach Hause zurück.«

Kenneth O'Mulligan atmete hörbar auf. »Wunderbar, dann sehen wir uns also am Freitag!«

Er schien sich so aufrichtig zu freuen, dass Loreena den

Eindruck hatte, es läge ihm unheimlich viel daran, sie zu treffen. Sie verabschiedeten sich und Loreena legte auf. Irgendetwas an dem Gespräch war eigenartig gewesen, aber sie konnte nicht so recht sagen, was. Wieso hatte sie das Gefühl gehabt, als wäre ihr Treffen für Kenneth von höchster Wichtigkeit? Das war doch absurd. Kopfschüttelnd ging sie zurück in die Küche zu Mae.

Die hatte inzwischen all ihre Einkäufe weggeräumt und war gerade dabei, das Geschirr zu spülen.

»Kann ich dir helfen?«, fragte Loreena.

»Nein, nein, bin sowieso gleich fertig«, erwiderte Mae. »Wieso gehst du nicht ein bisschen raus? Du willst doch was sehen von Irland, oder? Und heute Abend gehen wir in den Pub.«

Loreena nickte. Sie entschied, den Nachmittag mit einem ausgiebigen Spaziergang über den Trail rund um Badger's Burrow zu verbringen. Dabei konnte sie auch gleich ihre Gedanken zu den Geschehnissen der letzten Tage sortieren.

Der Pub war zum Bersten voll, als Loreena und Mae eintraten. Sie schoben sich durch die Menge bis zur Theke, um zu bestellen. Kurz darauf hielten sie beide ein Bier in der Hand. Damit kämpften sie sich bis zu einem Mauervorsprung durch und lehnten sich dort an.

»Sláinte!«, sagte Mae und stieß mit Loreena an.

»Sláinte!« Loreena trank einen Schluck, dann sah sie sich um. Sie hatte grundsätzlich kein Problem mit einer überfüllten Kneipe, aber herausfinden, wo Mrs Connor und ihre Tochter untergekommen waren, würden sie hier vermutlich nicht.

Gerade wollte sie Mae ihre Befürchtung mitteilen, doch als sie sich zu ihr drehte, sah sie, dass Mae mit einem

Mann redete. Er war so faltig wie eine Dörrpflaume und ebenso braun gebrannt. Genau in diesem Moment schaute er hoch und grinste Loreena breit an, wobei er eine Zahnlücke entblößte. Dann nickte er und verschwand in der Menge.

Dafür beugte sich Mae zu Loreena. »Er wird rumgehen und die Leute fragen«, verkündete sie.

Loreena war baff. Wieso war sie nicht auf die simple Idee gekommen, die Arbeit zu delegieren? Andererseits hatte sie nicht Maes Heimvorteil. Die kannte man hier und in einer Dorfgemeinschaft half man sich bestimmt gegenseitig.

»Und du meinst, das funktioniert?«, fragte sie trotzdem.

Mae lachte. »Natürlich! Irgendwer kennt jemanden, der jemanden kennt. Die Connor-Frauen sind mit Sicherheit irgendwo in der Nähe untergekommen. Und wenn wir sie nicht auf diese Weise ausfindig machen, bleibt uns immer noch die Möglichkeit, sie zu Hause in Schottland telefonisch zu kontaktieren.«

Ihre Argumente waren bestechend einfach. Und wenn das Ganze auch noch funktionierte, wäre Loreena begeistert.

Mae wechselte das Thema. »Die Band ist wirklich gut.«

Loreena nickte. »Ich liebe die irische Musik. Mein Dad hatte in der Irish-Music-Szene viele Freunde. Er hat sogar mal an einem Music-School-Treffen teilgenommen«, erzählte sie.

»Dann kennst du die Bandmitglieder vielleicht sogar, meines Wissens treiben sie sich öfter in Deutschland rum«, sagte Mae, verstummte aber, als die Band zu spielen begann.

Schlagartig hörten auch die anderen Pubbesucher auf

zu reden. Die Musik war tatsächlich sehr gut, die Band spielte Traditionelles und selbst Komponiertes. Immer wieder wurden Pausen eingelegt, in denen die Gäste plaudern und Getränke nachbestellen konnten. Doch mit der Zeit wurde Loreena ungeduldig, weil der Mann, den Mae losgeschickt hatte, nicht wieder auftauchte. Ein paar Mal meinte sie, seinen schütteren Haarkranz in der Menge zu entdecken, verlor ihn aber jedes Mal wieder aus den Augen.

Als der Mann sie ansprach, schrak sie zusammen, weil sie überhaupt nicht bemerkt hatte, wie er nähergekommen war. Nun stand er so dicht vor ihr, dass sie die Ausdünstungen seines Schafwollpullovers riechen konnte. Auf seiner Oberlippe lag ein Schweißfilm.

»Du suchst die Schottin, deren Mann abgekratzt ist, nich'?«, fragte er.

Loreena nickte.

Er beugte sich näher zu ihr. »Sie is' in Mullingar bei Nettie O'Monahan untergekommen. Gleich am Ortsrand, gegenüber der Pferdkoppel. Nettie sagt, die Schottin will morgen Vormittag abreisen.«

Vor Erleichterung wurde Loreena ganz flau im Magen. »Vielen Dank!«

Der Fremde hob die Hand. »Keine Ursache!« Er drehte sich um und trottete davon.

Mae nickte Loreena zu. »Siehst du? Hier hilft man sich noch gegenseitig.« Dann lehnte sie sich an die Wand in ihrem Rücken und trank ihr Bier, sichtlich im Einklang mit sich und ihrer Umwelt.

4. Kapitel

»In Maßen genossen vertreibt er Schnupfen, klärt den Geist und beflügelt die Sinne.«
Raphael Holinshed (1529 – 1580), englischer Chronist, über Whiskey

Es war früh am Morgen, als Loreena aufbrach. Sie hoffte, Mrs Connor und ihre Tochter noch rechtzeitig zu erreichen, ehe diese nach Schottland abreisten.

In den Senken stand der Nebel wie eine undurchdringbare Mauer. An manchen Stellen lagen die Schwaden sogar auf der Straße und beeinträchtigten die Sichtverhältnisse. Also schaltete Loreena die Scheinwerfer ein und hoffte, ihr Ziel nicht zu verfehlen. Doch kaum eine halbe Stunde später hatte sich der Nebel verzogen und strahlendem Sonnenschein Platz gemacht.

Erleichtert bog Loreena in die Straße ein, die Mae ihr beschrieben hatte, und entdeckte auf der linken Seite die Pferdekoppel. Gegenüber lag ein Grundstück, an dessen

Rand ein Pfosten mit einem Hängeschild angebracht war, das auf ein Bed & Breakfast verwies. Vor dem Haus parkte ein Auto mit offenem Kofferraum, und als Loreena näher kam, bemerkte sie den typischen Aufkleber, der einen Mietwagen verriet. In der Dunkelhaarigen, die nun mit einer Reisetasche in der Hand aus dem Haus kam und diese im Kofferraum verstaute, erkannte Loreena die ältere Frau von der Polizeiwache wieder. Die Tochter war nicht zu sehen.

Loreena parkte und stieg aus. »Mrs Connor?«, fragte sie.

Die Dunkelhaarige sah hoch und starrte Loreena aus rot geränderten Augen an. »Kennen wir uns?«

Loreena zuckte mit den Schultern. »Wir haben uns gestern auf der Polizeiwache kurz gesehen. Ich ...« Sie zögerte, doch ihr fiel beim besten Willen nicht ein, wie sie es schonender ausdrücken könnte. »Ich war dabei, als man die Leiche Ihres Mannes fand. Deshalb war ich gestern zur Befragung bei Inspector Porter. Mein herzliches Beileid!«

Mrs Connor stieß einen dumpfen Laut aus und knallte den Deckel des Kofferraums zu. Ganz offensichtlich war ihr die Situation unangenehm.

Loreena räusperte sich und nahm ihren ganzen Mut zusammen. »Ihr Mann hatte eine Visitenkarte meines Vaters im Jackett.«

Mrs Connor hob fragend die Augenbrauen. »Und wer ist Ihr Vater?«

»John Fallon, er hatte einen Whiskeyladen in Deutschland«, erklärte Loreena.

»Und was wollen Sie jetzt von mir?«, fragte Mrs Connor gereizt. »Mein Mann besaß eine Destillerie, ich sehe nichts Außergewöhnliches darin, dass er die Visitenkarte eines Whiskeyladen-Besitzers bei sich trug.«

Schlagartig kam Loreena sich dumm vor. Was wollte sie eigentlich hier? Ihre Hoffnung, Mrs Connor könnte ihr wertvolle Hinweise auf eine Verbindung des Toten zu ihrem Vater liefern, war doch unsinnig, nur geboren aus wilder Spekulation und dem verzweifelten Wunsch, mehr über die Vergangenheit ihres Vaters herauszufinden. Sie wollte ihm auf diese Weise nah sein, weil sie ihn nicht gehen lassen konnte. Sie blinzelte.

»Warum fragen Sie denn nicht Ihren Vater wegen der Visitenkarte?«, wollte Mrs Connor wissen.

Loreena schluckte und blinzelte erneut, weil ihre Augen feucht wurden. »Er ist kürzlich gestorben.«

Mrs Connors Miene wurde weich, als sie in Loreena eine Leidensgefährtin erkannte. »Edward hatte Dutzende Visitenkarten irgendwelcher Branchenkollegen. Die Haushälterin hat sie ständig aus all seinen Taschen geholt.«

Loreena nickte, weil sie ihrer Stimme im Moment nicht traute. Eine Weile stand sie schweigend neben Mrs Connor.

»Dann sagt Ihnen der Name meines Vaters nichts?«, fragte sie schließlich. »Ihr Mann hat ihn nie erwähnt?«

Mrs Connor schüttelte den Kopf. »Tut mir leid. Ich habe mit der Destillerie nichts zu tun, darum hat sich immer mein Mann gekümmert«, erklärte sie und sah Loreena aufmerksam ins Gesicht.

»Und warum er nach Badger's Burrow gekommen war, wissen Sie auch nicht?«

Mrs Connor kaute nachdenklich auf ihrer Unterlippe. »Er war sehr aufgeregt, bevor er abreiste. Er meinte, er könne jemandem gewaltig in den Hintern treten. Aber mehr hat er mir auch nicht gesagt.«

Loreena starrte sie an. Was um Himmels willen bedeutete das?

»Hatte er denn Feinde?«, wollte sie wissen. Die O'Mulligans waren ihr erster Verdacht, immerhin lebten sie in Badger's Burrow und die beiden Destillerien pflegten seit Jahrzehnten eine Feindschaft.

Hatte Edward Connor vorgehabt, die irische Konkurrenz zu besuchen? Und falls ja – wem hatte er in den Hintern treten wollen? Und warum?

Die Tochter der Connors kam aus dem Haus. Ihr Gesicht zeigte hektische Flecken. Als sie Loreena entdeckte, blickte sie irritiert zwischen ihrer Mutter und Loreena hin und her.

»Edward war immer sehr direkt und ehrlich«, sagte Mrs Connor gerade. »So jemand hat natürlich nicht nur Freunde. Aber es gab niemanden, der ihm den Tod gewünscht hätte.« Ihre Augen füllten sich mit Tränen. Eine kullerte ihr über die Wange, doch sie bemerkte es offenbar nicht.

Ihre Tochter kam zu ihr und umarmte sie. Dann wandte sie sich an Loreena: »Entschuldigen Sie uns bitte, wir müssen unseren Flieger erreichen!«

Loreena nickte. »Vielen Dank für Ihre Geduld, Mrs Connor!« Sie ging zurück zu ihrem Wagen und öffnete die Tür. »Gute Reise!«, rief sie den beiden Frauen noch zu, dann stieg sie ein und fuhr los.

Auf dem Rückweg ließ sie das Gespräch Revue passieren. Ein weiteres Mal hatte sie keinen Erfolg mit ihren Nachforschungen gehabt. Sie fragte sich, was sie eigentlich erwartet hatte. Wollte sie Edward Connors Mörder finden? Glaubte sie wirklich, sein Tod stünde in irgendeiner Verbindung zur Herkunft ihres Vaters? Im Grunde war es eine Schnapsidee. Plötzlich durchzuckte sie ein schrecklicher Gedanke: Was, wenn Edward Connor etwas über die Fallons gewusst hatte? Und jetzt war er tot. Sie schüttelte den Kopf. Nein, das war Unsinn. Nicht einmal die Polizei ging der Idee nach, dass es da eine Verbindung geben könnte, und die hatten Erfahrung mit Verbrechen, Motiven und Indizien. Warum sollte sie als Laie sich in die Polizeiarbeit einmischen? Sie hatte doch gar keine Ahnung davon.

Eine Stimme in ihrem Kopf wurde lauter. Gerade weil sie keinen Schimmer davon hatte, konnte sie vielleicht aufdecken, was die Gesetzeshüter nicht schafften. Sie war klug und eine gute Beobachterin, das waren doch schon ein paar Argumente dafür, sich an die Nachforschungen zu wagen. Vielleicht sprachen die Leute auch eher mit ihr als mit der Polizei, und wenn sie als Ortsfremde nichts in Erfahrung brachte, konnte ihr vielleicht Mae dabei helfen.

Oder redete sie sich das alles nur ein? Je länger sie über den Mord und ihren Vater und die Verbindung zwischen ihm und Edward Connor nachgrübelte, desto verworrener wurden ihre Überlegungen. Sie hatte keine Idee, wie sie überhaupt irgendetwas herausfinden konnte! Vielleicht sollte sie einfach den letzten Wunsch ihres Vaters erfüllen, nach Augsburg zurückkehren und die ganze Sache hier ein für alle Mal vergessen.

Sie warf einen Blick auf den Beifahrersitz, wo der Korb mit der Urne ihres Vaters stand, und lenkte ihr Mietauto auf den Motorway Richtung Kilbeggan.

Als sie den Ort endlich erreichte, hatte sie sich wieder beruhigt. Sie würde die Destillerie besuchen – nicht nur wegen des Vermächtnisses ihres Vaters, sondern auch um einen Mann ausfindig zu machen. Und sie hatte einen Entschluss gefasst: In der kurzen Zeit, die sie noch hier war, würde sie ihr Bestes geben, um die Herkunft ihres

Vaters zu enträtseln, und außerdem versuchen, Edward Connors Mörder ausfindig zu machen. Die Vorstellung, dass auf ihren Dad auch nur der Schatten eines Verdachts fiel, mitverantwortlich an dem Mord zu sein, verursachte ihr Magengrummeln.

Nach kurzer Zeit entdeckte sie einen eckigen Turm mit dem Schriftzug »Locke's« auf der einen und »Whiskey« auf einer anderen Seite. Davor erstreckte sich ein weißes Gebäude, das einst als Schweinestall genutzt worden war, wie Loreena in einem Reiseführer gelesen hatte. Inzwischen hatten die Dorfbewohner allerdings ein Museum daraus gemacht.

Loreena parkte hinter der Destillerie und stieg aus, dann griff sie nach dem Korb. Das Tuch, das sie über den Inhalt gebreitet hatte, diente in erster Linie dazu, die Urne mit den sterblichen Überresten ihres Vaters zu verbergen. Zwar glaubte sie nicht, dass irgendjemand etwas dagegen haben würde, wenn sie die Asche in der Landschaft verstreute, sicher war sie sich jedoch nicht. Vielleicht verstieß sie sogar bei den entspannten Iren gegen irgendein Gesetz oder eine Regel, wenn sie die Überreste eines Toten auf ungeweihtem Boden verteilte.

Entschlossen schob sie ihren Unterarm bis zum Ellenbogen durch den Henkel des Weidenkorbs und richtete ihren Blick auf die Gebäude vor sich. Das größere Haus bestand aus dunkelgrauem Stein, so wie man es aus Filmen kannte und wie Loreena schon Hunderte gesehen hatte, seit sie auf der Insel umherreiste. Dies war nun die zehnte Destillerie, die sie besichtigen würde. Irland war nicht nur reich an Geschichte und Schafen, sondern auch an Whiskey und seinen Brennereien.

Vor dem Haus drehte sich munter ein Wasserrad aus dunklem Holz und rot gestrichenen Metallteilen. Das

Plätschern und Gurgeln des Wassers vermischte sich mit den Geräuschen des Betriebes und des Dorfes. Von irgendwoher hörte Loreena Gelächter. Der vertraute Geruch von Maische hing in der Luft, dazu das Aroma von schwerem, herb-brandigem Torf, der in einem der Öfen verbrannt wurde.

Loreena betrat den Hof der Destillerie durch einen Torbogen. Darüber prangte ein schwarzgrünes Schild mit der Aufschrift »John Locke & Co. Ltd.«. Ein zweites wies auf den Eingang hin. Weiter vorn führte eine schwarzgrüne Tür in ein Restaurant namens Pantry. Im Innenhof entdeckte Loreena ein riesiges altes Hogshead-Fass, auf dem ein Nosing-Glas mit einer honigfarbenen Flüssigkeit darin stand, daneben eine alte Geige, die an der Mauer lehnte, und eine Tropfkerze in einer Flasche. Das Wachs zahlreicher Kerzen war kaskadengleich über den Flaschenhals und -bauch geperlt, und so hatte sich eine dicke, genoppte Schicht über dem Glas gebildet.

Loreena sah sich weiter um. Hinter einem Zaun, der den Museumsteil vom produzierenden Teil der Destillerie trennte, stand ein altes Auto, ein ehemaliges Auslieferfahrzeug aus den 1940er oder 1950er Jahren. Nachdem Loreena den Wagen bewundert hatte, ging sie hinüber zu dem Schild, bei dem man warten sollte, wenn man an einer Führung interessiert war. Dort tummelten sich bereits einige Touristen und schwatzten miteinander. Ein stämmiger Schnurrbartträger in hellbeigen Shorts und einem blauen Poloshirt hatte die Gruppe im Blick. Loreena hielt ihn zunächst für einen Engländer, doch dann sagte er etwas in einer skandinavischen Sprache. Sein Tonfall legte nahe, dass er der Anführer der kleinen Truppe war, die sich nun um ihn scharte.

Ein Mann in einem dunklen Oberteil mit Kilbeggan-

Logo kam näher. Er begrüßte die Besucher und die Führung begann. Loreena wechselte den Weidenkorb auf die andere Seite, umklammerte den Griff mit der Hand und folgte den anderen. Sie hoffte inständig, dass der alte Tim O'Keene, der ehemalige Vorarbeiter und Freund ihres Vaters, immer noch in der Brennerei arbeitete – oder wenigstens noch lebte – und sich an John Fallon erinnerte.

Die Führung durch das Museum bot für Loreena nichts gänzlich Neues oder Unbekanntes. Es ging vorbei an den Gärbottichen, den Brennblasen und der Küferei, während die einzelnen Entwicklungsschritte erläutert wurden. Als krönenden Abschluss machten sie einen Abstecher zur gewaltigen Lagerhalle, in der die unterschiedlichen Whiskeyfässer bis an die Decke gestapelt waren. Bei diesem Anblick ließen sich einige Besucher zu ehrfürchtigen Kommentaren hinreißen, die jäh abbrachen, als eine rundliche Dame mit einem riesigen Tablett herumging und allen einen Whiskey anbot.

Loreena nahm ihr Nosing-Glas als Letzte entgegen. Sie schnupperte, ehe sie daran nippte und den Whiskey eine Weile im Mund behielt. Der Geschmack war erstaunlich kräftig und facettenreich.

»Und?« Die pummelige Dame lächelte sie an. Sie schien in Loreena jemanden zu erkennen, der sich mit Whiskey auskannte.

Loreena sah sie über den Rand ihres Glases hinweg an, ehe sie sich wieder dem Whiskey widmete, ihn hin und her schwenkte und die Schlieren beobachtete, die an der Glaswand hinunterrannen, zurück in die bernsteinfarbene Flüssigkeit. »Mit Zuckercouleur gefärbt«, sagte sie kritisch. »Karamellige Note. Könnte von der Zellulose in den Fässern kommen.« Sie nahm einen weiteren Schluck und ließ ihn langsam über die Zunge gleiten. »Ein bisschen Rosine, ein Tick Leder und Rauch. Insgesamt interessant, aber ich bevorzuge dann doch andere Sorten.« Erschrocken blickte sie hoch, weil sie so unhöflich gewesen war und den Whiskey kritisiert hatte.

Doch die Dame lachte und zeigte dabei tiefe Grübchen. Vertraulich beugte sie sich vor und meinte augenzwinkernd: »Das ist alles Geschmackssache.«

»Da haben Sie recht«, antwortete Loreena und lächelte. Sie stellte das nunmehr leere Glas auf das Tablett zurück; ein Pärchen kam zu ihnen herüber und tat dasselbe. Als die beiden sich wieder entfernt hatten, ergriff Loreena die Chance, die Frau nach dem Vorarbeiter zu fragen. »Ich suche einen früheren Freund meines Vaters, der einmal hier gearbeitet hat. Sein Name ist Tim O'Keene.«

Die Frau richtete sich auf und strahlte. »Sie meinen den alten Timmy?

Loreena nickte zögernd.

»Der arbeitet tatsächlich noch stundenweise in der Brennerei – seit mittlerweile fünfzig Jahren«, erzählte die Frau.

»Ist er denn heute da? Kann ich mit ihm sprechen?«, erkundigte sich Loreena. Sie hatte das Gefühl, dass es besser war, schnell auf den Punkt zu kommen – die Irin schien eine der Frauen zu sein, die gern und viel schwatzten.

»Zufällig ist er heute tatsächlich da. Wenn Sie hier warten, gehe ich hinüber und frage ihn, ob er kurz herkommen kann.«

Loreena nickte dankbar und beobachtete, wie die Frau das Tablett auf einem der Fässer abstellte und aus der Halle eilte. Die anderen Besucher standen in kleinen Grüppchen beisammen, tranken, plauderten und lachten. Ein paar von ihnen gingen herum und machten Schnappschüsse.

Um sich die Zeit zu vertreiben, schlenderte Loreena ebenfalls ein wenig herum. Sie war gerade vor einer Reihe Fässer stehen geblieben, als sie eine Hand auf ihrer Schulter fühlte und sich umdrehte. Vor ihr stand ein alter Mann, kleiner als sie selbst, der zu ihr aufsah. Er reichte ihr die Hand. Trotz seines Alters war sein Händedruck erstaunlich kräftig.

»Bridget sagte mir, Sie wollten mit mir sprechen.« Er musterte sie neugierig.

Loreena nickte. »Ich glaube, Sie kannten meinen Vater«, erklärte sie. »John Fallon.«

Die Miene des alten Mannes blieb ausdruckslos. »Es tut mir leid, aber der Name sagt mir nichts.«

»Er hat nur kurz hier gearbeitet. Dann lernte er meine Mutter kennen und ging mit ihr nach Deutschland«, erzählte Loreena und starrte den Mann an, als könne sie damit seine Erinnerungen aktivieren.

Er schien nachzudenken. Nach einer Weile fiel ihm wohl etwas ein, denn sein Gesicht erhellte sich und seine trüben Augen begannen zu leuchten.

»John!«, sagte er. »John mit der deutschen Touristin, natürlich erinnere ich mich an ihn.« Er nickte erfreut. »Wie geht es ihm denn? Ist er auch in Irland?«

Die Frage stach Loreena ins Herz, doch sie fasste sich schnell wieder. »Er ist vor zwei Monaten gestorben.«

»Oh nein! Er war doch jünger als ich!« Der alte Mann wirkte bestürzt. »Was ist passiert?«

»Ein Schlaganfall«, erklärte Loreena. »Ich bin nach Irland gekommen, um seine Verwandten zu finden. Er sprach nie über sie, aber ich würde sie wirklich gern kennenlernen.«

Der alte Mann musterte sie aufmerksam. »Familie ist wichtig«, sagte er schließlich. »Sie gibt uns die Wurzeln, damit wir fliegen können.« Er griff nach ihrer Hand und tätschelte sie. »Wie kann ich Ihnen helfen, cailín?«

»Sie waren doch mit meinem Vater befreundet, nicht wahr? Ich weiß nichts über meine Verwandten, nicht einmal ihre Namen. Hat er Ihnen gegenüber vielleicht mal jemanden erwähnt?«

Der alte Mann schüttelte den Kopf. »So leid es mir tut, ich weiß nichts Genaues über John und seine Familie. Und selbst wenn er mir etwas erzählt hat, habe ich das über die Jahrzehnte sicher vergessen. Mein Gedächtnis wird mit dem Alter leider auch nicht besser.«

Loreena kämpfte dagegen an, ihre Enttäuschung offen zu zeigen. Sie schwiegen eine Weile, bis der alte Mann sich straffte. Offenbar war ihm gerade etwas eingefallen.

»Er war von zu Hause fortgelaufen.«

»Mein Dad?«

»Ja. Mit fünfzehn ist er von zu Hause weggelaufen. Als er hier arbeitete, hat er in den Pausen öfter Briefe an jemanden geschrieben. Ich weiß nicht, an wen, ich erinnere mich nur noch, dass es jemand aus Badger's Burrow war, weil ich einmal gesehen habe, wie er das auf ein Kuvert schrieb.«

Ein Mann rief nach Timmy und der hob seinen Arm. »Ich muss zurück an die Arbeit«, sagte er entschuldigend und schüttelte Loreena die Hand. »Es tut mir leid, dass ich Ihnen nicht helfen konnte.«

»Ganz im Gegenteil! Sie haben mir schon weitergeholfen. Jetzt weiß ich, dass es jemanden in Badger's Burrow gibt oder gab, der mit meinem Dad in Kontakt stand«, widersprach sie.

Der alte Mann lächelte und nickte. »Dann hat sich Ihr

Besuch hier ja gelohnt.« Damit drehte er sich um und ging.

Loreena sah ihm hinterher. An der Tür blieb er stehen, wandte sich ihr zu und winkte noch einmal kurz. Danach verließ auch sie das Gebäude. Sie ging zurück zu dem Wasserrad. Sein gleichmäßiges Rumpeln und das Plätschern und Gurgeln des Wassers entspannten sie. Tief atmete sie die würzige Luft ein und erinnerte sich an das Versprechen, das sie ihrem Vater bereits vor Jahren gegeben hatte: Sollte er sterben, würde sie seine Asche an den Destillerien des irischen Whiskey-Trail verstreuen. Seine Urne war im Verlauf ihrer Irlandreise immer leichter geworden, bald würde nur noch ein kleiner Rest seiner Asche übrig sein.

Sie empfand diesen Ort hier als den besten für ihr nächstes Vorhaben. Kurz lehnte sie sich an das Geländer und schaute noch einmal auf das Wasser. Dann drehte sie sich um, ging in die Hocke und schlug das Tuch von ihrem Weidenkorb zurück. Eingebettet zwischen einer Wasserflasche, etwas Proviant und ihrer Handtasche ruhte die Urne.

Vorsichtig hob Loreena das Gefäß heraus und nahm den Deckel ab. Tränen stiegen ihr in die Augen. Sie blinzelte sie fort und sah sich vorsorglich um, ehe sie das bereits vertraut gewordene Ritual durchführte. Sie streute einen Teil der Asche ins Gras und beobachtete, wie die rußigen Partikel zu Boden rieselten, dann aber von einem lauen Lüftchen aufgewirbelt wurden und wie eine kleine Rauchwolke über den Grasstoppeln schwebten, bis schließlich das letzte Flöckchen zur Erde sank. Genau in diesem Moment streifte eine warme Brise ihr Gesicht und erneut füllten sich ihre Augen mit Tränen.

Loreena wischte sie fort. »Ich hab dich lieb, Daddy«,

flüsterte sie, ehe sie die Urne wieder fest verschloss. Sie räusperte sich und stellte sie in den Weidenkorb zurück. Gerade als sie das Tuch darüberlegte, näherten sich ein paar Leute. Loreena schrak zusammen, packte den Griff des Korbs und richtete sich auf. Dann lief sie zu ihrem Auto zurück.

Während der Rückfahrt nach Badger's Burrow hatte Loreena kaum einen Blick für die Landschaft übrig und noch weniger Lust, irgendwo anzuhalten und spazieren zu gehen oder Sightseeing zu betreiben. Sie ahnte, dass die Suche nach der Herkunftsfamilie ihres Vaters nicht so einfach werden würde, wie sie gehofft hatte. Eventuell musste sie sogar damit rechnen, unverrichteter Dinge nach Hause zurückzukehren. Ihre Hoffnung lag nun auf dem Dinner am Abend, vielleicht würde sich beim Gespräch mit Pater Sewey ein handfester Hinweis ergeben.

Eigentlich hätte es sie entmutigen müssen, dass es keinen genauen Ansatzpunkt für ihre Suche gab. Aber es ging um ihren Vater, ihre Herkunft – und sie würde nicht so einfach aufgeben. Ihre Gedanken wanderten zu ihrer rüstigen Pensionswirtin. Mae war wirklich fabelhaft; dass sie sie bei ihrer Verwandtensuche unterstützen wollte, hätte Loreena nie erwartet. Sie war sich nicht sicher, ob sie selbst ebenso hilfsbereit wäre, wenn eine zufällige Bekanntschaft mit ähnlichem Anliegen bei ihr auftauchen würde.

Endlich erreichte sie das Reihenhaus, in dem Mae wohnte. Sie parkte, nahm ihren Korb und stieg aus. Die Haustür war wie immer nicht abgeschlossen.

Loreena zog sie sorgsam zu, ehe sie in den Flur hineinrief: »Hallo Mae! Bist du zu Hause?«

»Schrei doch nicht so, Liebchen!« Mae stand plötzlich direkt neben ihr in der Tür, die zum Wohnzimmer führte. »Und? War dein Tag erfolgreich?«

Loreena schüttelte den Kopf und seufzte.

Mae winkte sie ins Wohnzimmer. »Komm, stell deinen Korb ab und trink erst mal eine Tasse Tee mit mir!«

»Das ist vielleicht gar keine schlechte Idee.« Loreena stellte den Weidenkorb unter die Garderobe und folgte Mae ins Wohnzimmer.

Dort sah es ein wenig aus wie in den 1970er Jahren. Ein Clubsofa und ein Ohrensessel standen vor einem niedrigen Nierentisch. Direkt gegenüber befand sich ein Röhrenfernseher und links von der Sitzecke das Fenster. Mae deutete auf das Sofa und Loreena setzte sich. Während Mae ihr eine Tasse Tee einschenkte, schaute Loreena hinaus auf den Pub auf der anderen Straßenseite. Dann wandte sie sich wieder Mae zu, die ihr gerade einen Teller Haferkekse zuschob, ehe sie selbst Platz nahm.

»Und jetzt erzähl!«, forderte sie Loreena auf. »Hast du heute Morgen Mrs Connor und ihre Tochter noch rechtzeitig abgefangen?«

Loreena griff nach der Zuckerdose, gab zwei gehäufte Teelöffel in ihre Tasse und rührte um. »Ja«, antwortete sie schließlich. »Mrs Connor war sehr nett und hat meine Fragen beantwortet, aber es war leider nicht sehr ergiebig. Ihr Mann wollte hier in Badger's Burrow jemandem in den Hintern treten, mehr wusste sie auch nicht. Außerdem trug er wohl stets etliche Visitenkarten mit sich herum. Und der Name meines Vaters sagte ihr nichts.« Sie zog die Stirn kraus. »Ehrlich gesagt weiß ich nicht, was ich von der Sache mit Dads Visitenkarte halten soll.«

Mae hatte während der ganzen Zeit ihre Teetasse in

der Hand gehalten und trank nun einen Schluck. Dann stellte sie die Tasse bedächtig ab und fragte: »Von all den Möglichkeiten, wie die Karte in Mr Connors Besitz geraten konnte, welche erscheint dir am wahrscheinlichsten?« Loreena öffnete den Mund, um zu antworten, doch Mae sprach schon weiter: »Überlege genau! Oft liegt die Lösung direkt vor unserer Nase und wir sehen sie nicht, obwohl sie uns förmlich anspringt.«

Loreena nahm ihre eigene Teetasse, sah hinein und dachte kurz nach. »Ich kann mir wirklich keinen Reim darauf machen«, sagte sie schließlich. »Aber nach meinem Besuch bei Mrs Connor war ich noch in der Destillerie Kilbeggan. Dort habe ich Timothy O'Keene getroffen, den früheren Vorgesetzten meines Dads. Er erinnerte sich, dass mein Dad im Alter von fünfzehn Jahren von zu Hause fortgelaufen ist und während seiner Zeit in der Brennerei immer Briefe an jemanden in Badger's Burrow schrieb«, erzählte sie langsam, während sie gleichzeitig ihre Gedanken sortierte. Plötzlich fiel ihr etwas ein. »Ich glaube ...« Sie brach ab, weil es ihr zu unsinnig vorkam.

»Ja?« Mae nickte ihr auffordernd zu.

»Ich weiß nicht, ob es ein Zufall war, dass Edward Connor die Visitenkarte meines Dads bei sich trug. Aber vielleicht wurde er umgebracht, weil er etwas wusste – über meinen Dad oder seine Verwandten. Kann doch sein, dass mein Dad ein Verbrechen oder etwas Ähnliches beobachtet hatte und deshalb davongelaufen war. Oder ...« Sie stockte wieder, denn der nächste Gedanke war einfach furchtbar. Aber dann riss sie sich zusammen. »Oder er hat selbst eine Straftat begangen und musste vor der Polizei fliehen. Vielleicht hatte Edward Connor Beweise dafür und wurde deshalb umgebracht.«

Mae nickte eifrig. »Grundsätzlich könnte es schon so

gewesen sein. Aber dass dein Vater ein Verbrechen begangen hat, glaube ich nicht. Die ganze Sache würde in dem Fall doch nur dann einen Sinn ergeben, wenn er als Edward Connors Mörder in Frage käme.«

»Jemand anderes könnte Connor ermordet haben, um meinen Dad oder zumindest seinen guten Ruf zu schützen«, gab Loreena zu bedenken.

»Da hast du auch wieder recht«, stimmte Mae ihr zu. »Und das müsste dann ja eine Person sein, die deinem Dad sehr nahestand, also vermutlich ein sehr enger Freund – oder ein Familienangehöriger.«

Loreena schauderte bei dem Gedanken, dass es sich bei dem Täter um jemanden handeln könnte, mit dem sie verwandt war. »Ich will auch überhaupt nicht Sherlock Holmes spielen«, sagte sie. »Aber ich muss wissen, warum oder wovor mein Dad geflohen ist. Schon allein um sicher zu sein, dass er damals nichts Furchtbares getan hat. Und ich will trotz allem meine Verwandten finden.«

»Natürlich«, pflichtete Mae ihr bei, »das ist unser vordringlichstes Ziel.«

Loreena stand auf und ging ans Fenster. Sie blickte eine Weile hinaus, dann drehte sie sich um. Mae hatte eine Hand unters Kinn gelegt, den Zeigefinger am Mundwinkel. Ganz offensichtlich dachte sie angestrengt nach.

»Weißt du, was mich wundert?«, sagte sie schließlich. »Wenn Connor tatsächlich Beweise für ein Verbrechen damals hatte, wieso kam er gerade jetzt damit hierher? Vielleicht weil er die Beweise erst vor Kurzem erhalten hatte? Weil dein Vater gestorben ist?«

»Du meinst, mein Dad hätte sie ihm kurz vor seinem Tod noch zugespielt?«, fragte Loreena. »Aber dazu wäre er nach seinem Schlaganfall gar nicht mehr in der Lage gewesen.«

»Vielleicht wurden sie Connor nach dem Tod deines Vaters automatisch zugestellt, von einem Anwalt zum Beispiel«, überlegte Mae laut. Dann sah sie auf die Uhr über dem Kamin und schrak sichtlich zusammen. »Um Himmels willen, ich muss ja noch kochen!« Sie sprang auf. »Pater Sewey, der alte Gierschlund, erwartet sicher ein Dreigängemenü, das den Ansprüchen eines Gourmets standhält«, grummelte sie, doch in ihren Augen blitzte die Vorfreude.

»Kann ich dir irgendwie helfen?«, fragte Loreena und stand ebenfalls auf. Die Küchenarbeit würde sie sicher von ihren Grübeleien über die ganze Angelegenheit mit Edward Connor, ihrem Dad und der verschollenen Familie ablenken.

»Nein, nein«, erwiderte Mae. »Das brauchst du nicht. Trink in Ruhe deinen Tee und denk darüber nach, was du Pater Sewey fragen möchtest!«

Loreena nickte und setzte sich wieder. Aber darüber nachdenken, was sie den Pfarrer fragen wollte, musste sie nicht. Sie würde sich direkt nach den Fallons erkundigen. Als Gemeindepfarrer sollte er doch nicht nur die Einwohner kennen, sondern auch wenigstens ansatzweise deren Familiengeschichten. Zumindest hoffte Loreena das.

Als Pater Sewey schließlich eintraf, hatte Loreena die Zeit genutzt, um die Ergebnisse ihrer Nachforschungen und ihre Gedanken und Schlussfolgerungen dazu in ihrem Notizbuch zu notieren. Nun stand sie dem Pfarrer gegenüber, einem distinguiert dreinblickenden Herrn im schwarzen Anzug und mit dem typischen Priesterkragen.

Freundlich lächelnd schüttelte er ihr die Hand. »Erfreut, Ihre Bekanntschaft zu machen, Ms Fallon.«

»Ganz meinerseits«, erwiderte Loreena und lächelte ebenfalls.

»Wir essen im Wohnzimmer«, verkündete Mae, die gerade mit einem Tablett in den Händen aus der Küche kam, und schob die Tür auf. »Rein mit euch beiden! Der Kängurubraten wird kalt!«

Loreena starrte sie an, während der Pfarrer nur leise lachte.

»Mae, verschreck doch deinen Gast nicht so! Sie glaubt es dir am Ende noch.«

Mae hob die Augenbrauen. »Da gibt's nichts zu glauben, werter Brian. Die Abteilung Glauben und Beten ist allein dir vorbehalten.«

Der Pfarrer blinzelte irritiert.

Mae schüttelte spöttisch grinsend den Kopf. »Immer diese Empfindlichkeiten! Da schlagt ihr euch den Bauch mit Kalb, Schwein und Hühnchen voll, aber Känguru ist tabu?« Sie klopfte ihm auf die Schulter, und als er an ihr vorbei ins Wohnzimmer ging, zwinkerte sie Loreena zu. »Keine Sorge, natürlich gibt es keinen Kängurubraten! Ich habe ein paar Schweinekoteletts durch die Pfanne gejagt.«

Pater Sewey tupfte sich den Mund mit der Serviette ab. »Sie suchen also Ihre Verwandten?«, fragte er Loreena.

»Ja. Ich hatte gehofft, das wäre leichter«, gestand sie.

Der Pfarrer faltete seine Hände über dem Bauch und lehnte sich entspannt zurück. »Fallon ist der Name, richtig?«

Loreena nickte. »Der Vorname meines Vaters war John.«

»Das ist ein sehr geläufiger Name und eine Familie namens Fallon ist mir leider nicht bekannt«, erklärte der Pfarrer.

Loreena seufzte leise. So viel also zu ihrer Hoffnung, vom örtlichen Pfarrer Informationen zu erhalten.

Mae legte ihr eine Hand auf den Arm, dann stand sie auf und schenkte ihnen allen Tee ein.

»Wer könnte mir denn sonst weiterhelfen?«, fragte Loreena.

Pater Sewey antwortete nicht sofort. Seelenruhig kümmerte er sich um seinen Tee, goss Milch in die Tasse, gab Zucker dazu und rührte um. Dann lehnte er sich mit der Tasse in der Hand zurück und trank einen Schluck.

»Orla Kanturk wäre die richtige Ansprechpartnerin für Sie«, sagte er endlich. »Allerdings ist sie bis Ende der Woche verreist.«

»Bis Anfang kommender Woche«, verbesserte Mae ihn.

Der Pfarrer nickte geistesabwesend. »Dann wäre da noch Moira Kelsey aus Mostrim, doch die ist zurzeit im Krankenhaus.« Er schien weiter zu grübeln. »Nächste Woche treffe ich mich mit dem Komitee für den Kirchenschmuck. Da könnte ich Ihr Anliegen vorbringen, Ms Fallon. Vielleicht kennt eines der Mitglieder Ihre Familie.«

»Das wäre sehr nett von Ihnen«, sagte Loreena.

»Es gibt einen Punkt, den wir noch nicht bedacht haben«, mischte sich Mae nun ein. »Die Fallons könnten Traveller sein, fahrendes Volk. Sie reisen umher und sind selten registriert. Bei den Anwohnern sind sie nicht gern gesehen. Meist werden sie verscheucht, sobald auch nur der erste Wohnwagen gesichtet wird. Dein Dad könnte ein sesshaft gewordener Traveller gewesen sein.«

Loreenas Zuversicht schrumpfte in Windeseile. »Dann mache ich meine Familie ja niemals ausfindig«, meinte sie mutlos.

»Warten wir doch erst einmal ab, was die nächste Woche

bringt«, schlug der Pfarrer vor und tätschelte Loreenas Hand. Dann wechselte er das Thema.

Der restliche Abend verlief bemüht unterhaltsam. Nach einer Weile überkam Loreena das Gefühl, sie würde stören. Also verabschiedete sie sich unter dem Vorwand, müde zu sein und zu Bett gehen zu wollen. Als sie die Treppe hinaufstieg, hörte sie, wie Mae Pater Sewey eine Runde Schach vorschlug.

Niedergeschlagen betrat sie ihr Zimmer. Sie konnte nicht aufhören, daran zu denken, dass der Mord an Edward Connor möglicherweise in irgendeinem Zusammenhang mit ihrem Vater und dessen Herkunft stand.

Unruhig ging sie zum Fenster und starrte auf die Gasse hinaus. Als sie ihren Blick schweifen ließ, sah sie eine Gestalt aus einem Haus auf der gegenüberliegenden Seite kommen. Zunächst vermutete sie, dass es sich um einen von Maes Nachbarn handelte, und wollte sich gerade abwenden. Doch dann erkannte sie Kenneth O'Mulligan. Sein Haar stand verstrubbelt vom Kopf ab und er wirkte erschöpft. Umständlich entfernte er die Folie von einer Zigarettenschachtel, ehe er sich einen Glimmstängel herauszog und ihn zwischen seine Lippen presste. Er ließ die Schachtel in einer Tasche seines Mantels verschwinden und zog ein Feuerzeug heraus. Dann senkte er den Kopf und Loreena sah die Flamme aufleuchten und schließlich das Ende der Zigarette glühen, als er daran sog. Plötzlich blickte er auf und schaute zur Seite. Was auch immer seine Aufmerksamkeit auf sich lenkte, ließ ihn herablassend lächeln.

Loreena beugte sich neugierig vor. Brandon Porter kam die Straße entlang, leichtfüßig wie ein Mann, der sich auf eine Verabredung freute. Mit der rechten Hand wirbelte er einen dicken Schlüsselbund herum. Ein bisschen erinnerte er Loreena an Ron Weasley aus den Harry-Potter-Filmen. Sie hatte den linkischen Sidekick immer lieber gemocht als die anderen Charaktere.

Gespannt beobachtete sie die Männer weiter. Kenneth O'Mulligan rief Brandon Porter offensichtlich etwas zu, woraufhin dieser stehen blieb. Seine Miene verdüsterte sich, er nickte Kenneth O'Mulligan zu und sagte wohl ebenfalls etwas zu ihm. Den Gesichtern der beiden nach zu urteilen, war es kein freundlicher Wortwechsel.

Loreena trat vom Fenster zurück und überlegte, ob sie hinuntergehen und mit dem Inspector reden sollte – sofern er überhaupt vorhatte, bei seiner Großmutter vorbeizusehen. Sie hätte gern gewusst, ob er inzwischen mehr über den Toten im Whiskeyfass und die Begleitumstände des Falls herausgefunden hatte.

Als sie in den Flur trat, hörte sie, wie Mae die Haustür öffnete und hinausrief: »Brandon! Wo bleibst du denn nur? Rein mit dir! Pater Sewey ist hier, du kannst ihm Guten Abend wünschen.«

Dann wurde die Haustür wieder geschlossen.

»Brandon, wirklich!«, schimpfte Mae. »Musst du dich immer mit Kenneth O'Mulligan streiten? Werdet ihr beide denn nie erwachsen? Kenneth war ein übermütiger Teenager, der eben gern über die Stränge schlug.«

Brandon brummelte etwas, das Loreena nicht verstehen konnte.

»Ausreden!«, schnaubte Mae. »Du wartest doch nur darauf, es ihm heimzuzahlen.«

Loreena stutzte und kehrte leise in ihr Zimmer zurück. Sie war nicht interessiert daran, irgendwelche privaten Gespräche zu belauschen. Es ging sie auch nichts an.

5. Kapitel

»Gib einem Iren einen Monat lang Lager
und er ist ein toter Mann.
Ein Ire ist mit Kupfer ausgekleidet
und das Bier lässt das Kupfer korrodieren.
Aber Whiskey poliert das Kupfer und
ist die Rettung für den Iren.«
Mark Twain (1835 – 1910),
US-amerikanischer Schriftsteller

»Guten Morgen!« Loreena betrat die Küche, die von einem verlockenden Duft nach Kaffee, frischem Toast und gebratenem Speck erfüllt war.

Mae stand am Herd. Sie trug nichts außer rosa Plüschpantoffeln und einem T-Shirt, das bis zum oberen Drittel ihrer Oberschenkel reichte. Brandon Porter saß am Tisch, blätterte in einem Journal und aß Toast. Die Tatsache, dass seine Großmutter halb nackt war, schien ihm nichts auszumachen. Als er Loreena bemerkte, nickte er ihr grüßend zu. Offenbar erkannte er ihre Verwunderung über Maes Aufzug, denn er zuckte grinsend mit den Schultern.

»Sie zieht sich wenigstens das T-Shirt über. Die gesamte Familie hat Angst davor, was sie tun wird, wenn wir uns beschweren«, behauptete er.

»Dummkopf!«, sagte Mae liebevoll und drehte sich mit der Pfanne in der Hand zu den beiden um.

Die Speckscheiben darin kräuselten sich, Fett zischte und spritzte. Obwohl Loreena einem fettigen Frühstück mit Speck, Würstchen, Eiern und Bohnen normalerweise nichts abgewinnen konnte, lief ihr bei dem Anblick und dem Geruch das Wasser im Mund zusammen. Sie versuchte, sich den Heißhunger nicht anmerken zu lassen, und ließ sich gegenüber von Brandon Porter am Küchentisch nieder, wo bereits für sie eingedeckt war.

Er deutete auf zwei Kannen. »Grandma trinkt Tee, ich bevorzuge Kaffee«, erklärte er. »Und Sie?«

»Kaffee, bitte.«

Er schob ihr eine der Kannen zu. Loreena griff danach und schenkte sich ein, während Mae mit der Pfanne in der Hand an den Tisch trat.

»Lust auf ein typisch irisches Frühstück? Cholesterin bis zum Abwinken.« Sie lachte und wirkte dabei frisch und jugendlich, obwohl sie faltig wie eine Rosine aussah.

»Ich bin wagemutig und probiere es einmal«, scherzte Loreena.

»Das gefällt mir«, erwiderte Mae grinsend. Sie ließ Speck aus der Pfanne auf Loreenas und ihren eigenen Teller gleiten und gab Spiegeleier dazu. Dann lief sie zurück zum Herd, stellte die Pfanne ab und holte den Topf mit den Baked Beans. Sie schöpfte ein paar Löffel auf die beiden Teller und nickte Loreena auffordernd zu. »Lass es dir schmecken!«

»Danke!« Loreena lächelte ihr zu und probierte. Es war eigentlich ganz lecker – nicht für jeden Tag geeignet, aber sie war ja im Urlaub.

Mae setzte sich ebenfalls und begann zu essen. Eine Weile herrschte Schweigen am Tisch. Brandon Porters Löffel schlug klirrend an die Wand seiner Tasse und Maes Messer schabte über den Teller, als sie Bohnen auf ihre Gabel schob. Begleitet wurden diese Geräusche nur vom Ticken der Küchenuhr. Plötzlich kreischte draußen der Motor eines Autos auf und kurz darauf läuteten die Glocken der Dorfkirche. Ein paar lachende Kinder rannten die Straße entlang.

»Morgen Abend findet im Pub ein Céili statt«, sagte Brandon Porter nach einer Weile.

»Eine Musik-Session?«, vergewisserte sich Loreena.

»Ja, eine der besten in der Grafschaft«, schwärmte Mae. »Alle werden da sein. Du solltest uns begleiten, Loreena! Vielleicht findest du etwas über deine Verwandten heraus.«

»Ach ja?«, neckte Loreena sie. »Das hast du beim letzten Mal auch schon behauptet.«

Brandon Porter – Inspector Porter, wie sich Loreena streng in Erinnerung rief – schüttelte den Kopf. »›Alle‹ ist natürlich übertrieben. Aber viele Ortsansässige und etliche Fremde werden da sein. Samstags haben die meisten Zeit und Muße für einen Pubbesuch.«

Loreena nickte. Vielleicht war das wirklich eine gute Gelegenheit, um etwas über die Familie Fallon herauszufinden. Und irische Musik mochte sie ohnehin.

»Ich komme gerne mit. Das klingt nach Spaß«, stimmte sie zu.

Mae lächelte zufrieden und lehnte sich zurück. »Du musst im Pub mit Brady das Tanzbein schwingen. Er ist ziemlich gut darin.«

Brandon Porters Wangen färbten sich rosa. Er drehte sich zu Mae und musterte sie stirnrunzelnd.

»Musst du so etwas behaupten? Du weißt genau, dass ich nur deshalb zur Polizei gegangen bin, damit die Leute endlich Respekt vor mir haben und nicht mehr über die Sache mit dem Tanzwettbewerb lästern.«

Mae lachte und beugte sich vertraulich zu Loreena. »Er hat den ersten Platz bei einem Tanzwettbewerb gewonnen«, erzählte sie.

»Ich war zehn Jahre alt«, warf Brandon Porter ein.

»Und damals schon begabt«, fuhr Mae unbeirrt stolz fort.

»Ich habe Tag und Nacht geübt, damit ich den ersten Platz mache!«

»Und ehrgeizig«, ergänzte Mae.

»Es gab eine Fahrt im Feuerwehrauto zu gewinnen«, erklärte Brandon Porter. Seine Wangen glühten inzwischen rot. Feuerwehrrot. »Du vergisst aber auch nichts, es ist furchtbar!«

Loreena konnte sich ein Lächeln nicht verkneifen. Sie stellte sich vor, wie der zehnjährige Brandon Porter, ein kleiner rothaariger Kerl, verbissen Tanzschritte übte, nur um mit dem Feuerwehrauto fahren zu dürfen.

Brandon Porter sah sie an und zwinkerte verlegen.

Loreena verspürte das Bedürfnis, ihn zu beruhigen. »Ich weiß nicht, ob ich wirklich tanzen möchte, aber in den Pub komme ich sehr gerne mit.« Sie lehnte sich zurück und sah auf die Küchenuhr.

Brandon Porter folgte ihrem Blick. »Wir haben genug Zeit«, beruhigte er sie.

»Wofür?« Irritiert überlegte sie, wovon er sprach. Sie schaute zu Mae hinüber, doch die konzentrierte sich wieder auf ihr Frühstück und schien nicht länger auf die jungen Leute zu achten.

»Für alles«, gab Brandon Porter schmunzelnd zur Antwort.

Loreena zog die Augenbrauen hoch und lachte. »Da bin ich ja froh. Ich war fast in Versuchung, in Hektik zu verfallen.« Damit wandte sie sich ebenfalls wieder ihrem Essen zu.

Brandon Porter leerte seine Tasse und stand auf. Dann nahm er sein Gedeck und trug alles zur Spüle.

»Musst du etwa schon gehen?«, erkundigte sich Mae.

»Leider ja«, erwiderte Brandon Porter und griff nach seinem schwarzen Tweedjackett. »Große Teambesprechung wegen des Mordes in der Destillerie.« Er wandte sich an Loreena: »Was steht bei Ihnen heute auf dem Programm, Ms Fallon?«

»Bitte, das klingt so steif. Spricht etwas dagegen, dass Sie mich beim Vornamen nennen?«, fragte sie.

Er grinste breit. »Überhaupt nicht!«, sagte er und hielt ihr die Hand hin. »Ich bin Brandon.«

Sie nahm kurz seine Hand. »Loreena.«

»Also, Loreena, was steht bei dir heute auf dem Plan?«

Sie räusperte sich. »Eigentlich wollte ich nur ein wenig in Badger's Burrow spazieren gehen, weil ich mittags einen Termin mit Kenneth O'Mulligan gehabt hätte. Aber heute Morgen hat er mir eine SMS geschrieben, er müsse den Termin auf sechzehn Uhr verschieben.«

»Dann fahr doch zum Lough Ree«, schlug Mae vor.

»Was ist das?«

»Ein See, genauer gesagt ein Fischerparadies«, erklärte Brandon. »Mein Dad hat uns Kinder früher jede Woche dorthin kutschiert, um mit uns zu angeln. Miete dir am besten ein Boot und fahr auf die Insel Inchcleraun in der Mitte des Sees. Der Legende nach wurde dort die mythische Königin Medb ermordet.«

»Oder du besuchst Rindoon Castle«, warf Mae ein. »Das ist wunderschön. Überhaupt ist die gesamte Gegend rund um den See noch sehr ursprünglich und es verirren sich kaum Touristen dorthin. Wenn du also mal das Irland erleben willst, wie es vor zwanzig Jahren war, ehe die Touristenströme über uns hereinbrachen, wirst du dort fündig werden.«

Eine Stunde später saß Loreena in ihrem Mietwagen. Die Fahrt war ein wenig abenteuerlich, denn die Straßen waren nicht immer gut ausgebaut und breit, sondern oft auch eng und holprig. Aber überall beherrschte die Farbe Grün die Umgebung: helles Grün, dunkles Grün, leuchtend wie Smaragde im Sonnenlicht und matt wie von einem durchsichtigen Schleier umhüllt, Tannengrün, Lindgrün, klares Grün und fast schmutzig wirkendes Grün. Außerdem gab es unzählige Schafe auf den Weiden und Kühe, die scheinbar unbeteiligt neben ihren wolligen Kameraden grasten. Das Land war von kniehohen Mauern durchzogen, die die Weiden voneinander abgrenzten. Manche dieser Steinwälle aus dunklem und hellem Schiefer waren wie glatt gewaschen, während andere mit dickem Moos bewachsen oder von Efeu umrankt waren.

Schließlich lenkte Loreena ihr Auto auf einen kleinen Parkplatz. Sie stieg aus und folgte einem Pfad zum See hinunter. Links und rechts des Weges standen Bäume, die eine Art Bogengang aus Ästen und Blattgrün bildeten. Der Wind rauschte durch die Bäume und brachte die Zweige in Bewegung. Loreena fühlte sich wie in eine märchenhafte Welt versetzt. Nach einer Weile entdeckte sie den See. Das Wasser war graublau und klar. Loreena glaubte sogar, einen Fischschwarm unter der Oberfläche auszumachen, der in Richtung Seemitte glitt. Auf einer vorgelagerten

Halbinsel befand sich die Ruine von Rindoon Castle, direkt neben der historischen Mühle, der Kirche und dem alten Mauergerippe des früheren Hospitals. Wenigstens stand das in dem Flyer, den sie bei einem kurzen Stopp in der Touristeninformation mitgenommen hatte. Efeu überwucherte die Überreste der Burg und im Sonnenlicht wirkte das Ganze wie der ideale Ort, an dem Elfen und Feen tanzen und Verstecken spielen würden.

Einen Moment lang bedauerte Loreena, dass niemand bei ihr war und diesen Anblick mit ihr teilte. Doch als sie die Möwen beobachtete, die in Gruppen auf den Mauern der Ruine hockten, dann und wann ihre Flügel ausbreiteten, auf den See hinausflogen und dort ohne ihre Artgenossen ihre Runden drehten, mit einer Grazie und Selbstverständlichkeit, die nahelegte, dass sie keinen Schwarm benötigten, fühlte sie sich nicht mehr ganz so allein. Zufrieden verschränkte sie die Arme und genoss die Aussicht, ehe sie dem Pfad weiter hinunter folgte und direkt ans Ufer des Lough Ree gelangte. Eine Weile schlenderte sie am Wasser entlang und kehrte schließlich zu ihrem Wagen zurück.

Mittlerweile war es schon recht spät und Loreenas Magen meldete sich mit einem lauten Knurren. Sie fuhr wieder in Richtung Badger's Burrow und hielt unterwegs bei einem Pub, gerade noch rechtzeitig, ehe die Küche für den Nachmittag geschlossen wurde. Sie orderte ein Irish Stew, und während sie auf ihr Essen wartete, blätterte sie ein wenig in der Ausgabe einer örtlichen Tageszeitung. Tatsächlich fand sie einen doppelseitigen Bericht über die desaströse Whiskey-Präsentation bei O'Mulligan's. Es gab sogar ein Foto, das zeigte, wie Patricia O'Mulligan den Arm des Toten aus dem Fass zog. Ihr Sohn stand neben ihr und im Hintergrund sah man Ian O'Mulligan. Interessant waren die unterschiedlichen Gesichtsausdrücke der drei. Während Ian O'Mulligan kühl und abgeklärt schien, waren Kenneths Augen vor Schreck geweitet und Patricia schaute angewidert.

Loreena wandte sich dem Zeitungsartikel zu. Der Verfasser hatte bereits gewusst, um wen es sich bei dem Toten handelte, und einen kurzen Lebenslauf des Ermordeten verfasst: Edward Connor, Gründer der schottischen Destillerie Highland Spirits, entstammte einer Familie von Brennmeistern und hatte es geschafft, seine Whiskybrennerei binnen weniger Jahrzehnte zu einer ernst zu nehmenden Konkurrenz für die O'Mulligans aufzubauen. In jungen Jahren hatten sich Ian O'Mulligan und Edward Connor auf einer Whiskeymesse heftig in den Haaren gelegen. Seitdem war keiner der beiden mehr gut auf den anderen zu sprechen gewesen.

Kopfschüttelnd überflog Loreena diesen Teil. Kleinkrieg zwischen zwei Alphamännchen, das interessierte sie nicht. Sie las weiter, doch der Artikel enthielt keine Informationen mehr, die ihr noch nicht bekannt waren. Dann kam endlich ihr Essen und sie legte die Zeitung beiseite.

Obwohl Loreena Klatsch und Tratsch normalerweise nicht sonderlich ernst nahm, ließ sie der Gedanke an den Zwist zwischen den O'Mulligans und Edward Connor nicht los, während sie zurück nach Badger's Burrow fuhr. Ärgerlich versuchte sie, sich abzulenken, doch ohne Erfolg. Konnte es tatsächlich eine Verbindung zwischen den O'Mulligans, Edward Connor und ihrem Vater geben? Außer Whiskey fiel ihr da nichts ein, so sehr sie auch darüber nachdachte. Die O'Mulligans und Edward Connor besaßen eine Destillerie, ihr Vater das Whiskey-Fachgeschäft. Gab es da noch mehr? Die O'Mulligans und ihr Vater stammten aus Badger's

Burrow, aber Connor aus Schottland. Auf jeden Fall war er hier als Leiche in einem Whiskeyfass geendet – mit einem spektakulären Auftauchen.

Loreena war sich sicher, dass man in Badger's Burrow und der Umgebung lange Zeit kein anderes Thema kennen würde. Unter den Einwohnern brodelte garantiert die Gerüchteküche. Schon allein deshalb würde sich der Besuch des Pubs am Abend lohnen. Sie entschied, dort mit ein paar Leuten zu reden.

Da Kenneth O'Mulligan es ihr angeboten hatte, parkte Loreena auf dem Angestellten-Parkplatz der Destillerie. Als sie aus dem Wagen stieg, lag der typisch würzige, bierähnliche Geruch von Wash in der Luft und ließ ihr Herz höher schlagen. Er verriet ihr, dass man fleißig produzierte. Kurz überkam sie der Wunsch, ihr Vater könne bei ihr sein – so sehr, dass es ihr den Atem raubte. Dann hob sie den Blick und sah, wie die Tür zum Bürotrakt geöffnet wurde. Kenneth O'Mulligan und seine Mutter traten heraus. Er trug einen dunkelgrauen Anzug und auch sie war so elegant gekleidet, dass man ihr die Geschäftsfrau schon von Weitem ansah. Loreena schämte sich ein wenig, weil sie nur einen Wollpullover und Jeans anhatte. Doch das konnte sie nun nicht mehr ändern. Also ging sie auf die beiden zu.

»Sie sind also Ms Fallon«, sagte Patricia O'Mulligan zur Begrüßung und streckte Loreena die Hand entgegen. Ihre Stimme klang seltsam belegt.

Loreena nickte und schüttelte ihr die Hand. »Es freut mich, Sie kennenzulernen!«

Patricia O'Mulligan räusperte sich. »Sie sehen gut aus – nicht wahr, Kenneth?« Sie sah zu ihrem Sohn, doch der reagierte erst auf ein zweites, gezischtes »Kenneth!«.

»Ja, du hast recht, Mum«, sagte er, und dann, an Loreena gewandt: »Möchten Sie einen Kaffee, bevor wir mit der Besichtigung starten? Danach gehen wir in mein Büro und besprechen ein paar geschäftliche Details.«

»Gegen einen Kaffee habe ich nichts einzuwenden«, antwortete Loreena, »wenn ich jedoch stattdessen einen Espresso bekommen kann, stehe ich ewig in Ihrer Schuld.«

Die O'Mulligans lachten.

»Das mit dem Espresso lässt sich einrichten, Ms Fallon. Und Ihre Schuld ist mit einem Dankeschön beglichen«, erklärte Patricia O'Mulligan mit einem Augenzwinkern, dann ging sie zum Haus zurück.

Loreena und Kenneth O'Mulligan folgten ihr. Dabei legte er Loreena kurz seine Hand auf den Rücken, nahm sie aber wieder weg, um die Tür zu öffnen. Sie betraten ein Treppenhaus mit zartgelbem Wandanstrich, schwarzem Geländer und hellgrau gesprenkelten Steinstufen. Links an der Wand befand sich eine Stechuhr und ein schmaler Gang führte zu einer dunkelgrünen Stahltür.

»Dort geht es zur Produktion«, erzählte Kenneth O'Mulligan.

Sie stiegen hinauf in den zweiten Stock. Auch dort gab es eine grüne Tür, durch die sie in ein Großraumbüro mit Stellwänden zwischen den Schreibtischen gelangten. Keiner der Anwesenden sah auf, als sie eintraten. Tastaturen klapperten, ein Telefon klingelte und aus verschiedenen Richtungen erklangen Stimmen.

»Wir gehen in mein Büro«, bestimmte Patricia O'Mulligan und deutete auf eine Tür direkt vor Loreena. »Dort sind wir ungestört.«

Ihr Sohn ging voran, drückte die Klinke herunter und ließ Loreena den Vortritt.

Hinter sich hörte sie Patricia O'Mulligan zu einer der Angestellten sagen: »Jenny, bitte bringen Sie uns zwei Kaffee und einen Espresso!«

Das Büro war mit dunkelbraunen Möbeln sehr geschmackvoll eingerichtet. Auf dem Boden, dem Fensterbrett und den Regalen standen unzählige Grünpflanzen. Kenneth O'Mulligan rückte zuerst Loreena und dann seiner Mutter einen Ledersessel in der Besprechungsecke neben der Tür zurecht. Eine junge Frau kam mit einem Tablett herein und servierte ihnen die Getränke. Loreena dankte ihr, als sie den Espresso vor ihr abstellte. Nachdem die Frau gegangen war, wandte sie sich an Patricia O'Mulligan.

»Seit wann leben Sie in Badger's Burrow?«

»Ich bin eine Ureinwohnerin, kann man sagen«, antwortete Patricia O'Mulligan. Ihr breites Gesicht wirkte freundlich und zugänglich, auch wenn sie sehr aufrecht saß, fast ein wenig steif.

»Dann kennen Sie die Leute, die hier wohnen oder hier gelebt haben, recht gut?«, hakte Loreena nach. Sie hätte viel früher auf diesen Gedanken kommen sollen.

Patricia O'Mulligan ließ ihre Tasse sinken und lächelte. »Das kann man so sagen.«

Loreena räusperte sich. »Können Sie sich an eine Familie namens Fallon erinnern?«, fragte sie.

Patricia O'Mulligans Lächeln gefror. Sie trank einen Schluck und hielt dann die Tasse vor sich wie ein Schild.

»Fallon? Angehörige von Ihnen?«

Loreena nickte. »Mein Vater stammte von hier«, erklärte sie.

Patricia O'Mulligan stellte ihre Kaffeetasse ab. »Es tut mir leid. Ich kann mich an keine Familie dieses Namens erinnern«, sagte sie und sah zu ihrem Sohn, der Loreena anstarrte, dann aber schnell wegschaute, als ob er sich ertappt fühlte.

Loreena seufzte. Vier Wochen war sie nun schon in Irland, davon eine halbe Woche in Badger's Burrow, und noch immer gab es keinen Hinweis auf die Existenz einer Familie Fallon, nicht einmal die kleinste Information. Langsam glaubte sie wirklich, ihr Dad habe geschwindelt.

Patricia O'Mulligan stand aus ihrem Sessel auf. »Wollen wir mit dem Rundgang beginnen?«

Loreena senkte den Kopf und erhob sich ebenfalls. Sie hatte den Eindruck, dass die Frau von irgendetwas ablenken wollte. Das war natürlich Unsinn, weshalb sollte Patricia O'Mulligan ihr etwas verheimlichen, das mit ihrer Familie zusammenhing? Sie standen sich einen Moment lang gegenüber, dann öffnete sich die Tür und Ian O'Mulligan trat ein.

»Mein Lieber, was tust du denn schon hier? Ich dachte, der Termin in Dublin würde den ganzen Nachmittag dauern«, sagte seine Frau sichtlich überrascht.

Er zuckte mit den Schultern. »Du weißt doch, dass nicht immer vorherzusehen ist, wie lange eine Besprechung dauert.« Er wandte sich an Loreena und reichte ihr die Hand. »Wir wurden einander noch nicht vorgestellt – Ian O'Mulligan.«

»Loreena Fallon«, erwiderte sie.

»Ich habe schon einiges von Ihnen gehört. Sie sind die Deutsche mit dem Whiskeyshop und den Plänen für eine Erweiterung ihres Sortiments, richtig?«

»Stimmt. Ich habe nur ein kleines Geschäft, aber ich möchte expandieren. Für den Anfang in geringem Umfang, für mehr fehlt mir einfach das Geld. Ich denke, ich werde erst einmal in einen Onlineshop investieren. Die

Leute kaufen heutzutage sehr gern von zu Hause aus«, erzählte sie selbstbewusst. Sie hatte sich das alles sehr genau überlegt. Die Irlandreise hatte ihr dafür genug Zeit und Gelegenheit gegeben.

Ian O'Mulligan musterte sie abschätzend. »Das klingt sehr gut. Wie lange leiten Sie den Laden schon?«, fragte er.

»Ich habe ihn vor ein paar Wochen von meinem Vater geerbt«, erklärte Loreena.

»Sie werden sich sicher schnell zurechtfinden«, meinte Ian O'Mulligan und wandte sich dann an seine Frau: »Ihr kommt ohne mich aus? Ich habe ein paar Unterlagen durchzusehen, das würde ich gern noch vor dem Wochenende erledigen.«

Patricia O'Mulligan legte ihre Hand auf seinen Arm. »Natürlich! Wir führen Ms Fallon durch die Produktionshallen und besprechen anschließend das Geschäftliche.«

Er lächelte. »Fabelhaft, meine Liebe! Ms Fallon, bis später dann!« Damit reichte er Loreena die Hand. Bevor er den Raum verließ, klopfte er seinem Sohn auf die Schulter.

Patricia O'Mulligan schaute Loreena an. »Wollen wir mit unserer Besichtigung beginnen?« Als Loreena zustimmte, lächelte sie und ging zur Tür.

Loreena folgte ihr und Kenneth O'Mulligan bildete den Schluss. Sie durchquerten wieder das Großraumbüro, gingen hinunter ins Erdgeschoss und dort durch einen kurzen Gang. Schließlich gelangten sie in eine Lagerhalle. Ein Gabelstapler kreuzte ihren Weg in rasantem Tempo. Nachdem der Fahrer eine Hupe betätigt hatte, um sie zu warnen – oder zu verscheuchen, so ganz sicher war sich Loreena da nicht –, schoss er an ihnen vorbei.

Patricia O'Mulligan schüttelte nur den Kopf, während ihr Sohn dem Fahrzeug ein paar Schritte hinterherlief. Er winkte aufgebracht.

»Morrison! Nicht so schnell!«, schrie er, dann kehrte er zu den beiden Frauen zurück. »Irgendwann bringt er noch mal jemanden um mit seiner Raserei«, sagte er verärgert. »Aber deshalb sind Sie ja nicht hier, Ms Fallon. Also – das ist einer unserer Lagerräume. Nebenan beginnen die Produktionsabschnitte. O'Mulligan's stellt sein eigenes Malz her. Unsere Mälzerei ist gleich dort drüben.« Er deutete auf eine offene Seitentür und ging voraus auf den gepflasterten Hof.

Sie liefen zum gegenüberliegenden Gebäude mit den Pagodendächern. Beim Betreten hatte Loreena das Gefühl, gegen eine unsichtbare Wand zu laufen, so heiß war es darin. Sie schob ihre Ärmel hoch und sah sich um. Im Raum standen mehrere Öfen, in einer Ecke lagen ein Stapel Torfbriketts und anderes Brennmaterial. Eine Leiter im vorderen und eine im hinteren Teil führten nach oben.

Kenneth O'Mulligan hatte offenbar Loreenas Blick bemerkt. »Dort oben sind die Darrböden, wo die gekeimte Gerste auf perforiertem Boden ausgebreitet und vorsichtig getrocknet wird«, erklärte er. »Dazu verbrennen wir unter anderem Torf, das verleiht dem Whiskey später eine torfigrauchige Note.«

Seine Mutter nickte zustimmend. »Das erlaubt es uns, ›peated‹ auf das Etikett dieser Charge zu drucken.«

»Es wird aber kein intensiv torfiger Whiskey, oder?«, erkundigte sich Loreena.

»Nein, das ist das Malz für unseren O'Mulligan's Gold«, verriet Kenneth O'Mulligan.

Sie verließen die Mälzerei durch eine zweite Tür, die

ebenfalls hinausführte, diesmal jedoch auf die andere Seite des Gebäudes. Dort lag der lang gezogene, rötliche Backsteinbau, der einem aus der Ferne als Erstes auffiel. Neben einem Tor, das groß genug war, einen Lkw hindurchfahren zu lassen, stand eine weiße Sitzbank, daneben ein Hogshead-Fass. Loreena bemerkte außerdem zwei weitere Türen.

»Vor zwei Jahren haben wir diese Halle vergrößert. Inzwischen sind alle anderen Produktionsschritte darin untergebracht«, erzählte Patricia O'Mulligan stolz.

Sie betraten die Halle durch das offene Tor und Loreena schaute sich um. Hinter einem kleinen verglasten Raum entdeckte sie halb fertige Fässer und das dazugehörige Material, eine Werkbank und an der Wand Werkzeuge, die sorgfältig aufgehängt worden waren.

»O'Mulligan's stellt seine eigenen Fässer her?«, fragte sie beeindruckt.

Patricia O'Mulligan nickte. »Mein Mann hat eine Ausbildung zum Küfer gemacht, ein Umstand, der gelegentlich für unsere Brennerei von Nutzen ist«, sagte sie. »Aber lassen Sie uns doch weitergehen.«

Die beiden O'Mulligans führten Loreena in die nächste Abteilung. Auch dort war es warm und ein süßlicher Duft hing in der Luft. Ein riesiger Maischebottich mit einer glänzenden Kupferhaube schaltete sich just in diesem Moment ein. Das tiefe Brummen und ein plätscherndes Geräusch verrieten Loreena, dass das Malzschrot umgerührt wurde.

»Hier entsteht die sogenannte Würze«, erklärte Kenneth O'Mulligan. »Das ist der zweite Schritt der Whiskeyherstellung – aber das wissen Sie sicherlich bereits.«

Loreena lächelte ihm zu. Mittlerweile wurde es immer lauter, und obwohl der Geruch sehr angenehm war, war

Loreena froh, als sie den nächsten Raum betraten. Hier waren Wände und Boden weiß gestrichen. Etwas weiter hinten stand ein hölzerner Bottich, der aufgrund seiner Größe und Form ein wenig an einen gestrandeten Wal erinnerte. Ihm entstieg ein Aroma, das dem von Bier ähnelte.

»Das ist der Fermenter, in Schottland sagt man auch Washback dazu«, erklärte Kenneth O'Mulligan. »Das Wash wird nach spätestens drei Tagen in die Brennblasen weitergeleitet.«

Loreena schaute sich um, konnte jedoch keine entdecken. »Sie halten die einzelnen Vorgänge räumlich getrennt?«, fragte sie.

Kenneth O'Mulligan nickte anerkennend. Loreena lächelte. Sie kannte alle Produktionsschritte der Whiskeyherstellung, und doch war es ihr ein Vergnügen, durch die Destillerie der O'Mulligans geführt zu werden und sich alles anzusehen. Zum wiederholten Mal hatte sie das Gefühl, ihrem Vater nah zu sein, indem sie etwas tat, das auch ihn begeistert hätte.

Als Nächstes gingen sie in den Raum mit den Pot Stills. Während sie vor der schlankeren der beiden Brennblasen standen, holte Patricia O'Mulligan ihr Smartphone aus der Tasche und sah auf das Display.

»Oh nein!«, sagte sie erschrocken und schaute zu ihrem Sohn. »Die Oswin-Brüder sind da.«

Kenneth O'Mulligan starrte sie an und runzelte die Stirn. »Was soll das heißen? Sie sind viel zu früh.«

Seine Mutter ließ das Smartphone in ihrer Tasche verschwinden. »Wir können die Herren nicht so lange warten lassen«, erklärte sie kühl – ganz die Geschäftsfrau. »Aber die Verhandlungen wollte ohnehin ich führen, du kannst also mit der Besichtigung weitermachen.«

»Ich komme kurz mit nach vorn und begrüße die beiden«, gab Kenneth O'Mulligan zur Antwort.

»Wie du willst«, entgegnete seine Mutter, dann wandte sie sich an Loreena: »Das ist jetzt ein bisschen peinlich, verzeihen Sie bitte! So war das nicht geplant. Die Herren sind unerwartet früh gekommen, aber ich will sie dennoch nicht lange warten lassen.«

Loreena nickte lächelnd. »Das ist überhaupt kein Problem, Sie waren mehr als zuvorkommend«, sagte sie und zögerte einen Moment. »Soll ich gehen? Ich will Sie nicht von wichtigen Geschäften abhalten.«

»Unsinn!«, widersprach Kenneth O'Mulligan. »Würden Sie mich nur für eine Weile entschuldigen? Ich bin so schnell wie möglich wieder bei Ihnen.«

»Natürlich«, stimmte Loreena zu.

Er lächelte, dann schien er jemanden zu entdecken. »Warten Sie bitte kurz hier, ich habe eine Idee!« Er ging hinüber zu einem Mann, der gerade die Anzeigen kontrollierte, und sprach mit ihm.

Loreena drehte sich zu Patricia O'Mulligan, die ihr die Hand reichte.

»Es hat mich sehr gefreut, Ms Fallon. Dürfen wir Ihnen eine Kiste mit Abfüllungen unserer beliebtesten Sorten zukommen lassen? Wir schicken sie Ihnen selbstverständlich per Post nach Hause«, schlug sie vor. »Im Flugzeug ist das doch ein wenig unpraktisch, nicht wahr?«

»Darüber würde ich mich sehr freuen«, entgegnete Loreena strahlend.

In diesem Moment kam Kenneth O'Mulligan mit dem Mann zurück, mit dem er zuvor gesprochen hatte. »Ms Fallon, darf ich Ihnen Benny Clareton vorstellen? Er ist einer unserer Brennmeister und wird Ihnen zur Verfügung stehen, bis ich zurückkomme.«

Loreena begrüßte den weißhaarigen Mann. Seine Hand war rau und schmal, und als er sie anlächelte, entblößte er eine schiefe Zahnreihe.

Nachdem die beiden O'Mulligans gegangen waren, fragte Loreena: »Wie lange arbeiten Sie schon hier?«

»Seit fünfundvierzig Jahren«, antwortete Benny Clareton. »Hab als Laufbursche angefangen und mich hochgearbeitet.« Er zeigte hinüber zu den sechs Brennblasen. »O'Mulligan's hat als erste kleine Destillerie schlanke und dicke Pot Stills angeschafft. Man hielt Mr O'Mulligan damals für verrückt, eine derartige Investition zu tätigen. Doch er hatte schon immer ein Talent für die Whiskeyherstellung. Und das Sortiment zu erweitern, erwies sich als goldrichtig. Bereits fünf Jahre später liefen wir Highland Spirits den Rang ab.« Seine Augen leuchteten. »Alle waren begeistert von unseren Whiskeys. Da konnte Edward Connor noch so gute Leute einstellen – die Qualität unserer Whiskeys sprach für sich.«

Während seiner Ausführungen war Loreena immer unruhiger geworden. War das etwa der Grund für die Feindschaft zwischen Ian O'Mulligan und Edward Connor gewesen? Dass Ian O'Mulligan ein Händchen für Whiskey hatte und so erfolgreich geworden war, sogar erfolgreicher als Highland Spirits? Und dieser unsinnige Wettstreit hatte erst mit dem Tod eines der beiden Chefs geendet? Doch wer war dann der Mörder? Und wie passte die Visitenkarte ihres Dads dazu? Loreena seufzte. Es nützte nichts, jetzt darüber nachzugrübeln, ihre Gedanken drehten sich sowieso nur im Kreis.

»Dann ist O'Mulligan's also die bessere Destillerie?«, fasste sie zusammen.

Benny Clareton schaute sie mit gespielter Verzweiflung an. »Wie können Sie mir nur so eine Frage stellen? Ich arbeite für O'Mulligan's, da werde ich doch keine andere Brennerei für besser halten! Und selbst wenn es nicht stimmen würde, wäre O'Mulligan's für mich die beste Destillerie, die unser Herrgott je gesehen hat.« Er grinste Loreena breit an.

Sie lächelte zurück, während sie überlegte, wie sie ihn weiter ausfragen konnte, ohne sein Misstrauen zu wecken. »Die Sache mit dem toten Edward Connor ist schon verrückt«, sagte sie schließlich. »Ich war an dem Tag dabei, als man die Leiche aus dem Fass holte.«

Benny Clareton stopfte beide Fäuste in die Taschen seines Kittels und zuckte mit den Schultern. »Gott und die Welt waren an dem Tag anwesend, das habe ich auch der Polizei gesagt.« Er deutete auf einen futuristisch anmutenden Kasten, der Ähnlichkeit mit einem Gewächshaus hatte. »Das ist der Spirit Safe. Dazu kann ich Ihnen einiges erzählen.«

Wohl oder übel ging Loreena auf den Themenwechsel ein. Sie ließ sich alles zum Spirit Safe und zur Arbeit eines Brennmeisters erklären und tat, als höre sie die Details zum ersten Mal.

Nach einer Weile kam Benny Clareton zum Ende seiner Ausführungen: »Und nun geht es im Grunde weiter zur Abfüllung und Lagerung.«

Loreena unterdrückte ein Gähnen. Um das zu überspielen, drehte sie sich um, als würde sie nach Kenneth O'Mulligan suchen.

»Der Juniorchef wollte eigentlich rasch zurückkommen«, sagte sie. »Es scheint, als sei er aufgehalten worden.«

Benny Clareton legte seine Hand auf ihren Oberarm. »Kommen Sie, ich zeige Ihnen die Lagerräume!«

Sie traten auf den Hof hinaus. Es hatte zu nieseln begonnen und der Himmel hing voll grauer Wolkenberge.

Loreena schaute hinüber nach Badger's Burrow. Dort war die Wolkendecke aufgebrochen und ein breiter Streifen Sonnenlicht ergoss sich über das Dorf. Loreena ließ ihren Blick weiter über die Landschaft schweifen. Was für ein Naturschauspiel! Vermutlich dauerte es nicht lange und der Regen würde sich wieder verziehen. Sie holte tief Luft und genoss den würzigen Duft des Moors und des Grases.

»Miss?«, rief Benny Clareton von der Lagerhalle herüber.

Loreena ging zu ihm. Das Tor stand offen und mehrere Reihen akkurat gestapelter Fässer in unterschiedlichen Größen waren zu sehen. Benny Clareton klopfte seine Taschen ab und blickte Loreena dann entschuldigend an.

»Ich muss mein Handy drüben liegen gelassen haben. Warten Sie bitte einen Moment hier! Ich bin gleich wieder zurück.«

Loreena nickte und schaute ihm kurz hinterher, ehe sie sich der Lagerhalle zuwandte. Beim Anblick der Fässer verspürte sie eine gewisse Ehrfurcht. Keinen Whiskey-Liebhaber würde so etwas kalt lassen. Das Lager begeisterte sie so sehr, dass sie sich vergaß. Ohne auf Benny Clareton zu warten, ging sie in die Halle.

Es war düster und kalt. Der Geruch von Whiskey hing in der Luft. Loreena ging an den Reihen entlang und bewunderte die sorgfältige Sortierung der Fässer. Die Regale waren breit, Leitern lehnten an den Seiten und auf den Brettern hinter den Fässern war genug Platz, dass eine schlanke Person daran vorbeilaufen konnte.

Weiter hinten in der Halle fuhr jemand mit einem Gabelstapler herum und zwei Männer plauderten miteinander. Schritte auf Holz waren zu hören, es knarrte und irgendwo über Loreena quietschte etwas, aber das war wohl normal in einer alten Lagerhalle, in der gearbeitet wurde.

Ein Schrei hinter ihr ließ sie zusammenzucken. Dann rammte sie etwas und sie hatte das Gefühl, durch die Luft zu fliegen. Im nächsten Moment landete sie auf einem menschlichen Körper. Ein Mann ächzte, als sie mit ihrer Stirn heftig an sein Kinn schlug. Das Geräusch ging in dem lauten Poltern unter, das die Halle nun erfüllte, gefolgt von einem Plätschern. Loreenas Unterschenkel wurden nass, der Stoff ihrer Jeans sog sich mit Flüssigkeit voll und der Geruch nach Whiskey stieg ihr in die Nase.

Erst jetzt begriff sie, dass jemand sie zu Boden gerissen hatte. Der Körper, auf dem sie gelandet war, bewegte sich. Sie schaute ihn an und erkannte Kenneth O'Mulligan. Er hatte die Augen verdreht und in den ersten Schrecksekunden glaubte Loreena, er habe sich ernsthaft verletzt, vor allem, weil sich unter ihm eine Pfütze ausbreitete. Doch dann bemerkte sie, dass die Lache bernsteinfarben war. Kenneth O'Mulligan stöhnte und bewegte sich vorsichtig. Er versuchte, Loreena hochzudrücken, doch erst als Benny Clareton und ein weiterer Arbeiter zu Hilfe eilten und sie hochzogen, konnte sie aufstehen. Ihre Knie fühlten sich an, als wären sie aus Gelee. Dankbar ließ sie sich von dem Arbeiter stützen und zu einem Fass bringen, das eine passende Größe hatte, sodass sie sich bequem setzen konnte.

Inzwischen hatte sich Kenneth O'Mulligan aufgerichtet. Er betastete seinen Hinterkopf und stand dann etwas umständlich auf. Offenbar zitterten auch ihm die Beine. Wäre Loreena nicht so erschrocken gewesen, hätte sie über seinen verdatterten Blick und seine vor Whiskey triefende Kleidung gelacht. So aber blickte sie sich um und erkannte die Ursache dieses Zwischenfalls: Eins der Fässer war vom Regal gekippt und genau dort auf dem Betonboden aufgeschlagen, wo sie eben noch gestanden hatte. Hätte Kenneth O'Mulligan nicht eingegriffen, wäre sie erschlagen worden. Nun lagen Holzteile und Metallreifen in einer Pfütze von rund zweihundert Litern Whiskey herum.

»Zum Glück war es nur der Grain Whiskey«, erklärte Kenneth O'Mulligan benommen und schaute auf das Regal, von dem das Fass heruntergekracht war. Dann wandte er sich an Benny Clareton: »Wer von euch war so unvorsichtig und hat nicht überprüft, ob das Fass auch sicher steht?«

Verlegen fuhr sich der Mann durchs Haar. »Entschuldigen Sie, Sir, wir ...«

Kenneth O'Mulligan unterbrach ihn: »Entschuldigen? Hier ist ein volles Fass vom Regal gefallen! Da hätte weiß Gott was passieren können!«, brüllte er.

Benny Clareton schien in sich zusammenzusinken.

»Beseitigen Sie das Chaos, und dann wird jedes Fass umgehend kontrolliert, ob es auch ausreichend gesichert wurde!«, ordnete Kenneth O'Mulligan an. »Jedes einzelne Fass in diesem Lager, verstanden?« Seine Augen blitzten aufgebracht. Schließlich schaute er zu Loreena und musterte sie besorgt. »Alles in Ordnung, Loreena? Bist du verletzt?«

Loreena war zu verwirrt, um darauf einzugehen, dass er sie auf einmal beim Vornamen nannte. Sie schüttelte den Kopf.

»Nur mein Stolz«, erklärte sie leichthin und versuchte, das Rumoren ihres Magens zu überspielen. Langsam schaltete sich ihr Gehirn wieder ein. Sie hätte tot sein können. Wenn er nicht gekommen wäre und sie zu Boden gerissen hätte, wäre sie von dem Fass erschlagen worden. Ihr wurde schwindlig.

»Du solltest etwas trinken«, entschied Kenneth O'Mulligan und führte sie in einen kleinen Raum am Ende der Halle, ganz offensichtlich ein Büro. Dort drückte er sie auf einen Stuhl und holte eine Flasche Wasser aus einem Regal. Er reichte sie ihr und nickte auffordernd. »Trink!«

Loreena spürte, wie ihr Puls in ihrer Halsschlagader pochte. Sie setzte die Flasche an die Lippen und trank. Ehe sie sichs versah, hatte sie sie zur Hälfte geleert. Das Wasser füllte ihren Magen und das Rumoren hörte auf.

Kenneth O'Mulligan musterte sie aufmerksam. »Geht es dir besser?«

Loreena nickte, dann musste sie lachen. Er sah einfach zu witzig aus. Sein Hemd klebte ihm am Körper – ebenso wie seine Hose, die klatschnass an den Oberschenkeln lag. Sie schaute ihm ins Gesicht. Seine Augen funkelten und sie war froh, dass sie nicht wusste, was er dachte.

»Tut mir leid!«, stieß sie hervor.

Er zeigte auf ihre Jeans und stellte fest: »Du könntest trockene Sachen vertragen.«

Erst jetzt wurde ihr bewusst, dass auch ihre Hosenbeine an den Unterschenkeln klebten. Die Nässe war bis zu den Knien hinaufgezogen. Sie seufzte.

»Unsere Besprechung verschieben wir wohl besser. Ich fahre zurück. Ich will duschen und mich umziehen.«

Kenneth O'Mulligan nickte. »Kann ich verstehen.«

Loreena reichte ihm die Wasserflasche. »Danke für alles!«

»Entschuldigung für alles«, konterte er und stellte die Flasche auf den Schreibtisch hinter sich. »Mir scheint, dein Aufenthalt hier steht unter keinem glücklichen Stern.« Er hob bedauernd die Schultern.

»Unsinn!«, widersprach sie energisch. »Also, ich geh dann mal.« Sie wandte sich zur Tür.

»Ich begleite dich zu deinem Wagen«, bot er an.

»Das ist nicht nötig.«

»Nötig nicht«, sagte er. »Aber ich bestehe darauf.«

Sie gingen durch die Halle, vorbei an den Arbeitern, die damit beschäftigt waren, die Reste des Fasses zu beseitigten. Kenneth O'Mulligan schaute zu den Regalen hoch und Loreena hatte den Eindruck, er suche etwas. Doch er hielt nicht an und begleitete sie bis zu ihrem Wagen, als wäre das wichtiger als alles andere. Er sah ihr sogar hinterher, wie Loreena bei einem Blick in den Rückspiegel bemerkte.

6. Kapitel

»Whisky macht schlafen, wer schläft, sündigt nicht, also trinkt, dann kommt ihr in den Himmel.«
Keltisches Sprichwort

Loreena versuchte, ungesehen in ihr Zimmer zu gelangen, doch Mae ertappte sie, bevor sie es erreichte.

»Liebes, was ist denn mit dir passiert?«, rief sie und eilte auf Loreena zu.

»Ich war bei O'Mulligan's«, sagte Loreena. »Im Lager ist eins der Fässer vom Regal gefallen und kaputtgegangen. Der Whiskey hat meine Hose erwischt.«

Mae betrachtete sie misstrauisch. »Und eins der herumfliegenden Teile hat dir die Stirn blau geschlagen?«

Loreena zuckte zusammen. Sie ging hinüber zu dem kleinen Spiegel und betrachtete sich. Selbst im düsteren Licht des Flurs konnte sie die dunkle Stelle schräg über ihrer Nasenwurzel erkennen. Sie unterdrückte einen Fluch und wandte sich wieder Mae zu.

»Willst du mir nicht die ganze Geschichte erzählen?«, fragte Mae.

»Also gut«, willigte Loreena ein. »Aber erst möchte ich duschen und mir frische Kleider anziehen.«

Mae schob die Hände in die Hosentaschen und nickte mit nachdenklicher Miene. »Ich werde uns eine Kleinigkeit zu essen machen und einen Tee kochen. Es ist mal wieder Zeit für eine anständige Tasse Earl Grey«, beschloss sie.

Eine Stunde später saßen die beiden Frauen in Maes gemütlicher Küche. Im Hintergrund war das leise Prasseln eines tropischen Regenschauers aus der Stereoanlage zu hören.

Mae spielte mit ihrem Teelöffel. »Und du bist dir sicher? Es gibt keinen Zweifel?«

»Ich bin mir absolut sicher: Da war jemand bei den Fässern«, wiederholte Loreena entschlossen. Sie hatte auf der gesamten Rückfahrt nach Badger's Burrow darüber nachgedacht, ob das Fass von allein hätte herunterfallen können. Aber das war im Grunde nicht möglich. Außerdem meinte sie, sich an Schritte auf den Regalen zu erinnern.

Mae schüttelte besorgt den Kopf. »Scheint, als wolle dir irgendjemand an die Gurgel.«

»Granny!«, rief Brandon.

Erschrocken sahen Loreena und Mae zum geöffneten Küchenfenster. Draußen stand Brandon und betrachtete sie beide stirnrunzelnd.

»Warum belauschst du uns denn, Brady?«, fragte Mae verärgert. »Komm rein, die Tür ist offen!«

Brandon verschwand vom Fenster und betrat kurz darauf die Küche. Er begrüßte Loreena und seine Großmutter, die ihn immer noch ungehalten musterte. Davon unbeeindruckt nahm er sich einen Teller und eine Tasse und setzte sich an den Tisch. Nachdem er sich an den Sandwiches bedient und Tee eingegossen hatte, wandte er sich Loreena zu.

»Jemand wollte dich also mit einem herunterfallenden Whiskeyfass ermorden, oder wie darf ich das verstehen?«

Mae straffte sich, aber Brandon hielt ihr die flache Hand entgegen, um sie am Reden zu hindern. »Ich will Loreenas Version der Geschichte hören«, erklärte er.

Loreena verzog das Gesicht. »Wer könnte denn ein Interesse daran haben, mir etwas anzutun?«, fragte sie. Aber sie hatte selbst schon darüber nachgegrübelt und war sich unschlüssig, ob sie den Vorfall ernst nehmen sollte.

»Das weiß ich nicht«, erwiderte Brandon. »Aber vielleicht erzählst du mir erst mal von diesem Zwischenfall?«

Loreena ging nicht darauf ein. Sie dachte nach. Hatte sie unter Umständen etwas gesehen, das für die Aufklärung des Mordes an Edward Connors wichtig sein könnte? Aber was sollte das gewesen sein? Oder störte jemand ihre Suche nach den Fallons? Hatte sie vielleicht jemanden beunruhigt? So sehr sie sich auch das Hirn zermarterte, ihr wollte nichts einfallen. Ihr Schädel brummte.

Brandon schaute sie nachdenklich an. »Loreena! Hast du etwas gesehen? Es ist strafbar, Informationen zurückzuhalten und die Ermittlungen der Polizei zu behindern«, sagte er eindringlich. »Au!«

Mae hatte ihm eine Kopfnuss verpasst.

Verärgert drehte er sich zu ihr um. »Was sollte das denn jetzt?«

»Zur Anregung des Denkzentrums. Da ist bei dir wohl irgendwas durcheinandergeraten«, meinte sie ungerührt.

Loreena konnte darüber nicht lachen. Sie versuchte, sich zu konzentrieren und die Kälte zu ignorieren, die ihr den Rücken emporkroch.

»Ich bin total durcheinander«, sagte sie leise. »Erst bin ich dabei, als man die Leiche aus dem Fass holt, und kurze Zeit später erschlägt mich fast ein Whiskeyfass. Ich habe keine Ahnung, was ich denken soll. Aber ich bin mir sicher, dass da jemand bei den Fässern war, bevor eines herunterfiel.« Sie schaute zu Brandon.

Der stieß einen Seufzer aus. »Was wollt ihr von mir?«

»Dass du etwas herausfindest. Warum will jemand Loreena ans Leder? So etwas ist kein Spaß, das kann gefährlich werden«, erklärte Mae entschlossen.

Loreena wurde ganz warm ums Herz, als sie die Besorgnis in ihrer Stimme hörte.

»Meinst du, das weiß ich nicht?«, fragte Brandon frustriert. »Aber welchen Grund sollte es dafür geben, dass Loreena in Gefahr ist?« Er wandte sich an Loreena: »Du hast mir hoffentlich alles gesagt, was du weißt oder gesehen hast.«

Sie nickte.

»Tja, nur auf die vage Aussage hin, da habe jemand ein Whiskeyfass auf dich stürzen lassen, kann ich keine Ermittlungen in Gang setzen.«

»Ich würde Loreena am liebsten in den nächsten Flieger zurück nach Deutschland verfrachten. Aber ich vermute, damit wärst du nicht einverstanden«, sagte Mae und sah Loreena an.

Die ließ den Gedanken auf sich wirken. Sollte sie

nach Hause zurückkehren, nach Augsburg in die kleine Wohnung über dem Uisce Beatha, ihrem Whiskeyladen, wo es keine Toten in Fässern gab und keine Anschläge auf ihr Leben?

»Ich weiß nicht«, sagte sie langsam. »Mein Flug geht ohnehin schon übernächsten Montag und ich habe noch nie umgebucht. Das kommt mir übertrieben vor. Im Ernstfall kann ich ja immer noch meine Rundreise fortsetzen.«

»Nun gut.« Mae wirkte nicht überzeugt. »Aber pass bitte gut auf dich auf! Vielleicht sollten wir selbst versuchen, etwas herauszufinden. Was meinst du, Loreena?«, fragte sie nachdenklich. »Wir überprüfen alle Informationen, die wir haben, und ermitteln auf eigene Faust.«

»Kommt gar nicht in Frage, Granny!«, warf Brandon ein und starrte sie wütend an. »Du wirst hier nicht Miss Marple spielen!«

Mae zog die Augenbrauen hoch. »Wieso nicht, Brandon? Du hast doch selbst gerade gesagt, dass du aufgrund einer vagen Vermutung keine Ermittlungen in Gang setzen kannst. Aber wir können hier nicht untätig herumsitzen, während jemand Loreena nach dem Leben trachtet. Und beim Mordfall Edward Connor werden wir dir gewiss nicht ins Handwerk pfuschen, keine Sorge!«

Brandon schnaubte. »Du hast schon ganz andere Aktionen durchgezogen, Granny!«

Mae stemmte die Hände in die Hüften. »Ja, und? Mit fünfundsiebzig Jahren ist man wohl alt genug, um zu wissen, was man sich zutrauen kann.«

»Manche nennen so etwas Altersstarrsinn«, behauptete Brandon. »Ich verbiete dir und Loreena, euch in irgendwelche polizeilichen Ermittlungen einzumischen!«

»Mach dich nicht lächerlich! Wir suchen Loreenas Familie und denjenigen, der es auf sie abgesehen hat, nicht Edward Connors Mörder. Aber vielleicht sollten wir das tun. Offensichtlich benötigt die hiesige Polizei Hilfe von Amateuren!«, rief Mae und zwinkerte Loreena zu.

Die hatte den Eindruck, dass Mae übertrieb, um Brandon aufzuziehen. Es schien zu funktionieren.

»Wir verfolgen mehrere Spuren«, verteidigte er sich. »Außerdem geht dich das überhaupt nichts an, Granny!«

Die beiden waren so in ihr Wortgefecht vertieft, dass sie Loreena nicht mehr beachteten. Sie zögerte einen Moment, dann entschied sie, auf ihr Zimmer zu gehen. Sie wollte ein paar Dinge notieren, um klarer zu sehen. Das hatte sie bei schwierigen Entscheidungen schon immer getan. Wenn sie sich Notizen machte, konnte sie sich besser konzentrieren und das Wesentliche erkennen.

Nachdem sie eine Weile am Schreibtisch gesessen hatte, kam ihr die Unterhaltung in Patricia O'Mulligans Büro wieder in den Sinn. Vielleicht war es doch an der Zeit, etwas energischer vorzugehen und auf Auskünfte zu drängen. Zwar hatte sie Patricia O'Mulligan bereits nach den Fallons gefragt, aber keine befriedigende Antwort erhalten. Eigentlich hatte die Frau überhaupt nicht geantwortet, sondern sich vielmehr elegant aus der Affäre gezogen. Und Loreena hatte es geschluckt.

Ihre Gedanken überschlugen sich: der Tod ihres Vaters und die Suche nach ihren Wurzeln, der Tote im Whiskeyfass, und nun auch noch der Zwischenfall in der Destillerie und ihre Angst, beim nächsten Mal nicht so glimpflich davonzukommen. Außerdem lief ihr die Zeit davon. Bald würde sie wieder nach Deutschland zurückkehren müssen, und ihre Familienforschungen von dort aus zu betreiben würde deutlich schwieriger werden als hier direkt vor Ort. Also musste sie ab sofort energischer vorgehen.

Was den letzten Wunsch ihres Vaters betraf, brauchte sie nur noch die neu eröffnete Destillerie Slane Castle zu besichtigen, dann hatte sie alle noch produzierenden Whiskeybrennereien und einige der alten, stillgelegten aufgesucht. Im Prinzip konnte sie sich also auf ihre Verwandtensuche konzentrieren. Sollten all ihre Bemühungen tatsächlich ergebnislos verlaufen, würde sie weitere Nachforschungen in Deutschland forcieren müssen. Über irgendein Amt sollte es doch möglich sein, die Existenz und den Aufenthaltsort eventuell noch lebender Fallons in Erfahrung zu bringen. Sie würde dann eben die offiziellen Wege beschreiten, um ihre Verwandten zu finden. Aber vorerst sollte sie die Zeit hier in Irland gut nutzen.

Alles andere würde dahinter zurückstehen müssen. Der Mord an Edward Connor ging sie ohnehin nichts an, darüber sollte sie sich nicht mehr den Kopf zerbrechen. Mit diesem Vorsatz ging sie zu Bett.

7. Kapitel

»Die Emanzipation der Frau ist nicht mehr aufzuhalten, seitdem die Damen dazu übergegangen sind, den Whisky nicht mehr heimlich zu trinken!«

Oscar Wilde (1854 – 1900),
irischer Schriftsteller

Am Samstag unternahm Loreena einen weiteren ausgedehnten Spaziergang rund um Badger's Burrow, da ihr für größere Unternehmungen die Lust fehlte. Leider fand sie dabei keinerlei Hinweise auf eine Familie Fallon, wie sie insgeheim gehofft hatte. Am Abend kam Brandon pünktlich, um Mae und Loreena abzuholen.

Während sie die Straße überquerten, beugte er sich zu Loreena: »Geht es dir wieder besser?«

Sie nickte. »Alles gut. Danke, Brandon!«

Der Pub war bereits brechend voll. Es war warm und stickig und es roch nach Bier und Zigarettenqualm, der bei jedem Öffnen der Eingangstür hereingetragen wurde.

An der Theke drängten sich die Menschen, es herrschte ein Kommen und Gehen. Die meisten Gäste saßen an den Tischen oder standen im Raum herum. Gegenüber der Theke waren Sitzgelegenheiten für die Musiker im Halbkreis aufgestellt worden. Bis auf einen Mann mit einer Schirmmütze, der dort, unbeeindruckt vom Lärm um ihn herum, auf einer Querflöte spielte, waren aber noch keine zu sehen. Lediglich eine große Bodhrán mit beigem Trommelfell lehnte an der Wand hinter einem der Stühle. Vor der provisorischen Bühne waren erstaunlicherweise ein Tisch und zwei Bänke unbesetzt.

»Dort hinten ist etwas frei«, sagte Loreena und deutete darauf.

»Das ist der Platz für die Musiker«, erklärte Brandon.

»Ach so.« Loreena wandte sich an Mae: »Aber vielleicht kannst du dich trotzdem dorthin setzen.«

Mae stemmte entrüstet die Hände in die Hüften. »Willst du etwa behaupten, ich sei alt und gebrechlich?«

Loreena biss sich auf die Lippen. Doch dann nahm sie aus den Augenwinkeln wahr, dass Brandon lachte. Ein weiterer Blick auf Mae zeigte ihr, dass auch sie schmunzelte. Loreena atmete erleichtert aus.

»Ich glaube, du hast ein völlig falsches Bild von Grandma«, sagte Brandon. »Sie gurgelt jeden Morgen mit Chilisoße und desinfiziert Schnittwunden mit Säure.«

Loreena grinste. »Okay, ich hab's begriffen.« Dann bemerkte sie, wie ein alter Mann zielstrebig auf sie zukam. Im ersten Moment dachte sie, er meine Mae, doch er baute sich vor ihr auf. Dabei strahlte er sie an, als hätte er eine verloren geglaubte Verwandte oder Freundin wiedergefunden. Seine Kleidung war alt, aber sauber, und auch wenn er mehrere Zahnlücken hatte und die verbliebenen Zähne gelb vom Tabak waren, wirkte er gepflegt.

»Cé as thú?«, krächzte er.

Mae schlug ihm auf die Schulter. »Sie spricht kein Irisch, Rory.«

Der Mann grinste noch breiter. »Na dann«, entgegnete er. »Würdest du einem armen alten Mann ein Glas Lager spendieren?«

»Lass dich nicht drauf ein, Loreena! Der alte Rory ist ein Taugenichts«, mischte sich Brandon ein.

»Unsinn!«, widersprach Mae. »Arm, alt und harmlos.«

Rory wandte seinen Blick nicht von Loreena ab. Er wirkte kein bisschen unangenehm auf sie, vielleicht ein wenig forsch und speziell, aber definitiv freundlich. Plötzlich hob er seine Hand. Alle Finger waren bis zum ersten Glied amputiert worden.

»Wegen der Briten«, erklärte er. »Die wollten mich damals in Nordirland für den Kampf gegen die IRA zwangsrekrutieren. Also hab ich gesagt: Tommys, wenn ihr mich wollt, dann nicht, um auf meine Landsleute zu schießen, egal wie durchgeknallt die sind.« Er lachte. »Hab mir die Finger abgeschnitten.«

Entsetzt riss Loreena die Augen auf. »Nein!«, stieß sie hervor.

»Doch«, behauptete Rory und prustete noch heftiger. »Und die dummen Kerle haben mich gehen lassen. Sie konnten ja nicht wissen, dass ich Linkshänder bin!«

Loreena schüttelte den Kopf, fassungslos und ungläubig zugleich. »Ich geb dir einen aus, Rory«, versprach sie.

Sie wollte gerade zum Tresen gehen, um das Lager zu holen, da hörte sie, wie er zu Mae sagte: »Klappt doch immer wieder.«

»An dir ist wirklich ein Barde verloren gegangen, Rory!«, erwiderte Mae.

Loreena schmunzelte. Das Bier hatte sich der Alte tatsächlich verdient für seine haarsträubende Geschichte, die er auch noch so glaubwürdig erzählt hatte. Als sie zurückkam, lehnte er an einem Stützbalken. Loreena schaute sich kurz um, doch Mae war nirgendwo zu sehen, und Brandon hatte offenbar Bekannte getroffen, mit denen er plauderte. Sie reichte Rory das Glas.

»Danke!« Er strahlte sie wieder an. »Du bist Touristin, was? Woher kommst du?«

»Aus Deutschland. Aber mein Vater stammte aus Badger's Burrow«, erzählte Loreena bereitwillig. »Er ist allerdings schon vor Jahrzehnten nach Deutschland ausgewandert.«

»Ha, dann kenne ich ihn ja vielleicht«, rief Rory. »Wie heißt er denn? Am Ende ist er der verschollene Cousin meiner zweiten Frau. Oder war's die dritte? Ich verwechsle die beiden immer.«

»Drei Frauen? Wie oft warst du denn verheiratet, Rory?«, entfuhr es Loreena.

»Drei Mal bin ich den Bund der Ehe eingegangen und jedes Mal sind sie mir weggestorben. Danach hatte ich keine Lust mehr. Wollte mich vor unserem Herrgott nicht dafür rechtfertigen müssen, dass meine Frauen immer zu früh das Zeitliche segnen«, antwortete Rory grinsend.

Der Gute schien ein rechtes Schlitzohr zu sein, mit Sicherheit war er ein grandioser Geschichtenerzähler. Loreena nahm ihm nicht einmal die Hälfte von dem ab, was er von sich gab. Doch er unterhielt sie und brachte sie zum Lachen, was sie durchaus genoss. Und vielleicht wusste er auch etwas über die Familie ihres Vaters. Sie musste ihn fragen.

In diesem Moment kam Brandon zu ihnen zurück. »Die Musiker wollen anfangen«, verkündete er.

Loreena sah zur Bühne, wo gerade zwei Frauen und

drei Männer auf den Stühlen Platz nahmen. Eine Frau mit kastanienbraunen Locken klemmte sich die Bodrhán zwischen Körper und Arm und begann, den Rhythmus zu schlagen. Nach den ersten Takten hörten alle Gäste des Pubs schlagartig auf, sich zu unterhalten. Nun kam auch Mae wieder zu ihnen und schob sich zwischen Loreena und Brandon. Die Gitarre setzte ein, dann blies der Tin Whistler. Die zweite Frau spielte auf ihrer Concertina. Der Querflötist verpasste seinen Einsatz, doch wenn es den Pubbesuchern überhaupt auffiel, so ließen sie es sich nicht anmerken. Im Gegenteil: Sie nickten anerkennend und applaudierten am Ende des Stückes. Es folgten Jigs, Reels und ein typischer Pubsong, ehe die Musiker eine Pause einlegten und sich an den für sie reservierten Tisch setzten.

Loreena drehte sich zu Rory um, aber der war nicht mehr da.

»Er ist gegangen«, erklärte Brandon.

»Ich wollte ihn doch noch etwas fragen«, sagte Loreena enttäuscht. »Er könnte meinen Vater oder dessen Familie gekannt haben.«

»Hattest du nicht erzählt, dein Vater sei gestorben?«, sagte eine männliche Stimme hinter ihr.

Loreena fuhr herum. Es war Kenneth O'Mulligan, der unvermutet aufgetaucht war. Brandon legte die Stirn in Falten und seine Augen verengten sich, während Kenneth O'Mulligan Loreena lächelnd die Hand entgegenstreckte.

Loreena ergriff sie. »Wie schön, dich wiederzusehen, Kenneth!« Sie stockte – nach dem Vorfall im Whiskeylager hatte er sie mit Vornamen angesprochen, offiziell angeboten hatte er es ihr jedoch nicht. »Entschuldigung, Mr O'Mulligan.«

»Kenneth, bitte!«, sagte er. »Ich denke, nachdem ich dir das Leben gerettet habe, müssen wir nicht mehr so förmlich sein. Oder was meinst du, Loreena?«

Sie nickte. »Sehr gern, Kenneth.«

Nun begrüßte Kenneth auch Mae und warf Brandon einen spöttischen Blick zu. »Lange nicht mehr gesehen, was, Porter?«, sagte er langsam.

»Solange der Mord an Edward Connor nicht geklärt ist, wirst du mich öfter sehen, als dir lieb sein dürfte«, kündigte Brandon bedeutungsschwer an.

Kenneth zog die Augenbrauen hoch. »Das klingt ja fast wie eine Drohung. Immer noch sauer auf mich wegen des Vorfalls seinerzeit auf der Schultoilette?«

Loreena schaute zu Mae, doch die kümmerte sich nicht um die beiden.

»Ich habe da hinten eine Freundin gesehen, der ich rasch Hallo sagen möchte«, verkündete sie und verschwand im Getümmel.

Loreena blieb ein wenig unschlüssig zurück. Sollte sie die Männer sich selbst überlassen oder sich besser in ihre Unterhaltung einmischen und sie ablenken? Sie entschied sich für Letzteres.

»Gibt es denn bereits neue Erkenntnisse zu dem Mord?«, fragte sie hastig.

Brandon blinzelte und sah sie an. »Eigentlich nicht, aber es kursieren die wildesten Gerüchte darüber, was vorgefallen sein könnte.«

»Vielleicht ist er, benebelt von den Alkoholschwaden, die aus dem Fass aufstiegen, hineingefallen und ertrunken.« Unvermutet war Rory wieder aufgetaucht. Er stellte sich zwischen Kenneth und Brandon und legte ihnen vertraulich die Arme um die Schultern.

»Das ist wohl eher unwahrscheinlich«, erklärte Brandon

genervt und befreite sich aus Rorys kumpelhafter Umarmung.

»Ich kannte da mal einen Brigadier, der hat immer von einem solchen Tod geträumt«, sagte Rory versonnen.

»Möchtest du vielleicht meinen Eltern Hallo sagen, Loreena?«, fragte Kenneth unvermutet und streifte Rorys Arm ebenfalls ab.

»Sehr gern«, antwortete Loreena. Da sie den Whiskey in Zukunft am liebsten direkt bei den O'Mulligans bestellen wollte, nahm sie die Chance wahr, ihre Geschäftspartner näher kennenzulernen. »Wo stecken die zwei denn?« Sie blickte sich um und entdeckte das Ehepaar an einem Tisch mit anderen Leuten.

Ian O'Mulligan hatte sich mit verschränkten Armen zurückgelehnt und schien den Gesprächen seiner Tischnachbarn zu folgen. Er lächelte, setzte sich dann aufrecht hin und griff nach der Hand seiner Frau. Ihr breites Gesicht strahlte, als sie sich zu ihm beugte und etwas zu ihm sagte. Er nickte kurz und tätschelte ihre Hand. Sie wirkten sehr vertraut – wie ein Paar, das schon lange zusammen war.

Loreena wandte sich wieder Kenneth zu: »Sollen wir hinübergehen?«

Er blickte über ihre Schulter auf die Bühne. »Lass uns erst noch die nächste Musikrunde abwarten.«

Loreena drehte sich um. Die Künstler hatten sich bereits gesetzt und bereiteten ihre Instrumente vor. Ein Mann gesellte sich zu ihnen und wechselte noch ein paar Worte mit ihnen. Als er sich entfernte, begannen die Musiker mit ihrem Stück. Loreena schaute zurück zu Kenneth. Der sagte etwas, doch das konnte sie wegen der einsetzenden Musik nicht verstehen. Sie beugte sich zu ihm, um nachzufragen, aber Brandon zerrte an ihrem Ärmel, schaute sie streng an und hielt sich den Zeigefinger vor die Lippen. Also schwieg sie.

Die Musiker spielten mehrere schnelle und langsame Lieder, einige begleitet von Gesang, andere mit Löffeln als Rhythmusinstrumente. Das Publikum klatschte und sang bei den bekannteren Liedern mit. Auch Loreena ließ sich anstecken von der Lebensfreude, die im Pub herrschte.

Nach der Musikrunde zog Kenneth sie mit sich. Dabei legte er ihr den Arm um die Hüfte. Ein paar Sekunden lang ließ sie diese vertrauliche Geste zu, dann entschied sie, dass ihr diese Berührung eindeutig zu intim war, und schob seine Hand fort. Er tat, als bemerke er ihre Zurückweisung nicht, und führte sie zu dem Tisch, an dem seine Eltern saßen.

»Mum, Dad? Seht nur, wen ich gefunden habe!«

Die beiden schauten auf und Patricia O'Mulligan lächelte Loreena an. Loreena begrüßte das Paar und nickte den fremden Personen am Tisch zu.

»Ms Fallon, wie nett, Sie zu sehen!«, sagte Ian O'Mulligan. »Nach unserer Begegnung gestern fiel mir ein Jugendwunsch ein: Ich wollte schon immer einmal nach Bayern reisen und mir ein paar der dort ansässigen Bierbrauereien ansehen. Die Bekanntschaft mit Ihnen lässt einen alten Mann wieder jung und abenteuerlustig werden!« Er lachte und die Fältchen um seine Augen herum vertieften sich. Dann rückte er ein Stück zur Seite und deutete auf den Platz neben sich. »Kommen Sie, setzen Sie sich!«

Das tat Loreena.

»Kenneth hat erwähnt, dass Sie einen kleinen Unfall in unserem Lager hatten«, fuhr Ian O'Mulligan fort. »Geht es Ihnen wieder gut?« Er musterte sie eindringlich.

»Aber ja«, erwiderte sie heiter. »Mir ist nichts passiert.« Sie schaute zu Patricia O'Mulligan hinüber.

Die Frau starrte sie mit regloser Miene an. Als sie bemerkte, dass Loreena sie ansah, verzog sie ihr Gesicht zu einem Lächeln.

»Ich habe im Internet Fotos von Ihrem Geschäft gesehen. Schöner Laden! Gehört er Ihnen allein?«, erkundigte sie sich, doch ihre Stimme klang gepresst.

»Ja, ich habe ihn von meinem Vater geerbt«, antwortete Loreena.

»Wann ist er denn gestorben?«, bohrte Patricia O'Mulligan nach.

»Vor etwa zwei Monaten – ein Schlaganfall«, erklärte Loreena und schluckte.

Patricia O'Mulligan nickte. »Es hat Sie getroffen, das merkt man Ihnen an«, sagte sie teilnahmsvoll, ließ aber weder durch Mimik noch Gestik weitere Gefühle erkennen.

»Patricia, das Thema ist Ms Fallon unangenehm, merkst du das nicht?«, mischte sich ihr Mann nun ein.

Loreena war ihm dankbar dafür und lächelte ihm kurz zu.

Patricia O'Mulligan neigte ihren Kopf in seine Richtung. »Verzeih mir, mein Lieber, du hast natürlich recht!« Dann sagte sie zu Loreena: »Ich wollte Ihnen nicht zu nahe treten. Mir ist die Familie auch wichtig.«

»Vielleicht kommen Sie in den nächsten Tagen mal zum Dinner bei uns vorbei?«, schlug Ian O'Mulligan vor, woraufhin ihn die anderen überrascht anstarrten. »Ein etwas intimerer Rahmen ist doch angenehmer, um über Geschäftliches zu plaudern, nicht wahr?«

Loreena nickte, auch wenn sie nicht glaubte, dass die Einladung ernst gemeint war. Iren luden für gewöhnlich keine Fremden zu sich nach Hause ein, selbst wenn diese potenzielle Geschäftspartner waren. So etwas taten sie nur, wenn sie sich etwas davon erhofften oder aber den anderen durchleuchten wollten. Natürlich konnte es sein, dass Ian O'Mulligan sie beim Essen genauer unter die Lupe nehmen wollte, bevor er mit ihr Geschäfte machte. Eine Einladung in sein Haus erstaunte sie aber doch sehr.

Ian O'Mulligan lehnte sich zurück, als wäre sein Vorschlag etwas ganz Alltägliches gewesen. »Maire und Jocelyn haben sich wohl gelangweilt«, stellte er fest und zeigte auf die leeren Plätze am Tisch, wo kurz zuvor noch zwei Frauen gesessen hatten.

Loreena fasste das als dezenten Hinweis auf, sich zu verabschieden, und erhob sich.

Kenneth hielt sie zurück und setzte sich nun ebenfalls. »Du hast davon gesprochen, den Whiskey-Trail zu erkunden. Bestimmt wirst du bald abreisen, oder?«

Loreena ließ sich wieder auf die Bank sinken. »Nein, ich hatte vor, noch eine Woche zu bleiben. Ich kann von hier aus einen Ausflug nach Slane machen. Ansonsten werde ich meine letzten Tage in Irland etwas ruhiger angehen lassen.« Und nach meinen Verwandten forschen, fügte sie im Stillen hinzu.

»Können Sie den Laden denn so lange schließen? Sie müssen doch schon eine ganze Weile in Irland sein«, meinte Patricia O'Mulligan und wirkte kühl und konzentriert.

Loreena kam es fast so vor, als wolle sie sie dazu drängen, nach Hause zurückzukehren. Sie verwarf den Gedanken. Den O'Mulligans konnte es wahrlich egal sein, ob sie hierblieb, durch Irland reiste oder nach Deutschland zurückflog.

»Ich kann mir diese Auszeit erlauben, denn die meisten Kunden sind dem Whiskeyshop seit Jahren treu geblieben und schätzen die Beratung und die Auswahl«, erklärte sie höflich. »Das Uisce Beatha und ich stehen für Qualität, Zuverlässigkeit und Fachkenntnisse.«

Patricia O'Mulligan musterte sie. »Das muss wohl in der Familie liegen«, meinte sie, ehe sie sich erhob. »Entschuldigen Sie mich bitte für einen Moment!« Im Licht der Deckenbeleuchtung glänzten ihre Augen, hastig lief sie hinüber zu den Toilettenräumen.

Kenneth schaute ihr nachdenklich hinterher, dann wandte er sich wieder Loreena zu. »Welche Brennerei hast du als Letzte besucht?«

»Kilbeggan. Die hat mir sehr gut gefallen.«

»Ja, sie wurde vor ein paar Jahren restauriert«, erzählte Kenneth.

»Vielleicht sollten wir einen Termin für unser Dinner ausmachen«, unterbrach ihn sein Vater. »Ms Fallon, wieso kommen Sie nicht am Montagabend zu uns, so gegen acht? Passt Ihnen das?«

Verblüfft stimmte Loreena zu.

»Perfekt!« Ian O'Mulligan holte eine Visitenkarte aus seinem Jackett und schrieb etwas darauf. Dann reichte er sie Loreena. »Das hier ist unsere Privatadresse.«

In diesem Moment kam Patricia O'Mulligan an den Tisch zurück und setzte sich wieder neben ihren Mann. Offenbar hatte sie ihr Make-up aufgefrischt.

»Dad hat Loreena für Montag zum Dinner eingeladen«, informierte Kenneth seine Mutter und warf ihr einen eigenartigen Blick zu, den sie mit einem Nicken beantwortete.

Loreena kam ins Grübeln. Was bedeutete das? Empfanden sie die Einladung etwa als unangebracht? Dann entdeckte sie Mae, die ihr zuwinkte und auf ihre Uhr deutete. Loreena erhob sich.

»Ich muss jetzt leider gehen«, sagte sie. »Aber ich wünsche Ihnen noch einen schönen Abend! Bis Montag!«

8. Kapitel

»Zu viel von irgendetwas ist schlecht,
aber zu viel von gutem Whisky ist wahrlich nicht genug.«
Mark Twain (1835 – 1910),
US-amerikanischer Schriftsteller

Als Loreena am nächsten Morgen in die Küche kam, saß Mae mit zerknautschter Miene vor einem Whiskey-Tumbler. Auf dem Teller daneben lag ein Hering, der einen sehr intensiven Geruch verbreitete.

»Guten Morgen!«, sagte Loreena fröhlich.

Mae stöhnte. »Was auch immer du vorhast, Liebchen, tu es langsam und vor allem leise!«, verlangte sie und kniff die Augen zusammen.

Loreena stellte den Korb mit allem, was sie für den Tag benötigte, hinter die Tür und richtete sich auf. »Bleib sitzen!«, sagte sie, als sie sah, dass Mae sich hochhieven wollte.

»Danke!«, brummte Mae.

Loreena nahm sich eine Tasse aus dem Schrank, goss sich Kaffee ein, gab Zucker dazu und setzte sich an den Tisch. Als sie umrührte, stöhnte Mae erneut. »Entschuldige«, bat Loreena, ohne ernsthaft Schuldgefühle zu verspüren. Ihre Mutter hatte immer gesagt, wer zu viel trinken könne, möge auch den Kater hinterher. »So betrunken warst du doch gar nicht.«

Mae antwortete nicht, sondern trank einen Schluck.

»Trinkst du etwa Whiskey? Aber warum, wenn es dir sowieso schon schlecht geht?«, wollte Loreena wissen.

Mae seufzte. »Bei einem Kater am Morgen fängt man mit demselben an, mit dem man aufgehört hat. Und ich habe vor dem Schlafengehen noch einen O'Mulligan's Vintage gekippt«, erklärte sie bereitwillig. »Den Verdächtigen im Fall Brummschädel habe ich leider nicht vorrätig: schwarz gebrannten Poítin von Ruth Stewart.« Sie deutete ein Kopfschütteln an. »Teuflisches Zeug! Ich hätte geschworen, dass ich nur einen kleinen Schwips habe.« Sie stellte das Glas ab. »Wärst du so lieb, mir einen kräftigen Tee zu kochen?«

Loreena nickte. Während sie darauf wartete, dass das Wasser kochte, beobachtete sie Mae. Die griff sich Messer und Gabel und schnitt ein kleines Stück von dem Hering ab. Sie kaute sehr langsam darauf herum, und als sie schluckte, war Loreena sich sicher, dass sie gegen die Übelkeit ankämpfte.

Mae legte das Besteck fort und nahm sich ein Stück Brot. Während sie einen Brocken abriss, fragte sie: »Und, was unternimmst du heute?«

»Ich fahre nach Slane Castle zu der dortigen Destillerie. Dann habe ich alle bekannten Brennereien auf dem Whiskey-Trail besucht.«

Mae nickte gedankenverloren.

»Die O'Mulligans haben mich übrigens für Montag zum Dinner eingeladen«, erzählte Loreena beiläufig, während sie Mae ihren Tee brachte und sich wieder setzte.

Mae starrte sie an. »In ihr Haus?«, vergewisserte sie sich.

»So habe ich es verstanden«, bestätigte Loreena.

Mae nickte ungläubig, ging jedoch nicht weiter darauf ein. Eine Weile schwiegen sie beide. Loreena hing ihren Gedanken nach. Noch immer hatte sie keine Idee, keinen Hinweis darauf, wer ihre Verwandten waren und wo sie Mitglieder der Familie Fallon finden könnte. Langsam kam es ihr so vor, als hätten sie nie existiert.

»Was ist denn los, Liebes? Du wirkst so traurig und nachdenklich«, unterbrach Mae ihre Grübeleien.

Loreena seufzte. »Ich habe über die Fallons nachgedacht – und über Familie allgemein. Blutsbande sind eben doch eine ganz besondere Verbindung. Vermutlich ist es mir deshalb so wichtig, die Verwandten meines Vaters zu finden. Weil es mir das Gefühl geben würde, nicht allein auf der Welt zu sein.«

Mae nickte vorsichtig. »Ich wünschte, ich könnte dir helfen, aber ich habe Badger's Burrow verlassen, als ich noch recht jung war, und war viele Jahre fort. Selbst wenn die Fallons hier gelebt haben, kann ich das durchaus verpasst haben.« Sie legte ihre Hand auf Loreenas Unterarm. »Aber ich verspreche dir, dass ich weiterhin Augen und Ohren offenhalten werde. Irgendwer muss doch etwas über eine Familie Fallon wissen, selbst wenn es nur ist, dass sie fortgezogen sind. Aber dann hättest du immerhin einen neuen Hinweis, nicht wahr?«

Ihr Lächeln munterte Loreena auf. »Vielen Dank, Mae, du bist fabelhaft!«

Mae errötete. »Unsinn!«, wehrte sie ab. Ihre eben noch

trüben Augen funkelten nun erwartungsvoll. »Ich bin mittlerweile genauso neugierig wie du. Ist doch ein spannendes Rätsel.« Sie griff nach ihrem Glas und prostete Loreena zu.

Die erwiderte den Toast mit ihrer Kaffeetasse.

»Erinnerst du dich noch an Orla Kanturk, die hiesige Dorfchronistin?«, fragte Mae und stellte ihr Glas ab. Stattdessen nahm sie den Tee und nippte daran, während sie Loreena über den Rand der Tasse hinweg beobachtete.

Loreena nickte, sie hatte sie nicht vergessen.

»Wir sollten ihr demnächst einen Besuch abstatten«, fuhr Mae fort. »Ich hoffe, sie kann dir weiterhelfen!« Sie schwieg einen Moment, dann sagte sie: »Ich hab übrigens gestern Abend ein paar Bekannte im Pub getroffen und sie gefragt, ob sie etwas über deinen Vater oder seine Familie wissen.«

»Und?«, fragte Loreena, obwohl sie die Antwort bereits ahnte.

»Leider wussten sie nichts«, erklärte Mae, deren Gesicht langsam wieder Farbe bekam.

»Wovon redet ihr?«, fragte unvermutet eine Männerstimme.

Loreena zuckte zusammen. Es war Brandon, der wieder einmal vor dem offenen Küchenfenster stand. Das schien langsam zur Gewohnheit zu werden.

»Brady, mein Schatz! Was treibt dich hierher?«, fragte Mae.

»Die Aussicht auf einen Kaffee«, antwortete er grinsend.

»Na, dann komm rein! Du weißt doch, wo die Tür ist.«

Kurz darauf betrat Brandon die Küche. Er nahm sich eine Tasse aus dem Schrank, füllte sie mit Kaffee und ließ sich auf einen Stuhl sinken.

»Wovon habt ihr gerade gesprochen?«, wiederholte er interessiert und trank einen Schluck.

»Von den Nachforschungen über die Fallons«, erklärte Mae, woraufhin Brandon lediglich ein Brummen ausstieß.

»Wie sieht's eigentlich mit den Ermittlungen im Mordfall Edward Connor aus? Schon irgendwelche handfesten Hinweise auf den Mörder?«, frage Loreena neugierig.

Brandon warf ihr einen tadelnden Blick zu. »Ich darf keine Informationen über den Stand der Ermittlungen herausgeben.«

»Das heißt also, ihr habt noch keinen blassen Schimmer, wer den alten Connor im Whiskey konservieren wollte«, warf Mae ein.

»Ich darf Außenstehenden keine Informationen über den Ermittlungsstand geben«, wiederholte Brandon monoton.

»Außenstehend? Hör mal, ich bin deine Großmutter!«, ereiferte sich Mae.

Brandon rollte mit den Augen.

»Hat man schon herausgefunden, wie Connor nach Badger's Burrow kam?«, fragte Loreena. »Das könnte doch einen Hinweis darauf geben, wer ihn als Letztes gesehen hat.«

»Abgesehen vom Mörder natürlich«, meinte Mae.

Brandon beachtete sie nicht und wandte sich an Loreena: »Er hat sich von Dublin aus ein Taxi genommen. Wir versuchen, den Fahrer ausfindig zu machen«, erzählte er bereitwillig. »Allerdings erhoffe ich mir nicht viel davon. Er kann beim Pub ausgestiegen sein oder bei einem B&B und dann vielleicht auf seinen Mörder getroffen sein.« Er winkte ab. »In den Krimis im Fernsehen sieht es immer so einfach aus, aber das ist es nicht. Und aufregend schon gar nicht. Ornithologen haben nervenaufreibendere Jobs als wir Polizisten«, behauptete er, zwinkerte Loreena aber zu.

Sie lachte und beschloss, das Thema zu wechseln. »Ich habe mich gestern eine Weile mit Rory unterhalten und er erzählte etwas vom Cousin einer seiner Ehefrauen, der verschwunden ist. Könnte man nicht herausfinden, ob das vielleicht mein Dad war?«

Brandon musterte sie eine Weile, bevor er antwortete: »Könnte man wohl, aber wie überall sind die staatlichen Mittel begrenzt, und ganz sicher kann ich keine Nachforschungen anstrengen, wenn es um private Angelegenheiten geht. Und was Rory betrifft: Der Kerl ist ein Schwätzer. Wenn man ihm nur die Hälfte von dem glaubt, was er erzählt, ist man vermutlich immer noch großzügig.«

Loreena seufzte. Sie hatte irgendwie gehofft, eine Spur zur Vergangenheit ihres Vaters entdeckt zu haben. Enttäuscht sah sie auf die Uhr.

»Ich mach mich jetzt mal besser auf den Weg.« Sie stand auf, stellte ihre Tasse in die Spüle und nahm ihren Korb.

»Was unternimmst du denn heute?«, erkundigte sich Brandon.

»Ich will Slane Castle und die dortige Destillerie besuchen. Vielleicht schaue ich auf dem Rückweg noch bei der einen oder anderen stillgelegten Brennerei vorbei.«

»Viel Spaß!«, wünschte Brandon ihr.

Dann machte sich Loreena auf den Weg.

9. Kapitel

»Jemand, der Whisky liebt,
kann kein schlechter Mensch sein.«
W. C. Fields (1880 – 1946),
US-amerikanischer Schauspieler,
Komiker, Drehbuchautor

Loreena hatte einen herrlichen Tag in Slane Castle verbracht. Zunächst hatte sie einen ausgedehnten Spaziergang rund um die Burg unternommen und schließlich die Destillerie besichtigt. Das alles hatte mehr Zeit als gedacht in Anspruch genommen, weshalb sie danach direkt zurück nach Badger's Burrow gefahren war. Also nutzte sie am Montag die Zeit bis zur Abendeinladung bei den O'Mulligans, um sich die alten, nicht mehr produzierenden Whiskeybrennereien anzusehen. Außerdem kaufte sie einen Blumenstrauß und in einem Supermarkt eine Flasche deutschen Weißwein zu einem Preis, für den sie in Deutschland die doppelte Anzahl erhalten hätte.

Gegen halb acht machte sie sich auf den Weg zum Haus der O'Mulligans. Es lag nur wenige Autominuten von der Destillerie entfernt. Hohe Bäume säumten die schmale Straße zum Anwesen. Als Loreena das Haus erreichte, entdeckte sie einen alten Alfa Romeo, der direkt vor den Garagen stand. Er war so rostig und schmutzig, dass die ursprüngliche Farbe kaum mehr zu erkennen war. Mit ein wenig Hin und Her parkte sie hinter dem Wagen ein, sodass der Fahrer bequem davonfahren konnte.

Loreena stieg aus und schaute sich um. Das Haus selbst war kompakt, mit weißen Mauern und einem schwarzen Flachdach. Auf der linken Seite gab es eine großzügige Veranda, der Rasen dahinter war mit einer Steinmauer eingefasst. Die gesamte Gartenanlage war gepflegt, aber einfach. Offenbar hielten die O'Mulligans nichts von Nutzgärten und noch weniger von ausgefallener Gartenarchitektur.

Loreena ging um ihr Mietauto herum zur Beifahrerseite und holte die Blumen und den Wein heraus, wobei sie sich bemühte, mit dem ausladenden Strauß nirgendwo anzustoßen. Erleichtert stieß sie die Autotür mit dem Fuß zu. Als sie sich zum Haus umdrehte, bemerkte sie, dass sie von einem Mann beobachtet wurde. Der Rothaarige, der sich eben von Patricia O'Mulligan verabschiedete, war niemand anderer als Russell Nash, einer der beiden Arbeiter aus der Destillerie, die das Fass mit der Leiche auf die Bühne gerollt hatten.

»Vielen Dank, Russell!«, rief Patricia O'Mulligan ihm hinterher, während er auf Loreena zukam.

»Gern geschehen, Mrs O'Mulligan«, antwortete er über seine Schulter. Er warf Loreena einen reservierten Blick zu, grüßte sie aber mit einem Nicken. Dann lief er an ihr vorbei zu dem Alfa Romeo.

Loreena ging hinüber zu Patricia O'Mulligan und überreichte ihr die Blumen und den Wein. »Ein kleines Dankeschön für Ihre Einladung!«

Patricia O'Mulligan strahlte sie an. »Aber das wäre doch nicht nötig gewesen, Ms Fallon!« Dann drehte sie sich um und rief ins Haus hinein: »Ian, Kenneth, unser Gast ist da!«

Kurz darauf trat ihr Mann zu ihnen. »Herzlich willkommen«, sagte er und schüttelte Loreena die Hand. »Gehen wir doch hinein!« Er deutete auf die Tür.

»Natürlich, mein Lieber!« Patricia O'Mulligan ging voran, Loreena und Ian O'Mulligan folgten ihr.

Sie betraten einen geschmackvoll eingerichteten Raum, offenbar das Wohnzimmer.

»Ich stelle nur eben den Strauß in eine Vase«, verkündete Patricia O'Mulligan und ließ Loreena allein mit ihrem Mann zurück.

Loreena schaute sich um. Der Raum war recht groß, aber nicht besonders hoch. Dennoch wirkte er durch die hellen Möbel und die bunten Kissen nicht beklemmend. Alles sah sehr hochwertig aus. Ian O'Mulligan war derweil an einen Schrank getreten und öffnete nun eine Tür. Er holte eine Whiskeyflasche mit einem grün-goldenen Etikett heraus und zeigte sie Loreena.

»Möchten Sie ein Glas mit mir trinken?«

Loreena kannte den Whiskey, er gehörte zu den teuersten, die in diesem Jahrhundert gebrannt worden waren. Und obwohl sie für gewöhnlich keinem guten, vor allem aber keinem raren Whiskey widerstehen konnte, lehnte sie ab, weil sie nie vor dem Essen trank. Ian O'Mulligan wirkte enttäuscht.

»Nach dem Dinner würde ich ihn gern probieren«, vertröstete Loreena ihn. Einen potenziellen Geschäftspartner wollte sie nicht vor den Kopf stoßen.

Offenbar lag ihm wirklich etwas daran, dass sie diesen Whiskey kostete – so wie jedem Fan, der seine Schätze präsentieren wollte. Er lächelte und stellte die Flasche beiseite. In diesem Moment öffnete sich die Tür und Kenneth trat ein. Er begrüßte zunächst Loreena, ehe er sich an seinen Vater wandte.

»Dad, das Essen ist fertig.«

Ian O'Mulligan rieb sich vorfreudig die Hände. »Na, dann wollen wir mal!«

Das Esszimmer war mit dunklen Holzmöbeln eingerichtet. Kenneth rückte Loreena den Stuhl zurecht und so fühlte sie sich fast wie eine Lady. Dann schob eine Frau in einem Hemdblusenkleid einen Servierwagen an den Tisch. Diskret schöpfte sie Suppe in die Teller und verschwand schließlich wieder.

Loreena gab Zucker in ihren Kaffee, rührte um und nahm einen Schluck. »Mrs O'Mulligan, das Essen war unglaublich. Noch nie in meinem Leben habe ich so gute Lammkoteletts gegessen. Und erst die Bohnen! Auf den Punkt gegart, mit leichtem Biss, einfach köstlich!«

Die Gastgeberin neigte dankend den Kopf und ein rosiger Schimmer legte sich über ihre Wangen.

»Mum ist eine fantastische Köchin«, bestätigte Kenneth und zwinkerte seiner Mutter zu.

»Tatsächlich?«, sagte Loreena überrascht. »Ich hatte angenommen ...«

»Dass Maureen kocht?« Ian O'Mulligan lachte.

»Maureen kann wunderbar Fertiggerichte aufwärmen und Brot abschneiden. Aber damit haben sich ihre Fähigkeiten bei der Nahrungszubereitung erschöpft«, verriet Kenneth.

Patricia O'Mulligan tupfte sich die Mundwinkel mit der

Serviette ab. »Sie serviert das Essen, wenn wir Gäste haben, ansonsten kümmert sie sich um den Haushalt. Die beste Perle, die wir je hatten!«, lobte sie.

Die Tür wurde geöffnet und Maureen trat ein, in der Hand ein Tablett mit Käse, Crackern, Melonenhäppchen, Trauben und Oliven.

»Maureen, bringen Sie das bitte ins Wohnzimmer!«, sagte Patricia O'Mulligan. »Wir werden es uns dort gemütlich machen.«

Mit einem »Gerne doch, Mrs O'Mulligan« verließ die Haushälterin den Raum. Loreena warf einen Blick auf ihre Armbanduhr. Die Zeit war wie im Fluge vergangen und wieder einmal hatten sie kaum über das Geschäft gesprochen.

»Sie können hier übernachten, wenn Sie möchten«, bot Patricia O'Mulligan an.

Loreena glaubte, ein erwartungsvolles Blitzen in ihren Augen zu erkennen.

»Unsinn!«, bestimmte Ian O'Mulligan unwirsch. »Ms Fallon will sicherlich in ihr B&B zurückkehren. Wir nehmen noch einen kleinen Umtrunk und dann lassen wir sie gehen.«

Er erhob sich und die anderen folgten ihm, wobei Kenneth galant Loreenas Stuhl zurückzog. Dann gingen sie ins Wohnzimmer hinüber. Auf dem Couchtisch standen schon das Tablett mit den Snacks und kleine Teller bereit. Patricia O'Mulligan, Loreena und Kenneth ließen sich auf dem Sofa nieder, während Ian O'Mulligan an die Hausbar trat und eine bauchige Whiskey-Flasche herausnahm. Er goss das Getränk in ein elegantes Nosing-Glas mit langem Stiel und reichte es Loreena. Sie ließ die Spirituose darin kreisen und roch anschließend daran. Feinste Nuancen von Gewürzen und Rauch waren erkennbar. Loreena nahm einen Schluck und seufzte genießerisch.

»Ein Bog Oak, herrlich! Ich liebe diese Ahnung von Moor und Eiche im Abgang!«

Der Whiskey wurde im Uisce Beatha selten verkauft, kostete die Flasche doch weit über hundert Euro. Aber alle, die ihn probiert hatten, liebten ihn und Loreena konnte das nachvollziehen. Er schmeckte hervorragend, exklusiv und nach purer Handarbeit.

Kenneth und seine Mutter hatten sich inzwischen Oliven, Weintrauben und Melonenstücke von der Servierplatte genommen.

»Bitte, greifen Sie zu!«, sagte Patricia O'Mulligan.

Loreena beugte sich vor und nahm sich einen Cracker mit einer Kräuter-Frischkäsecreme. Im Nachgeschmack des Whiskeys erwies sich diese Kombination als äußerst delikat.

»Fantastisch!«, schwärmte sie. »Ich glaube, ich habe noch nie so gut gegessen wie heute Abend.«

Patricia O'Mulligan strahlte sie an. »Vielen Dank!«

Loreena schaute auf das Tablett. »Sie haben sich wirklich sehr viel Mühe gemacht.«

»Die Häppchen stammen aus dem Pub im Dorf«, erklärte Ian O'Mulligan. »Russell Nash, unser Stillman, war so freundlich, sie uns herzubringen, als er hörte, dass Sie heute zu Gast sind.« Er hielt ihr die Platte hin, damit sie sich erneut bedienen konnte.

Diesmal wählte sie einen Käse-Trauben-Stick. Sie hatte erwartet, dass die O'Mulligans sich ebenfalls etwas nehmen würden, doch keiner der drei unternahm Anstalten, zuzugreifen.

»Mögen Sie denn nichts?«, fragte Loreena irritiert.

Patricia O'Mulligan schaute sehnsüchtig auf die Käsehäppchen und seufzte. »Ich muss auf meine Figur achten«, erklärte sie bedauernd. Sie sah hoch und lächelte Loreena zu.

Auch Kenneth schüttelte den Kopf. »Ich mache mir nichts aus Käse«, gestand er.

Seine Mutter warf ihm einen kurzen Blick zu und wandte sich dann wieder an Loreena: »Halten Sie sich nicht zurück, Ms Fallon, es wäre ein Jammer, wenn die guten Sachen verkommen würden!« Dann drehte sie sich zu ihrem Mann. »Was ist mit dir, Ian? Noch ein paar Häppchen?«

Ian O'Mulligan beugte sich vor, nahm sich aber nur ein paar Weintrauben. »Eigentlich bin ich schon satt«, sagte er und gähnte verstohlen.

Ein erneuter Blick auf die Uhr zeigte Loreena, dass es wirklich Zeit wurde zu gehen. Sie wollte keinen schlechten Eindruck hinterlassen. Immerhin war der nächste Tag ein gewöhnlicher Arbeitstag und die O'Mulligans würden ihn sich sicherlich nicht freinehmen, nur weil ihr Besuch zu lange geblieben war. Loreena stellte ihr Glas auf dem Couchtisch ab und straffte sich.

»Es wird Zeit für mich zu gehen«, erklärte sie. »Es ist schon spät und ich will Sie nicht über Gebühr wachhalten.«

»Aber nein«, widersprach Kenneth. »Bleib doch noch ein wenig!«

Loreena schüttelte den Kopf. »Es war wirklich ein ganz wunderbarer Abend, aber wie heißt es doch: Wenn es am schönsten ist, soll man gehen.«

»Dann wollen wir Sie nicht aufhalten«, sagte Patricia O'Mulligan und hielt Loreena noch einmal die Servierplatte mit den Häppchen entgegen. »Doch bevor Sie gehen, müssen Sie noch etwas nehmen.«

»Ja, greifen Sie zu!«, forderte nun auch ihr Mann Loreena auf und lächelte sie an.

Loreena wollte nicht unhöflich sein und wählte einen Cracker mit Frischkäsecreme.

Erleichtert ließ sich Loreena auf den Fahrersitz ihres Mietwagens sinken. Sie war pappsatt. Als sie am Hauseingang vorbeifuhr, winkte sie den O'Mulligans noch einmal zum Abschied zu. Dann bog sie auf die mit Bäumen bestandene schmale Straße ein. In der mondlosen Nacht war sie kaum auszumachen, denn Straßenlaternen gab es nicht. Loreena fuhr langsam, den Blick auf den Weg vor sich geheftet. Sie war dankbar für die Scheinwerfer, die es ihr ermöglichten, überhaupt etwas zu sehen.

Mit einem Mal wurde ihr schwindlig und obendrein auch noch übel. Sie schluckte, fühlte einen sauren Geschmack aus ihrem Magen hochsteigen und drosselte die Fahrgeschwindigkeit noch weiter. Doch der Schwindel wurde schlimmer, ihr Kopf schien zu kreisen. In ihren Ohren rauschte es. Sie öffnete das Fenster, aber nur ein Stück, damit der Luftzug sie nicht zusätzlich beeinträchtigte.

Ihr Auto kroch mittlerweile über die Straße. Gerade als ihr trotz ihres benebelten Zustands klar wurde, dass sie Schlangenlinien fuhr, und sie anhalten wollte, wichen Schwindel und Unwohlsein schlagartig. Erleichtert atmete sie aus, ließ aber vorsichtshalber das Fenster einen Spaltbreit offen. Etwas frische Luft wehte herein und der Duft von süßem Gras und Heidekraut drang an ihre Nase.

Während sie weiterfuhr, ließ sie den Abend Revue passieren. Das Dinner war einfach fantastisch gewesen! Hochstimmung erfasste sie und sie überlegte, ob Mae wohl noch wach war und Lust hätte, mit ihr zu plaudern. Plötzlich bemerkte sie, dass ihr Auto auf die Gegenfahrbahn geriet, dann legte sich ein schwarzer Schleier über ihr Bewusstsein.

10. Kapitel

»Mögen die Feinde Irlands
niemals Brot essen noch Whisky trinken,
sondern stattdessen von einem Juckreiz gequält werden –
ohne die Wohltat des Kratzens.«
Irischer Trinkspruch

Als Loreena erwachte, lag sie unter einer warmen, weichen Decke. Sie fühlte sich müde und erschöpft, und als sie versuchte, sich zu bewegen, wollten ihre Muskeln ihr nicht so recht gehorchen. Sie hörte ein Geräusch, aber noch bevor sie ihre Augenlider aufzwingen konnte, war jemand neben ihr. Eine faltige Hand berührte ihre Stirn und dann die Wange.

»Loreena?«

Es gelang ihr, die Augen zu öffnen. Die Hand gehörte Mae. Die alte Frau wirkte besorgt. Erneut versucht Loreena sich aufzusetzen, aber jeder ihrer Muskeln brannte. Sie sah sich um: Sie lag in ihrem Bett, ohne den Hauch einer

Erinnerung, wie sie dorthin gekommen war. In ihrem Kopf hämmerte es, die Zunge klebte ihr am Gaumen und ihr Magen rumorte. Sie wollte sprechen, doch es kam nur ein Krächzen heraus.

Mae drehte sich um und nahm ein gefülltes Wasserglas vom Nachttischchen. »Trink, Liebes!«, forderte sie Loreena auf.

Die trank hastig und fühlte sich sofort ein wenig besser. Mae nahm ihr das Glas wieder ab und musterte sie aufmerksam. Loreenas Verwirrung, die bis zu diesem Augenblick nur unterschwellig gewesen war, wurde ihr nun bewusst. Sie hatte keine Ahnung, was vorgefallen war. Weder erinnerte sie sich daran, wie sie zurück nach Badger's Burrow gekommen, noch, wie sie in ihrem Bett gelandet war. Sie hatte die O'Mulligans verlassen, war in ihr Auto gestiegen und losgefahren. War sie betrunken gewesen? Nein! Trotz des Whiskeys, den sie probiert hatte, war sie mit ziemlicher Sicherheit nüchtern gewesen. Aber was war im weiteren Verlauf der Nacht geschehen?

»Was ist passiert?«, fragte sie mit heiserer Stimme. »Wie bin ich hierhergekommen?«

Mae legte den Kopf schief. »Weißt du das nicht mehr?«, fragte sie besorgt.

Loreena biss sich auf die Unterlippe und schwieg. Sie starrte auf ihre Hände auf der orange gemusterten Bettwäsche und versuchte, sich daran zu erinnern, wie sie zurückgekommen war, doch da war nichts. Alles schien von dem Moment an komplett ausgelöscht zu sein, als sie unfassbar euphorisch auf dem Rückweg von den O'Mulligans gewesen war. Angst erfasste sie und sie schluckte, um sie zu unterdrücken, aber es war zwecklos.

»Brandon hat befürchtet, dass es so sein würde«, erklärte Mae. Dann lächelte sie und tätschelte Loreenas

Hände. »Du hattest Glück, Liebes. Als du auch nach dreiundzwanzig Uhr noch nicht zurück warst, hab ich mir Sorgen gemacht. Ich hab versucht, dich auf dem Handy anzurufen, aber du bist nicht rangegangen. Also habe ich Brandon gebeten, die Strecke zum Haus der O'Mulligans abzufahren – nur zur Sicherheit. Er hat dann deinen Wagen in einem Graben draußen bei O'Fethards Weide gefunden. Du lagst bewusstlos auf dem Lenkrad und warst nicht ansprechbar, aber ansonsten unverletzt. Er hat dich in sein Auto verfrachtet und hierhergebracht.«

Loreena schüttelte den Kopf. Das konnte nicht wahr sein!

»Wir haben dann den alten Doktor Smith aus dem Nachbarort gerufen, doch der hat nur bestätigen können, was Brandon bereits vermutet hatte: Jemand muss dir K.-o.-Tropfen verabreicht haben«, fuhr Mae fort.

Loreena starrte sie an. »Aber wie? Warum?«, stammelte sie. Noch immer konnte sie nicht richtig denken, hatte das Gefühl, ihr Gehirn sei in Watte gepackt. Wieso um alles in der Welt sollte jemand sie auf solch heimtückische Art außer Gefecht setzen wollen?

»Das wissen wir nicht«, antwortete Mae. »Aber Brandon möchte Gewissheit haben, ob es wirklich K.-o.-Tropfen waren. Dazu braucht er eine Urinprobe von dir.«

»In Ordnung«, sagte Loreena und kämpfte gegen ihre Benommenheit an.

Die Tropfen konnten ihr eigentlich nur bei den O'Mulligans verabreicht worden sein. War es ihnen ähnlich ergangen? Vielleicht war das ein raffinierter Plan von Einbrechern: Sie betäubten die Hausbewohner und räumten dann das Haus leer, ohne dass es jemand mitbekam.

»Was ist mit den O'Mulligans? Wurden sie auch vergiftet?«

»Ich habe nichts dergleichen gehört«, erklärte Mae. »Also gehe ich davon aus, dass ihnen nichts geschehen ist. Aber Genaueres kann dir Brandon später erzählen.«

Gut, dann schied diese Theorie schon mal aus. Loreena überlegte weiter, was in ihrem Zustand nicht ganz einfach war. Russell Nash kam ihr in den Sinn. Er hatte das Fingerfood vorbeigebracht und nur sie hatte von den Käsehäppchen gegessen. Oder waren die Tropfen vielleicht in dem Whiskey gewesen, den Ian O'Mulligan ihr gegeben hatte? Aber welchen Grund sollte er haben, sie zu betäuben? Vergewaltigungsdroge, schoss es ihr durch den Kopf. Sie schluckte und versuchte, den Gedanken zu unterdrücken. Dann spürte sie, dass sie die gewünschte Urinprobe in den nächsten Minuten abliefern könnte.

»Ich muss ins Bad«, verkündete sie. »Und ich will duschen.«

Mae erhob sich mit einer Beweglichkeit, die man einer Frau ihres Alters nicht zutrauen würde. »Brauchst du Hilfe oder schaffst du es allein?«

»Ich komme sicher allein zurecht«, behauptete Loreena, obwohl sie nicht wirklich davon überzeugt war. Sie schwang die Beine aus dem Bett und hielt einen Moment lang inne. Dann wagte sie es aufzustehen, was tatsächlich glückte. Ihre Knie fühlten sich ein wenig wackelig an, doch ihre Beine trugen sie. Sie sah an sich herunter und stellte fest, dass Mae ihr ein T-Shirt und Leggins angezogen hatte. Gähnend schleppte sie sich zur Kommode und holte frische Kleider heraus, bevor sie in Richtung Bad ging.

»Lass die Tür offen und ruf mich, wenn du Hilfe brauchst!«, sagte Mae, die ihr gefolgt war.

Loreena nickte. »Mach ich«, versprach sie.

»Ein Becher für die Urinprobe steht am Waschbecken«,

ergänzte Mae noch, dann stieg sie die Treppe hinunter. Etwa auf der Hälfte hielt sie an und drehte sich zu Loreena um. »Komm runter in die Küche, wenn du fertig bist! Ich mach dir eine Kleinigkeit zu essen.«

Loreena lächelte sie an.

»Und einen Matcha-Tee. Den kannst du heute gebrauchen«, bestimmte Mae.

Loreena nickte nur schwach. In diesem Moment fühlte sie sich so alt, wie Mae tatsächlich war, und ihr war alles recht, solange es ihr keinen Elan oder Kampfgeist abverlangte.

Loreena hatte lange geduscht, sogar heißes und kaltes Wasser im Wechsel über ihren Kopf prasseln lassen, doch sie fühlte sich kaum besser. Murrend akzeptierte sie ihre Unpässlichkeit und kleidete sich an. Dann stieg sie mit der Beweglichkeit und Energie einer alten Frau die Treppe hinab, wobei sie das Geländer fest umklammerte, weil ihr immer wieder schwindlig wurde. Sie kam sich albern vor, aber es ließ sich nicht ändern.

In der Küche erwartete sie Mae. Sie richtete ihr einen Brunch bestehend aus Tee, Toast, Porridge und Suppe. Schließlich stellte sie noch einen Teller mit geschnittenem Obst dazu und wachte mit Argusaugen darüber, dass Loreena auch tatsächlich etwas aß.

»Du kannst dich nachher im Wohnzimmer aufs Sofa legen und fernsehen, lesen oder schlafen – worauf auch immer du Lust verspürst«, sagte sie nach einer Weile.

Loreena ließ ihren Löffel sinken. »Ich bin doch nicht krank«, protestierte sie matt. Gleichzeitig war sie Mae dankbar. Sie bezweifelte, dass sich andere Pensionswirtinnen in der gleichen Situation ebenso verhalten hätten. Ihr fiel der irische Spruch ein, wonach Iren Fremde wie Freunde, aber

Freunde niemals wie Fremde behandelten. Auf niemanden traf das besser zu als auf Mae. Loreena beglückwünschte sich noch einmal zu dem Entschluss, das Zimmer bei Mae genommen zu haben.

»Natürlich bist du nicht krank, Liebes. Man hat versucht, dich zu vergiften. Aber das ist im Vergleich zu einem Schnupfen oder so ja auch eine wahre Lappalie«, spöttelte Mae. »Und jetzt iss weiter! Aber vor allem trink ordentlich, damit das Gift schneller ausgeschieden wird.«

Loreena nippte vorsichtig an ihrem Tee, ehe sie den Löffel wieder in die Suppe tauchte und langsam aß.

»Hast mir einen Höllenschreck eingejagt, cailín, als Brandon plötzlich nachts mit dir vor der Tür stand. Er hatte dich über die Schulter geworfen wie einen Mehlsack. Natürlich kennt er solche Fälle zur Genüge, er war eine ganze Weile Polizist in Dublin. Und auf einem Festival oder einer Party dort wäre dein Zustand auch erklärbar. Aber hier, in Badger's Burrow? Das ist sehr seltsam. Du hast unheimliches Glück gehabt. Jemand hat dir das Teufelszeug verabreicht und billigend in Kauf genommen, dass du verunglückst.«

So recht Mae auch hatte, Loreena hätte sich eine etwas geschönte und weniger wortreiche Version der Umstände gewünscht. Nun verging ihr der ohnehin schon kaum vorhandene Appetit völlig. Sie schob die Suppe von sich und griff nach der Teetasse, um ihre kalten Finger daran zu wärmen.

»Wer sollte mir denn etwas antun wollen?«, fragte sie heiser. Sie war doch nur zu Gast bei einem Dinner gewesen.

Plötzlich durchzuckte sie ein Gedanke: Im Umfeld der O'Mulligans war auch schon ein toter Rivale aufgetaucht. Könnte das etwas mit dem Anschlag auf sie zu tun haben?

Hatte sie vielleicht etwas beobachtet, das Edward Connors Mörder überführen könnte, und sollte deshalb beseitigt werden? Aber wenn das alles etwas mit den O'Mulligans zu tun hatte – warum wollte sie jemand in deren Haus vergiften? Wäre das nicht dumm? Oder würde jemand dadurch einen Vorteil haben? Aber vielleicht waren die Gründe für den Anschlag auch ganz andere.

Als Brandon am späten Nachmittag vorbeikam, lag Loreena auf dem Sofa im Wohnzimmer und sah sich eine Folge eines britischen Cozy-Krimis im Fernsehen an. Mae hatte sich dazugesetzt und futterte Rohkostpralinen, die ihr laut der Verkäuferin des Health Store mindestens fünf zusätzliche Lebensjahre schenken würden. Ausführlich hatte Mae Loreena erläutert, wie sie gedachte, diesen positiven Effekt mit ausreichend Whiskey zu verstärken. Nun schaute sie immer wieder zu Loreena herüber, wohl um sofort zu reagieren, falls es ihr schlecht gehen sollte.

Ihre Fürsorge löste eine Mischung aus Unbehagen und Dankbarkeit in Loreena aus. Da sie nicht wusste, wie sie darauf reagieren sollte, entschied sie, es einfach hinzunehmen. Dennoch war sie froh, als Brandon eintraf und sie nicht länger allein mit Mae war. Er setzte sich in einen Sessel und drehte ihn so, dass er Loreena ansehen konnte. Dann zog er seinen Notizblock und einen Stift aus seiner Tasche.

»Ich muss dich leider wegen gestern befragen. Geht es dir gut genug, um meine Fragen zu beantworten?« Er musterte Loreena forschend.

»Es wird schon gehen«, erwiderte sie. »Ehrlich gesagt bin ich ziemlich erschöpft und immer noch ein wenig benebelt. Ich weiß einfach nicht, was mit mir geschehen ist. Im einen Moment bin ich gut gelaunt und fit, und plötzlich ist da ein schwarzes Loch. Das ist völlig anders, als einzuschlafen. Ich fühle mich, als hätte ich einen Zeitsprung unternommen.«

Brandon nickte. »Das ist durchaus normal. Es wird eine Weile dauern, bis das Labor uns das Ergebnis mitteilen kann, aber ich bin mir ziemlich sicher, dass es K.-o.-Tropfen waren. Dieses Teufelszeug ist tückisch. Ich will dich nicht ängstigen, aber du hast Glück, dass du noch lebst. Hast du eine Ahnung, wann und von wem dir die Tropfen verabreicht wurden?«

»Das weiß ich beim besten Willen nicht«, erklärte Loreena.

Brandon sah Mae auffordernd an. Offenbar erwartete er, dass sie den Raum verließ.

»Oh, Brady!«, sagte sie und stellte die Pralinenschale auf den Couchtisch. »Kehr hier nicht den toughen Inspector raus! Das funktioniert bei mir nicht.« Sie grinste und verschränkte die Arme vor der Brust. Eine Weile starrten sie sich an, doch letzten Endes gewann Mae.

Brandon seufzte. »Granny, würdest du uns bitte allein lassen?«

»Nicht einmal, wenn du Loreena einen spontanen Heiratsantrag machen wolltest!« Mae reckte ihr Kinn vor.

Brandon schüttelte frustriert den Kopf.

»Lass Mae ruhig dabei sein! Mich stört das nicht«, mischte Loreena sich ein.

Mit düsterem Blick musterte Brandon Mae, sah dann zu Loreena und nickte. »Also gut, fangen wir an. Was ist gestern vorgefallen? Erzähl mir alles, was du noch weißt!«

Loreena starrte in ihre Teetasse und hob ratlos die Schultern. »Ich bin gegen halb acht zum Haus der O'Mulligans gefahren und habe etwa zwanzig Minuten bis dorthin benötigt. Als ich ankam, war Russell Nash da.«

Brandon, der sich Notizen gemacht hatte, zog die Augenbrauen hoch. »Nash?«

»Ja, einer der Brennmeister bei O'Mulligan's. Er hat das Fingerfood für den Abend vorbeigebracht«, erzählte Loreena.

»Was hat denn Russell Nash mit den Häppchen zu schaffen?«, fragte Mae neugierig.

»Er hat wohl die Bestellung aus dem Pub abgeholt und hinausgefahren«, antwortete Loreena, dann wandte sie sich an Brandon: »Wie geht's den O'Mulligans? Wurden sie auch vergiftet?«

»Offenbar nicht. Keiner von ihnen hatte ähnliche Symptome wie du. Du musst irgendwas zu dir genommen haben, das kein anderer gegessen oder getrunken hat«, erklärte Brandon. »Fällt dir da etwas ein?«

»Käse«, sagte Loreena, ohne nachzudenken. »Niemand außer mir wollte den Käse.«

Brandon schaute sie fragend an.

»Auf der Platte mit dem Fingerfood gab es Obst, Oliven und eben Käsehäppchen. Aber von denen habe nur ich gegessen, wenn ich mich richtig erinnere«, erklärte sie.

»Vielleicht hilft uns das weiter«, warf Mae ein. »Wer hätte denn die Gelegenheit gehabt, den Käse zu vergiften?«

Ohne den Blick von seinen Notizen zu heben, antwortete Brandon: »Im Grunde alle drei O'Mulligans, Russell Nash, Loreena selbst, Eoghan Drumkeeran, der Wirt des Pubs, seine Frau Aileen und letztendlich der ganze Ort. Vermutlich hatte Eoghan das Tablett auf die Theke gestellt und somit hätte jeder etwas auf den Käse träufeln können. Vorausgesetzt natürlich, es waren wirklich die Käsehäppchen, die die K.-o.-Tropfen enthielten.«

»Warum zählst du mich zu den Beschuldigten?«, fragte Loreena verstört.

»Reine Routine«, erwiderte er. »Und genau genommen galt der Anschlag vielleicht gar nicht dir, sondern den O'Mulligans. Wer hätte denn vorher wissen können, dass nur du von den Käsehäppchen essen würdest?« Er blätterte in seinen Notizen.

»Vielleicht haben die drei den Anschlag gemeinsam geplant«, gab Mae zu bedenken. »Dann hätten sie natürlich nicht von dem Käse gegessen.«

Loreena schluckte. Es war schon auffällig gewesen, wie sehr die O'Mulligans sie immer wieder gedrängt hatten, zuzugreifen. Trotzdem konnte sie sich eine solche Verschwörung nicht vorstellen.

»Denkbar wäre es«, gab auch Brandon zu. »Aber aus was für einem Grund? Außerdem würde der Verdacht doch sofort auf sie fallen, also wäre das nicht so clever gewesen. Trotzdem werde ich sie natürlich befragen.« Er schaute zu Mae. »Machst du uns bitte frischen Tee, Granny?«

Loreena vermutete, dass sie nur den Raum verlassen sollte. Doch darauf fiel Mae nicht rein.

»Später, ich will das mit anhören«, erklärte sie. Als Brandon keine Anstalten machte, weiterzusprechen, fügte sie hinzu: »Ich würde Loreena anschließend sowieso ausfragen. Also sparen wir uns diesen Affentanz und ich höre jetzt zu.« Dann lehnte sie sich in ihrem Sessel zurück und verschränkte die Arme.

Brandon brummelte etwas Unverständliches und wandte sich wieder Loreena zu: »Befand sich außer den drei O'Mulligans noch jemand im Haus?«

»Meines Wissens nur Maureen, die Haushälterin«, erzählte Loreena.

»Maureen Lismore? Die hatte doch einen Cousin, der spurlos verschwand«, warf Mae ein.

»Es war ihr Verlobter«, verbesserte Brandon sie und schrieb etwas auf.

Loreenas Interesse war geweckt. Vielleicht war dieser Verlobte ja ihr Vater gewesen?

Doch im nächsten Augenblick zerstörte Brandon diesbezüglich jegliche Hoffnung: »Colin war der älteste Bruder von Dads bestem Freund«, erklärte er. »Soweit Dad es mitbekam, ging er nach England und lebte dort mit einem Mann zusammen.«

Warum konnte er nicht einfach sagen: Dieser Colin war schwul. Punkt. Warum musste er es derart geschwollen ausdrücken?

Wieder notierte Brandon sich etwas auf seinem Block. Loreena war wirklich neugierig, was er da so eifrig zu Papier brachte. Er schien mehr aufzuschreiben, als sie ihm erzählte.

»Gut, kommen wir zu Russell Nash«, sagte er schließlich. »Du hast erzählt, dass er die Häppchen vom Pub abgeholt und zu den O'Mulligans gebracht hat. Ist das nicht ungewöhnlich? Es zählt sicher nicht zu seinen Aufgaben.«

»Stimmt, darüber habe ich noch gar nicht nachgedacht«, gab Loreena zu.

»Was weißt du noch über ihn?«

Loreena dachte eine Weile nach. Plötzlich erinnerte sie sich an etwas. »Er war im Pub, als ich in Badger's Burrow ankam, an dem Tag, als Edward Connors Leiche gefunden wurde. Da habe ich mitbekommen, dass er bei Highland Spirits rausgeworfen wurde. Das fiel mir gerade wieder ein. Und dann noch etwas: Vor der Präsentation habe ich gesehen, wie er sich mit dem anderen Arbeiter wegen des Fasses gestritten hat. Ich meine das Fass mit der Leiche drin. Er wollte nicht, dass es auf die Bühne gelangt.« Sie fuhr sich über die Augen. Schlagartig fühlte sie sich unendlich müde und erschöpft und sehnte sich danach, ein kleines Nickerchen zu machen.

Brandon beugte sich vor und starrte sie ungläubig an. »Du hast ihn mit dem Fass beobachtet, in dem dann die Leiche gefunden wurde? Wieso hast du das nicht schon früher erzählt?«

»Ich habe mich gerade erst wieder daran erinnert«, erklärte Loreena und berichtete von dem Streit zwischen Russell Nash und seinem Kollegen darüber, welches Fass auf die Bühne gebracht werden sollte.

Brandon hörte ihr aufmerksam zu, nickte gelegentlich mit zusammengekniffenen Augen und machte sich Notizen. Als Loreena geendet hatte, fühlte sie eine sanfte Berührung an ihrem Arm.

»Du siehst müde aus. Ich glaube, wir lassen dich jetzt besser ein wenig schlafen«, meinte Mae besorgt.

Loreena schüttelte den Kopf. »Mich interessiert noch, wie weit die Ermittlungen im Mordfall Edward Connor inzwischen fortgeschritten sind.«

Brandon seufzte. »Zum derzeitigen Ermittlungsstand darf ich nichts sagen, das weißt du doch.« Er zögerte, dann gab er sich offenbar einen Ruck: »Nach allem, was du mir eben erzählt hast, rückt Russell Nash in den Kreis der dringend Tatverdächtigen.« Er runzelte die Stirn und sah zuerst Mae und dann Loreena streng an. »Diese Information verlässt unter keinen Umständen diesen Raum. Ich will nicht, dass sich Russell Nash aus dem Staub macht.«

Loreena nickte. »Ich werde nichts davon weitererzählen«, versprach sie. »Außerdem wüsste ich auch gar nicht, wem.«

Mae tätschelte ihren Arm und erhob sich. »Komm, Brandon! Ich koch dir deinen Tee.«

»Granny?«, sagte er nachdrücklich.

Sie blinzelten ihn mit ihren blauen Augen an, als könne sie kein Wässerchen trüben.

»Nichts von all dem darf weitererzählt werden«, beharrte er.

Mae rollte genervt die Augen. »Ja, meinetwegen. Ich verspreche es ebenfalls. Und jetzt komm! Lassen wir die arme Loreena in Ruhe. Das war alles ein wenig viel für sie. Sie will schlafen und hat es auch bitter nötig.«

Brandon stand auf und folgte seiner Großmutter zur Tür. Dort drehte er sich noch einmal um und sagte: »Ich habe mich übrigens um deinen Wagen gekümmert. Er hatte nicht mal einen Kratzer. Ich hab ihn hergebracht und vor dem Haus geparkt.«

Loreena nickte dankbar und rutschte in eine liegende Position. Sie bemerkte gerade noch, wie sich die Tür hinter den beiden schloss, bevor sie in einen tiefen Schlaf fiel.

Am Abend saßen Loreena und Mae in der Küche und aßen Minestrone, als es an der Tür klingelte. Mae blickte kurz auf die Uhr an der Wand und beugte sich dann wieder über ihren Teller, als ginge sie die Person vor der Tür nichts an.

»Willst du nicht aufmachen?«, erkundigte sich Loreena. Ein derartiges Verhalten war ihr fremd. Sie hatte noch nie ihre Haustür verschlossen gehalten, wenn jemand draußen stand.

»Ich bin beim Essen«, erklärte Mae seelenruhig und

nahm sich ein Stück Brot aus dem Korb in der Mitte des Tisches.

Erneut wurde geklingelt, diesmal deutlich länger. Doch Mae löffelte weiter ungerührt Suppe.

Loreena wurde langsam unruhig. »Soll ich vielleicht aufmachen und nachsehen, wer da ist?«, bot sie an.

Geräuschvoll legte Mae den Löffel neben den Teller. Währenddessen wurde ein weiteres Mal geklingelt. Mae schnaubte, warf Loreena einen vorwurfsvollen Blick zu und ging nun doch zur Haustür.

Loreena tauchte ihren Löffel in die Minestrone und lauschte neugierig. Die Stimmen im Hausflur wurden lauter und energischer. Loreena beschloss, nachzusehen, ob Mae ihre Unterstützung benötigte. Aber gerade, als sie aufstehen wollte, wurde die Haustür zugeworfen. Mae kehrte in die Küche zurück und überreichte Loreena einen großen Strauß bunter Blumen.

»Für mich? Wie komme ich denn zu dieser Ehre? Von wem sind die?«, fragte Loreena verblüfft und schnupperte an den Blüten.

»Patricia O'Mulligan«, brummte Mae. »Die Frau hat vielleicht Nerven, hier aufzutauchen. Immerhin bist du in ihrem Haus vergiftet worden!«

»Aber dafür kann sie doch nichts«, protestierte Loreena.

Patricia O'Mulligan hatte anfangs zwar unterkühlt gewirkt, aber inzwischen war sie ihr gegenüber freundlich. Ob das allein daran lag, dass Loreena eine potenzielle Kundin war oder weil sie sie als Mensch mochte oder ob sie generell Zeit benötigte, ehe sie mit anderen Menschen warm wurde, konnte Loreena nicht sagen. Einen Mordversuch traute sie ihr aber keinesfalls zu.

»Gerade die allzu Netten sind verdächtig«, behauptete Mae. »Schaust du denn keine Krimis? Auf meinen Reisen habe ich eins gelernt: Die Dinge sind selten so, wie sie scheinen!« Ihr schien einzufallen, dass Loreena für die Blumen eine Vase benötigte. Sie holte eine aus dem Schrank unter dem Spülbecken hervor, ließ Wasser hineinlaufen und half Loreena, den üppigen Strauß hineinzustecken. »Die Frau muss ein mächtig schlechtes Gewissen haben«, brummelte sie argwöhnisch. »Die Blumen waren teuer.«

»Warum so misstrauisch, Mae? Vielleicht ist sie einfach betroffen wegen des Vorfalls«, widersprach Loreena. Unversehens erfasste sie ein Schwindelgefühl und ihr wurde bewusst, wie erschöpft sie noch immer war. Die K.-o.-Tropfen wirkten ziemlich lange nach, erkannte sie frustriert.

Mae betrachtete sie besorgt. »Leg dich eine Weile hin! Soll ich Doc Smith herkommen lassen?«

Loreena schüttelte den Kopf. Ihr gefiel es nicht, matt und antriebslos zu sein, wo sie doch in Irland war und jede Minute auskosten wollte. Außerdem hatte sie die Hoffnung noch nicht aufgegeben, etwas über den Verbleib der Fallon-Familie in Erfahrung zu bringen und ihre eventuell noch lebenden Angehörigen zu finden. Aber womöglich war es auch besser, die Herkunftsfamilie ihres Vaters nicht ausfindig zu machen. Vielleicht hatte er Irland und seine Verwandten nicht grundlos verlassen.

Sie riss sich von diesen Gedanken los und lächelte Mae zu. »Du hast recht. Ich denke, ich lege mich tatsächlich hin und ruhe mich aus. Vielleicht ist nach einem ausgiebigen Nachtschlaf auch der letzte Rest der Drogen aus meinem Organismus verschwunden«, erklärte sie optimistisch.

Mae nickte. »Tu das, Liebes, ruh dich aus. Das wird dir guttun!«

Während Loreena die Treppe hinaufstieg, dachte sie über Mae nach. Sie wirkte immer so entschlossen und tatkräftig. Einen Moment lang fragte sich Loreena, wie sie wohl als junge Frau gewesen sein mochte. Sie musste über ihre Mitmenschen wie eine Urgewalt hereingebrochen sein, ein Bündel an Energie und Lebenshunger. Kaum zu glauben, dass sie sich in einem so beschaulichen Örtchen wie Badger's Burrow niedergelassen hatte.

11. Kapitel

»Wasser ist nicht zum Trinken geeignet,
wir müssen Whiskey hinzufügen.
Durch gewissenhafte Anstrengung
habe ich gelernt, es zu mögen.«
Sir Winston Churchill (1874 – 1965),
britischer Premierminister

Auch den nächsten Vormittag verbrachte Loreena auf Maes Wohnzimmersofa. Obwohl sie sich wieder gut fühlte, hatte Mae darauf bestanden, dass sie sich ausruhte – wenigstens bis Doktor Smith kam. Er sollte beurteilen, ob Loreena fit genug war, um aufzustehen. Gegen Mittag kam endlich der Arzt vorbei. Er war ein hagerer Mann im dunklen Anzug und mit buschigen Augenbrauen, die ihn böse wirken ließen.

»Hallo, ich bin der Doktor!«, sagte er zur Begrüßung und streckte Loreena die Hand entgegen.

»Welcher Doktor?«, erkundigte sie sich.

»Smith – oder einfach der Doktor.« Er lachte und holte eine kleine Stablampe aus seiner Tasche. »Also, dann wollen wir mal mit der Untersuchung beginnen.« Er leuchtete kurz in ihre Augen, nickte zufrieden und steckte die Lampe wieder zurück. Dann maß er Loreenas Blutdruck, hörte ihre Brust ab und stellte ihr verschiedene Fragen. Schließlich nickte er. »Sie sind in guter Verfassung, obwohl die Probe den Verdacht einer Vergiftung durch K.-o.-Tropfen bestätigt hat. Sie hatten Glück, dass Ihnen nichts weiter passiert ist.« Er musterte sie forschend. »Sie sind aus Deutschland, nicht wahr? Woher stammen Sie?«

»Aus Bayern«, antwortete Loreena. »Aus einer Stadt zwischen Ulm und München – Augsburg, falls Ihnen das etwas sagt.«

»Augsburg!« Er strahlte. »Natürlich, die heilige Afra, der heilige Simpert und der heilige Ulrich. Der Brunnen vor dem Dom mit den Schutzheiligen hat mir damals besonders gut gefallen.«

»Sie kennen Augsburg?«

»Selbstverständlich! Ich war während des Studiums einen Sommer lang in Deutschland unterwegs. Ein paar Städte sind mir besonders gut im Gedächtnis geblieben, unter anderem Augsburg. Wussten Sie, dass die Stadt sogar in dem James-Bond-Streifen mit George Lazenby erwähnt wurde? Grandios!«, schwärmte er.

»Nun ja, im Moment ist es eher eine ewige Baustelle«, versuchte Loreena seinen Enthusiasmus zu dämpfen.

»Loreenas Vater stammt aus Badger's Burrow«, mischte sich nun Mae ein, die die ganze Zeit über still in ihrem Sessel gesessen hatte.

Der Doktor sah zu ihr hinüber und dann wieder zu Loreena. »Tatsächlich? Deshalb verbringen Sie also Ihren Urlaub hier. Sind Sie auf Verwandtenbesuch?«

»Eher auf Verwandtensuche«, erklärte Loreena.

Ihr Herz pochte erwartungsvoll. Er als Arzt musste doch jede Menge Leute hier in der Gegend kennen – wieso nicht auch die Familie ihres Dads? Vielleicht konnte sie schon morgen bei ihnen auf der Türschwelle stehen. Sie merkte, dass sie vor Aufregung die Luft angehalten hatte, und zwang sich zu atmen.

»Und Ihr Vater hieß ebenfalls Fallon?«, wollte der Doktor wissen.

Loreena nickte.

»Tut mir leid, aber meines Wissens gibt es hier keine Fallons«, behauptete er.

»Ich hatte es fast befürchtet«, sagte Loreena enttäuscht und griff nach ihrem Wasserglas.

»Natürlich wäre es auch möglich, dass man Ihren Vater gar nicht unter diesem Namen gekannt hat«, gab der Doktor zu bedenken.

Vor Überraschung rutschte Loreena fast das Glas aus der Hand. Wasser schwappte über den Rand und platschte auf den Fußboden.

»Wie meinen Sie das?«

»Nun, nehmen wir zum Beispiel Patricia O'Mulligan: Vor ihrer Heirat hieß sie Boyle, aber das Haus, in dem sie und ihre Familie lebten, nannte man das Granard-Haus, weil die Vorbesitzer so hießen. Es kam vor, dass man sie als Patricia Granard ansprach. Ihr Vater kann Ihnen diese Frage nicht mehr beantworten?«

»Leider nein«, erwiderte Loreena. »Er starb vor ein paar Wochen und zu Lebzeiten hatte er mir nie viel über seine Familie erzählt. Ich suche also ohne weitere Anhaltspunkte.«

»Mein Beileid«, sagte der Doktor und nickte nachdenklich. »Ich kann mich umhören, aber ich verspreche lieber nichts. Es ist nicht leicht, Verwandtschaftsbeziehungen nach so vielen Jahren ausfindig zu machen, vor allem wenn der Name niemandem geläufig ist. Wissen Sie, Ms Fallon, es könnte auch sein, dass Ihr Vater einen anderen Namen angenommen hatte, dass seine Eltern von hier fortgezogen sind oder dass er adoptiert worden war. In meiner letzten Gemeinde unten in Munster lebte ein älterer Herr, der aus einem dieser schrecklichen Magdalenen-Heime kam. Seine Adoptiveltern waren nicht sehr gut zu ihm gewesen und so hatte er mit der Heirat den Namen seiner Ehefrau angenommen.«

»Trotzdem wäre es eine große Hilfe, wenn Sie die Leute nach John Fallon fragen könnten«, beharrte Mae und blickte den Doktor auffordernd an.

Der lächelte. »Selbstverständlich, ich werde ein paar meiner älteren Patienten fragen«, versprach er. »Wer weiß, vielleicht erinnert sich ja doch jemand an ihn und seine Familie.«

»Vielen Dank, Doktor Smith, das ist sehr freundlich von Ihnen!«, sagte Loreena. »Mae, kannst du mir bitte einen Notizzettel und einen Stift geben?«

»Natürlich.« Mae ging zum Schrank hinüber, öffnete eine Schublade und kramte darin herum. Kurz darauf reichte sie Loreena einen karierten Zettel und einen Bleistift.

Rasch notierte Loreena ihre Handynummer, die E-Mail-Adresse und ihre Postanschrift. »Wenn Ihnen etwas zu Ohren kommt, wäre ich Ihnen wirklich überaus dankbar, wenn Sie mir das mitteilen würden.« Sie reichte dem Doktor das Papier.

Er steckte es in seine Brusttasche und stand auf. »Es ist mir ein Vergnügen. Aber jetzt muss ich gehen. Weiterhin gute Besserung, Ms Fallon!«

Mae begleitete ihn nach draußen und Loreena lag noch ein paar Minuten auf dem Sofa, ehe sie sich erhob.

»Was treibst du denn da?« Mae war wie ein Geist in der offenen Tür aufgetaucht.

»Ich werde herausfinden, wo die Familie meines Vaters abgeblieben ist«, antwortete Loreena. »Am besten schnapp ich mir mein Handy und ruf bei irgendeiner irischen Behörde an.«

Mae schüttelte den Kopf. »Lass mal gut sein! Das dauert ewig und bringt nichts. Ich habe eine bessere Idee: Wir besuchen Orla Kanturk. Sie hört für gewöhnlich das Gras wachsen. Soweit ich weiß, ist sie gestern Abend zurückgekommen, wir können sie also endlich aufsuchen. Traust du dir das zu?«

Loreena nickte.

»Und vielleicht sollten wir uns die O'Mulligans mal zur Brust nehmen.«

Die Kehle wurde Loreena eng. »Meinst du, einer von ihnen hat etwas mit den Vorfällen zu tun?«

Mae zog eine Grimasse. »Adlerauge sei wachsam, sag ich immer. Ist doch alles im Umfeld der O'Mulligans geschehen, oder nicht?« Sie wandte sich ab. »Ich geh mal in die Küche und pack für Orla ein paar Sachen zusammen.«

Loreena folgte ihr nachdenklich. Sollte das alles wirklich mit den O'Mulligans zusammenhängen? Während sie darüber nachgrübelte, beobachtete sie, wie Mae einige Päckchen in eine Tasche legte.

»Was ist das?«

»Tee«, antwortete Mae.

Loreena kam das eigenartig vor. »Und was ist daran so besonders, dass du ihn Orla Kanturk mitbringen musst?«

Mae grinste. »Es ist Importware.« Sie zeigte Loreena eines der Päckchen, auf dem fremdartige Schriftzeichen standen. »Ein Händler musste den Tee für mich in Asien bestellen«, erzählte sie stolz. »Tees sind meine wahre Leidenschaft. Kein Unheil ist groß genug, als dass es nicht bei einer Tasse Tee aus der Welt geschafft werden kann.« Sie zeigte auf ein dickes Ringbuch, das neben weiteren Teepackungen im Schrank stand. »Ich schreibe schon seit Jahren an einem Buch über Tees. Vielleicht schicke ich es an einen Verlag, wenn ich fertig bin.«

»Das klingt interessant«, meinte Loreena.

Aber Mae hatte sich bereits abgewandt und sortierte ein paar Päckchen aus. Dann nahm sie ihre Tasche und verkündete: »Ich wäre jetzt so weit.«

Die Straße führte bergauf. Zur rechten Seite erstreckte sich der Sportplatz. Die Rasensprinkleranlage war eingeschaltet und sprühte Wasser über die Fläche. Einen Moment lang schwebten die Tröpfchen in der Luft und bildeten einen feinen Schleier, der zusammen mit der Nachmittagssonne immer neue Regenbögen schuf. Loreena hielt inne, um das Naturschauspiel zu betrachten. Dann riss sie sich los und sah auf die gegenüberliegende Straßenseite. Dort lag die katholische Dorfkirche mit den Gräberreihen, denen man ansah, dass sie vielen Jahrzehnten, zum Teil sogar Jahrhunderten, getrotzt hatten.

»Wo bleibst du denn?«, rief Mae, die unbeirrt weitermarschiert war. Ihre Energie und Ausdauer waren beeindruckend.

Loreena beschleunigte ihren Schritt. »Du bist ganz schön fit für dein Alter«, meinte sie, als sie Mae erreicht hatte.

»Ich war immer sehr aktiv, konnte schon als Kind nie still sitzen. Davon profitiere ich wohl heute noch«, erklärte Mae mit einem Schmunzeln auf den Lippen.

Sie liefen weiter und ließen die letzten Häuser von Badger's Burrow hinter sich. Nach einer Weile wandten sie sich nach rechts, um einen Wanderweg zu benutzen. Mae schob ein Gatter auf, das die grasenden Kühe und Schafe auf den Wiesen halten sollte. Sie schlüpften hindurch, und während Mae das Gatter wieder schloss, schaute Loreena sich um. Hinter ein paar Bäumen konnte sie einen rauchenden Schornstein erkennen.

»Die gute Orla ist zu Hause«, verkündete Mae erfreut. »Vielleicht hat sie ein Tässchen Tee für uns übrig.«

Nachdem sie die Baumgruppe hinter sich gelassen hatten, sah Loreena das Cottage auf der Kuppe des Hügels. Neben dem Haus war ein Gemüsebeet angelegt worden, und als sie das Grundstück umrundeten, entdeckte Loreena auch ein paar Beerensträucher. Vor dem Haus wuchs ein großer Apfelbaum neben einem Wäscheständer, auf dem einige Nachthemden und Strumpfhosen im Wind tanzten. Sie gingen daran vorbei und erreichten die Haustür.

Mae klingelte und drehte sich dann zu Loreena um. »Es wird ein Weilchen dauern, die Gute ist nicht mehr die Schnellste.«

Doch schon im nächsten Moment wurde die Tür geöffnet und eine ältere Frau lächelte sie an. Ihre grauen Haare waren zu einem Pagenkopf geschnitten und sie hatte die Ärmel ihrer Strickjacke bis zu den Ellenbogen hochgeschoben.

»Orla, hast du etwa hinter der Tür gelauert?«, scherzte Mae.

Die Frau ging nicht darauf ein, sondern nickte ihr nur zu. »Ich bin Orla Kanturk«, sagte sie und reichte Loreena die Hand.

»Loreena Fallon«, erwiderte sie lächelnd. »Freut mich, Sie kennenzulernen, Ms Kanturk!«

»Nennen Sie mich doch bitte Orla!« Sie schaute von Loreena zu Mae und fragte: »Was führt euch hierher?«

»Lässt du uns rein?«

»Oh, natürlich, wie unhöflich von mir. Kommt rein!« Orla trat von der Tür zurück und ließ Mae und Loreena eintreten.

Sie standen sofort im Wohnzimmer. Loreenas Blick fiel auf den Ofen.

»Es sieht nach Regen aus und ich wollte ein paar Apfelringe trocknen«, erklärte Orla und deutete auf die Apfelscheiben, die auf einer Schnur aufgereiht über dem Ofen hingen. »Was kann ich euch anbieten: Tee oder Kaffee?«

»Tee«, erwiderte Mae, nahm ihren Hut ab und zog sich den Sommerponcho über den Kopf. Dann hängte sie beides an einen Haken an der Innenseite der Eingangstür.

»Danke, Orla, ich nehme auch einen Tee«, sagte Loreena.

»Gut, ich bin gleich wieder bei euch. Nehmt doch schon mal Platz!« Orla zeigte auf den runden Esstisch und verließ dann das Zimmer.

Mae und Loreena setzten sich und Loreena schaute sich um. Ein Korb mit Stricksachen stand neben einem Sessel. Dahinter befand sich ein hohes Regal, in dem lange Reihen von Ordnern aufgereiht waren, fein säuberlich versehen mit Jahreszahlen und teilweise auch mit Ortsnamen. Diese Sammlung hatte Orla vermutlich den Ruf der Dorfchronistin eingebracht.

»Orla hat noch nie einen Namen vergessen«, erklärte Mae schmunzelnd. »›Die Frau, die nie vergisst‹, so nennt man sie.«

Sie hörten ein Klirren, dann kam Orla mit einem beladenen Tablett zurück ins Wohnzimmer. Sie stellte es auf dem Tisch ab und nahm die Teekanne, Tassen, ein Kännchen

Milch, eine Zuckerdose und einen Teller mit Shortbread herunter. Dann goss sie den Tee ein und verteilte die Tassen.

»Danke!« Loreena gab Milch und Zucker in ihren Tee und rührte um.

»Ach, bevor ich es vergesse«, sagte Mae und griff in ihre Tasche. »Ich habe dir etwas mitgebracht.« Sie holte die Teepäckchen heraus und reichte sie Orla.

»Das ist aber nett von dir!« Mit glänzenden Augen betrachtete Orla die verschiedenen Sorten. »Hättest du doch früher etwas gesagt, dann hätten wir gleich einen davon probieren können. Aber gut, das machen wir beim nächsten Mal.« Sie schaute auf und musterte Mae. »Irgendetwas sagt mir, dass ihr nicht nur gekommen seid, um mit mir Tee zu trinken und mir das hier vorbeizubringen.«

»Du hast recht«, sagte Mae und lächelte Loreena kurz zu. »Loreena möchte etwas über ihre Familie herausfinden. Und du weißt doch über alles und jeden hier in der Gegend Bescheid.«

Orla lächelte. »Das ist etwas übertrieben, aber ich werde mein Möglichstes tun. Habt ihr denn schon irgendwelche Anhaltspunkte?« Sie griff nach einem Shortbread.

Loreena rutschte auf der Sitzfläche ihres Stuhles nach vorn. »Mein Vater stammte vermutlich aus Badger's Burrow. Er hieß John Fallon«, erklärte sie. »Ich hoffe nun, Familienmitglieder zu finden oder wenigstens in Erfahrung zu bringen, wer sie waren, falls keiner mehr leben sollte.«

Orla wischte sich die Krümel von den Fingern und stand auf. Dann ging sie schwerfällig zum Regal hinüber.

»Fallon, sagtest du, Loreena?«, vergewisserte sie sich.

Loreena und Mae nickten.

»Und wie alt ist er?«

»War. Er war sechzig Jahre alt und ist vor etwa zwei Monaten gestorben«, entgegnete Loreena.

»Ich verstehe«, murmelte Orla, nahm einen dicken Ordner aus dem Regal und kehrte damit an den Tisch zurück.

Auf dem Rücken des Ordners entdeckte Loreena das Geburtsjahr ihres Vaters. Während Orla anfing zu blättern, schenkte Mae sich Tee nach und gab Zucker dazu. Sie rührte ihn unter und sah dabei aus dem Fenster. Loreena beobachtete Orla beim Durchstöbern der Papiere und schaute auch immer wieder zu Mae hinüber, die versonnen auf die Landschaft hinausblickte, während sie ihren Tee genoss. Nachdem sie eine ganze Zeit lang so dagesessen hatten, kam Loreena zu der Überzeugung, dass auch Orla ihr keine Hilfe bei ihrer Suche sein würde. Gerade überlegte sie, ob Orla ihre Anwesenheit vielleicht vergessen hatte, als die Frau einen triumphierenden Schrei ausstieß.

»Ich hab's!«, rief sie und ihre Augen blitzten.

Mae setzte sich aufrecht hin und starrte sie an. »Was hast du gefunden? Nun sag schon!«, drängte sie. Sie schien ebenso aufgeregt zu sein wie Loreena selbst.

Orla legte den Kopf schief und schaute Mae nachdenklich an. »Das brennt dir wohl unter den Nägeln, Mae? Hm?« Sie sah zu Loreena und zwinkerte ihr zu.

Mae winkte ab. »Ich denke nur, dass Loreena gern Bescheid wissen würde«, behauptete sie.

»Also gut«, sagte Orla und zeigte auf die aufgeschlagenen Seiten des Ordners.

Mae und Loreena beugten sich vor, um einen Blick zu erhaschen.

»Ich habe alle Geburten, Todesfälle und Hochzeiten seit 1930 archiviert«, erklärte Orla stolz. »Und wenn dein Vater in diesem Jahr«, sie deutete erneut auf den Ordner, »geboren wurde, wie du sagst, Loreena, dann muss er auch hier drinstehen.« Sie lächelte.

»Nun mach's doch nicht so spannend!«, schimpfte Mae.

Orla seufzte. »Schon gut. Ich habe tatsächlich einen John Fallon gefunden, der in diesem Jahr geboren wurde. Aber nicht in Badger's Burrow, sondern in Mostrim.«

Loreena fühlte sich wie paralysiert. Ihr Vater hatte gelogen, er war nicht aus Badger's Burrow. Aber warum? Er hatte nie die Unwahrheit gesagt. Vielleicht hatte er die Realität mal etwas beschönigt oder lieber geschwiegen, aber nie, niemals hatte er gelogen!

Orla legte ihre Hand auf Loreenas. »Geht es dir gut, meine Liebe? Du wirkst reichlich bleich um die Nase herum. Brauchst du irgendetwas?«

Loreena schüttelte den Kopf. »Aus Mostrim?«, krächzte sie.

»Ja«, bestätigte Orla. »Aber ich muss noch weiter forschen, um jeden Irrtum auszuschließen. Wenn das dein Vater ist, finde ich den Rest der Familiengeschichte auch noch heraus. Was meinst du, Loreena?«

Loreena nickte mechanisch. Sie zweifelte nicht daran, dass es sich bei dem Mann um ihren Dad handelte. Nun hatte sie zwar eine Spur, aber es war eine andere als erwartet. Sie führte sie offenbar fort aus Badger's Burrow. Was mochte das bedeuten? Und was hatte ihren Vater in diesem Fall tatsächlich mit Badger's Burrow verbunden?

Orla blickte auf die Uhr, die über der Eingangstür hing, und rief: »Was, schon so spät?« Hastig klappte sie den Ordner zu und stand auf. »Bitte seid mir nicht böse, aber ich muss euch jetzt rauswerfen. Ich bekomme Besuch, und der ist leider menschenscheu.«

Gehorsam erhoben sich Mae und Loreena, nahmen ihre Sachen und verabschiedeten sich. Auf dem Rückweg grübelte Loreena über die neu gewonnenen Informationen. Mae schwieg, bis sie den Ortsrand von Badger's Burrow erreichten. Dort blieb sie stehen.

»Wie fühlst du dich, Liebes?«, erkundigte sie sich ungewohnt sanft.

Loreena schüttelte ihr Haar mit einer schwungvollen Bewegung nach hinten. »Ich überlege, was das alles zu bedeuten hat. Mein Dad hat gelogen, er stammte nicht aus Badger's Burrow. Aber er hat eigentlich immer die Wahrheit gesagt, das war ihm sehr wichtig.«

»Vielleicht meinte er, dass er als Kind hier gelebt hat«, gab Mae zu bedenken. »Er kann doch in Mostrim geboren worden sein, und dann ist die Familie hierhergezogen.«

Loreena sah sie nachdenklich an. »Das mag sein.« In diesem Fall hätte er doch nicht gelogen – ein tröstlicher Gedanke.

Sie gingen weiter und hingen erneut ihren Gedanken nach, bis sie Maes Haus fast erreicht hatten. Vor der Tür, an sein Auto gelehnt, wartete Brandon.

»Was macht Brady denn hier?«, fragte Mae verwundert und schaute auf ihre Armbanduhr. »Er ist doch eigentlich noch im Dienst.« Sie beschleunigte ihre Schritte.

Brandon kam ihnen entgegen.

»Hallo Brady!«, sagte Mae. »Ist etwas passiert?«

»Wie man's nimmt«, erwiderte Brandon kryptisch, ehe er sich an Loreena wandte: »Ich bin beruflich hier. Loreena, wir müssen reden.«

»Das klingt aber ernst«, meinte Loreena verunsichert.

Brandon konnte nur unangenehme Nachrichten haben.

»Lasst uns reingehen«, mischte sich Mae ein und drückte aufmunternd Loreenas Oberarm.

12. Kapitel

»Realität ist ein Zustand,
der durch Mangel an Whiskey entsteht.«
Irisches Sprichwort

Sie gingen in die Küche. Mae brühte Loreena einen Tee auf und gab einen großzügigen Schuss Whiskey hinein.

»Du siehst aus, als hättest du ihn nötig«, erklärte sie, als Loreena protestieren wollte.

»Wenn du fertig bist, Granny«, sagte Brandon, »würdest du dann bitte gehen?«

Mae starrte ihn an. »Willst du wirklich wieder dieses Spiel spielen, Brady? Du weißt doch, dass du nicht gewinnen kannst.«

»Ist schon gut«, sagte Loreena müde. Sie hatte keine Lust auf einen erneuten Streit der beiden. »Ich möchte Mae gern dabeihaben.«

Brandon lehnte sich zurück und seufzte theatralisch. »Also gut, offenbar habe ich keine Wahl.« Er schaute zu

Loreena. »Ich hatte heute ein langes und äußerst interessantes Gespräch mit den O'Mulligans«, sagte er mit ernster Miene.

»Und was habe ich damit zu tun?«, wollte Loreena wissen.

Brandon räusperte sich. »Es war zunächst die übliche Befragung nach einem Verbrechen. Zwar sind die O'Mulligans nicht meine Hauptverdächtigen, was den Anschlag mit den K.-o.-Tropfen auf dich betrifft, doch die Indizien und die Gelegenheit hätten dafürgesprochen und ich muss jedem Hinweis nachgehen.«

»Ich traue ihnen durchaus so eine Tat zu«, warf Mae ein und erntete einen strafenden Blick von Brandon.

Dann wandte er sich wieder an Loreena. »Patricia O'Mulligan zeigte ein auffallendes Interesse an deinem Wohlbefinden. Ihre Besorgnis fand ich, schlicht gesagt, sehr eigenartig. Es passt nicht zu einer so nüchternen Person wie ihr, eine derartige Unruhe wegen einer Fremden an den Tag zu legen.« Er beugte sich Loreena entgegen. »Hat dein Vater jemals mit dir über seine Vergangenheit gesprochen? Vielleicht über seine Kindheit und Jugend in Irland?«

Beunruhigt schüttelte Loreena den Kopf. »Nicht ein Sterbenswort, sonst wäre ich ja nicht so völlig ahnungslos, was seine Herkunftsfamilie angeht.«

Nun legte Brandon seine Hand auf ihre, was sie zusätzlich irritierte.

»Patricia O'Mulligan gestand auf mein Nachfragen, dass sie in der Tat sehr in Sorge um dich ist. Das Abendessen war nicht wirklich eine spontane Sache, sondern sollte dazu dienen, dich diskret auszufragen und näher kennenzulernen.«

Loreena wusste nicht, was sie davon halten sollte. Sie starrte Brandon verwirrt an.

»Aber wieso?«

»Weil sie in dir die Tochter von Patricia O'Mulligans verschollenem Bruder erkannt haben.«

Loreena schnappte nach Luft. Sie konnte nicht glauben, was Brandon ihr da eben erzählt hatte.

»Und das haben sie dir einfach so gesagt?«

Brandon atmete tief durch. »Nein, natürlich nicht. Zunächst habe ich sie wegen des Abendessens und der K.-o.-Tropfen befragt. Ich musste ja davon ausgehen, dass sie eventuell etwas damit zu tun haben. Meine Unterstellung, sie wollten dir etwas antun, hat sie wohl ziemlich unter Druck gesetzt. Und da hat Patricia O'Mulligan schließlich alles zugegeben.« Er musterte Loreena, dann fuhr er fort: »Sie wollten dich bei einem Abendessen in zwangloser Atmosphäre näher kennenlernen und dir ein wenig auf den Zahn fühlen. Offenbar waren sie sich nicht ganz sicher, was der Grund für dein plötzliches Auftauchen sein könnte. Aber Patricia hatte dich wohl vom ersten Moment an ins Herz geschlossen.«

Loreena hob die Hand. »Moment, langsam! Sie ist also meine Tante, die Schwester meines Vaters?«

Brandon nickte, während Mae wortlos aufstand und den guten O'Mulligan's Gold und ein Glas holte. Sie goss zwei Fingerbreit ein und reichte Loreena das Glas. Loreena trank den Whiskey in einem Zug aus, ohne wirklich etwas zu schmecken.

»Dann ist Ian mein Onkel und Kenneth mein Cousin«, zählte sie auf. Ihr Kopf fühlte sich an wie in Watte gepackt, während sich in ihrem Magen Wärme ausbreitete.

Brandon nickte vorsichtig. »Sie sind dir alle drei sehr zugetan und besorgt um dich. Eigentlich wollten sie dich am Tag nach der Esseneinladung über eure Verwandtschaftsverhältnisse aufklären. Aber dann kam der

Vorfall mit deiner Vergiftung dazwischen«, erklärte er. »Als Patricia dir den Blumenstrauß vorbeibrachte, wollte sie mit dir reden. Leider hat ein menschlicher Pitbull sie nicht zu dir gelassen.« Bei den letzten Worten warf er Mae einen tadelnden Blick zu, den sie mit einem Schnauben erwiderte.

Loreenas Gedanken drehten sich im Kreis. »Wow, ich hätte nicht gedacht, dass ich meine Verwandten auf diese Weise finde«, sagte sie schließlich. »Sicher haben sie mir nicht die K.-o.-Tropfen ins Essen getan. Aber wer dann? Und warum? Vielleicht war es wirklich Russell Nash?«

»Das habe ich die O'Mulligans auch gefragt. Ian meinte sofort, er traue es Nash durchaus zu, immerhin habe er die Häppchen gebracht. Aber Kenneth scheint nicht dieser Meinung zu sein, er verteidigte seinen Stillman leidenschaftlich. Ich hätte den guten Russell Nash auch gleich anschließend befragt, aber leider hat er heute seinen freien Tag und war nicht aufzufinden. Ich hoffe, er hat sich nicht abgesetzt, weil ihn jemand gewarnt hat!«

»Loyalität ist doch eine überaus anerkennenswerte Charaktereigenschaft«, warf Mae ein.

»Nicht wenn man damit einen Mörder deckt oder ihm zur Flucht verhilft!«, entgegnete Brandon stirnrunzelnd. »Loreena hat beobachtet, dass Nash das Fass mit der Leiche seines ehemaligen Chefs nicht auf der Bühne haben wollte. Und auch wenn Kenneth O'Mulligan behauptet, Nash habe keinen Grund für einen Mordversuch an Loreena, so denke ich, dass das die plausibelste Lösung ist«, erklärte er.

»Und wenn er doch unschuldig ist? Wirst du diese Möglichkeit in Betracht ziehen oder geht es dir nur darum, deinem Erzrivalen aus Schulzeiten eins auszuwischen?«, fragte Mae. »Jemand in deiner Position sollte nichts überstürzen, finde ich.«

»Granny, bitte! Wenn es um die Arbeit geht, kenne ich weder Freund noch Feind. Falls Nash mich davon überzeugen kann, dass er unschuldig ist, dann akzeptiere ich das. Kenneth O'Mulligan hat damit nichts zu tun!« Brandon schlug mit der flachen Hand auf den Tisch. »Ich muss ins Büro zurück. Offenbar gibt es einige Spuren zu verfolgen.« Er stand auf und schaute Loreena an. »Vielleicht redest du mal mit Patricia. Ich glaube, ihr beide habt euch einiges zu sagen«, schlug er vor.

»Mal sehen«, antwortete Loreena. Sie musste die neuen Informationen erst einmal verarbeiten. Die O'Mulligans hatten nicht einen Ton über ihre Verwandtschaft verlauten lassen, obwohl sie gewusst hatten, dass Loreena nach ihrer Herkunftsfamilie suchte. Irgendwie nahm sie ihnen das übel.

Nachdem Brandon gegangen war, sagte Mae: »Das ist ja ein Ding! Wer hätte das gedacht?«

Loreena nickte stumm. Mit solch einer Überraschung hatte sie tatsächlich nicht gerechnet. Dass ausgerechnet die O'Mulligans ihre Verwandten waren, ihre Familie! Nun hatte sie eine Tante, die Schwester ihres Vaters. Plötzlich fühlte sie sich unendlich müde und hatte das Bedürfnis, über das Ganze zu schlafen.

»Ich glaube, ich leg mich ein wenig hin«, sagte sie.

»Natürlich«, erwiderte Mae. »Ruh dich aus! Das war alles etwas viel für dich.«

Doch auch in ihrem Bett fand Loreena keine Ruhe. Sie wälzte sich hin und her und starrte schließlich an die Decke. An Schlaf war sowieso nicht zu denken, also konnte sie ebenso gut über alles nachdenken, was sie gerade erfahren hatte und was seit ihrer Ankunft in Badger's Burrow geschehen war.

Edward Connor hatte die Visitenkarte ihres Dads

bei sich gehabt und war unter ungeklärten Umständen hierhergekommen. Hatte er etwa gewusst, dass John Fallon Patricia O'Mulligans Bruder war, und hatte er die O'Mulligans mit dieser Information unter Druck setzen wollen? Doch warum? Womit genau hätte er sie erpressen wollen? Hatte er möglicherweise gewusst, was vor vierzig Jahren vorgefallen war und ihren Vater dazu getrieben hatte, seine Heimat zu verlassen? Dass Patricia offenbar nicht mit dem Namen Fallon in Verbindung gebracht wurde, gab Loreena weitere Rätsel auf. Was hatte der Doktor gesagt – früher hatte sie Boyle geheißen? Aber wie konnte das sein? Loreena zermarterte sich das Hirn, ohne zu einem Ergebnis zu kommen, und schlief schließlich erschöpft ein.

Am späteren Abend saßen Mae und Loreena im Wohnzimmer und sahen fern. Hin und wieder warf Mae Loreena einen forschenden Blick zu, sagte aber nichts.

Erst nach einer ganzen Weile brach sie das Schweigen: »Man denkt immer, in der Ferne liege das Glück und das Exotische sei so wunderbar.« Sie starrte auf den Bildschirm, wo gerade ein Beitrag über die Vogelwelt der schottischen Lowlands gezeigt wurde. »Dabei gibt es so viele Wunder vor der eigenen Haustür.«

Loreena lächelte. »Und das von einer Frau, die mit den tibetanischen Mönchen Tee getrunken, mit den Tuareg Handel getrieben und mit den Amazonasindianern gejagt hat.«

Mae zwinkerte ihr zu. »Gerade deshalb weiß ich, wovon ich rede.« Im Fernsehen wurde nun Werbung gezeigt, also stellte Mae den Ton aus und wandte sich Loreena vollends zu. »Denkst du wirklich, Russell Nash hat seinen ehemaligen Chef erledigt und in einem Fass versenkt?«

»Ich weiß nicht«, antwortete Loreena, erleichtert, dass Mae sie nicht auf die neu entdeckte Verwandtschaft mit den O'Mulligans ansprach. Andererseits hatte sie sich ebenfalls Gedanken darüber gemacht, ob Russell Nash als Täter infrage kam. »Er wirkt schon sehr leicht erregbar, findest du nicht? So jemand kann schnell mal die Nerven verlieren und seinem Gegenüber eine Flasche am Kopf zerschmettern.«

Mae nickte. »Genau das denke ich auch. Aber es ist doch etwas anderes, ob man jemanden im Affekt erschlägt oder ob man alles plant – was ich Russell Nash einfach nicht zutraue.«

Loreena überlegte. Ihrer Meinung nach war es einfacher, einen Menschen zu ermorden, wenn man ihm nicht Auge in Auge gegenüberstand. Was, wenn Russell Nash Edward Connor tatsächlich im Affekt getötet und in das Fass gesteckt hatte? Später hatte er bemerkt, dass Loreena den Streit mit seinem Kollegen wegen des Fasses beobachtet hatte. Aus Angst, sie könne womöglich die Polizei auf die richtige Spur bringen, hatte er dann versucht, auch sie zu beseitigen. War das denkbar? Ihr lief es eiskalt den Rücken hinunter.

Mae straffte sich plötzlich und schien zu lauschen.

»Was ist los?« Loreena runzelte die Stirn.

Doch noch ehe Mae antworten konnte, hörte Loreena von draußen Tumult. Rasch erhob sie sich und ging zum Fenster. Mae war ihr gefolgt und stellte sich neben sie. Beide beobachteten sie das Geschehen auf der Straße: Russell Nash und drei seiner Kumpel standen vor dem Pub. Brandon und sein Sergeant hatten sich vor ihnen aufgebaut und redeten auf Russell Nash ein. Der war puterrot im Gesicht, soweit man das im Licht der Straßenlaterne erkennen konnte, und offenbar ziemlich wütend. Er ballte die Fäuste und schüttelte sie drohend. Brandon hob beschwichtigend die Hand und redete weiter auf Russell Nash ein. Doch das schien nicht wirklich zu funktionieren, denn im nächsten Moment brüllte er Brandon an. Loreena konnte zwar nicht verstehen, was er da schrie, aber sie sah, wie sich sein Gesicht vor Zorn und Unglauben verzerrte.

Russell Nashs Freunde versuchten offenbar, ihn zu beschwichtigen. Sie fassten ihn an den Schultern, als wollten sie ihn davon abhalten, sich auf die Polizisten zu stürzen. Nach einer Weile schien er sich tatsächlich zu beruhigen, sodass die Freunde ihre Griffe lockerten und er ihre Hände abschütteln konnte. Er wollte sich abwenden, doch etwas, das Brandon sagte, brachte ihn offenbar dazu, auf Brandon loszugehen und zu versuchen, ihm mit der Faust ins Gesicht zu schlagen. Brandon wich aus und nur Momente später stürzten sich zwei Gardía-Beamte auf Russell Nash. Er wurde an die Hauswand gedrängt und der Sergeant legte ihm Handschellen an. Dann führte er den tobenden Mann zum Polizeiwagen und zwang ihn auf die Rücksitzbank. Die beiden anderen Polizisten stiegen vorn ein und das Auto fuhr davon.

»Wie es aussieht, wurde Russell Nash soeben festgenommen«, sprach Mae das Offensichtliche aus. Dann klopfte sie an die Scheibe, um Brandon auf sich aufmerksam zu machen.

Er hörte es tatsächlich und winkte ihr zu.

»Meinst du, er hat Beweise gefunden, die Nash zweifelsfrei als Mörder identifizieren?«, fragte Loreena aufgeregt.

Mae zuckte mit den Schultern. »Warten wir ab, was Brady uns erzählt. Er wird hoffentlich mit der Sprache rausrücken, was da im Detail vorgefallen ist.«

Sie setzten sich wieder und wenig später hörten sie, wie

die Haustür geöffnet wurde. Gleich darauf trat Brandon ins Wohnzimmer.

»Hallo, ihr beiden«, sagte er. »Ich hab nicht viel Zeit, mein Sergeant steht draußen. Aber ich habe gesehen, dass ihr das Geschehen beobachtet habt, und wollte kurz mit euch reden. Ich musste Russell Nash wegen des Verdachts des Mordes an Edward Connor festnehmen. Außerdem steht er unter dem dringenden Tatverdacht, die K.-o.-Tropfen auf das Essen gegeben zu haben. Wir haben heute Abend seinen Wagen durchsucht und dabei ein leeres Fläschchen unter dem Beifahrersitz gefunden. Offenbar enthielt es K.-o.-Tropfen. Natürlich werden wir das noch im Labor untersuchen lassen, aber es spricht jetzt einiges gegen Nash.«

»Dann habt ihr ja endlich Beweise für seine Schuld. Überführt durch Indizien, wie praktisch für euch«, sagte Mae bissig.

»Absolut richtig, Granny! Normalerweise drehen wir ja bekanntlich an einem Glücksrad und nehmen einfach denjenigen fest, bei dessen Namen die Nadel zum Stehen kommt«, erwiderte Brandon säuerlich.

»Nun werd mal nicht frech, junger Mann!«, schimpfte Mae. »Scheint, als habe die Polizei ganze Arbeit geleistet und einen Verbrecher dingfest gemacht. Aber du solltest daran denken, dass Indizien nicht immer den richtigen Mann ins Gefängnis bringen.«

Brandon ging kopfschüttelnd zur Tür. »Ihr wisst Bescheid, ich muss wieder los. Aber ich komme morgen Vormittag auf einen Sprung vorbei. Vielleicht kann und darf ich euch dann schon mehr sagen.«

Nachdem sich die Tür hinter Brandon geschlossen hatte, seufzte Mae. Loreena starrte nachdenklich auf den Fernseher, der immer noch ohne Ton lief. Vielleicht sollte sie sich jetzt mit den O'Mulligans und ihrer Familiengeschichte auseinandersetzen. Doch sie fühlte sich nicht in der Verfassung, sich mit ihren plötzlich aufgetauchten Verwandten zu beschäftigen. Lieber befasste sie sich weiter mit dem Toten im Whiskeyfass und seinem vermeintlichen Mörder Russell Nash. Der aufbrausende Schotte sah vermutlich einer lebenslangen Haftstrafe entgegen. Aber irgendetwas störte Loreena an der Sache, sie konnte nur noch nicht sagen, was es genau war. Vielleicht war es nur ein Bauchgefühl, eine kleine Irritation, die sich als Unsinn herausstellen könnte, aber so ganz wollte sie das nicht ignorieren. Außerdem war es ein idealer Grund, um das neue Wissen über die Familienbande erst einmal beiseitezuschieben und nicht darüber nachzudenken.

»Loreena?« Maes Stimme holte sie in die Wirklichkeit zurück.

Etwas benommen schaute Loreena zu ihr.

Mae lächelte und ihre Augen blitzten. »Keine Sorge! Brady wird seiner liebenden Großmutter nichts vorenthalten und mir alles erzählen, was sie in Erfahrung gebracht haben, nachdem sie Russell Nash vernommen haben.«

»Was meinst du?«, fragte Loreena. »Wird er alles zugeben? Ich glaube nicht, dass er den Mord gesteht – und irgendwas sagt mir auch, dass er es nicht getan hat. Selbst wenn alles darauf hindeutet.«

Mae zuckte mit den Schultern. »Aber immerhin sprechen die Indizien dafür, dass er die K.-o.-Tropfen auf das Essen gegeben hat. Und wenn man bedenkt, dass du ihn bei dem Streit mit seinem Kollegen wegen des Fasses beobachtet hast, kann man doch davon ausgehen, dass die Tropfen für dich bestimmt waren. Vielleicht hat er einfach billigend in Kauf genommen, dass auch die O'Mulligans zu Schaden kommen.« Sie seufzte.

Loreena biss sich auf die Unterlippe. »Meinst du wirklich, dass er das alles getan hat?«

»Gehen wir mal davon aus, es wäre so: Er wollte vertuschen, dass du von deiner Beobachtung mit dem Fass berichtest. Da ist es doch plausibel, dass er dich loswerden wollte. Und wenn er dann auch noch tobt wie ein tollwütiger Leprechaun, ist das nur ein Grund mehr für die Polizei, ihn für schuldig zu halten.«

Loreena schüttelte den Kopf. »Gift passt nicht zu jemandem wie ihm. Er hätte mir vermutlich die Reifen zerstochen oder wäre auf irgendeine Weise handgreiflich geworden. Alles andere kann ich mir bei ihm nicht vorstellen.«

Mae runzelte die Stirn. »Das ist nicht gerade schmeichelhaft. Du stellst ihn als Schläger hin, als unbeherrscht und gewaltbereit.« Loreena wollte protestieren, aber Mae hob die Hand, um sie davon abzuhalten. »Und damit liegst du vollkommen richtig. Ich schätze ihn auch so ein. Wäre er ein Mörder, hätte er sicher keine Skrupel, eine Zeugin aus dem Weg zu räumen. Aber er würde es unmittelbar erledigen und nicht heimtückisch mit Gift oder gut geplant und vorbereitet durch einen Unfall oder Ähnliches.«

Loreena nickte. »Ich will ihn im Gefängnis besuchen und mit ihm reden«, entschied sie.

»Das werden wir tun. Gleich morgen früh.«

13. Kapitel

»Die leichte Musik von Whiskey,
der in ein Glas fließt –
ein angenehmes Intermezzo.«
James Joyce (1882 – 1941),
irischer Schriftsteller

Brandon, der zum Frühstück vorbeigekommen war, zeigte sich wenig begeistert von Loreenas und Maes Idee, einen Tatverdächtigen zu besuchen. »Was erwartet ihr denn? Er wird euch das Blaue vom Himmel erzählen, wenn es ihm nützt. Oder er gebärdet sich wie ein tollwütiger Schafbock. Mit diesem Schotten kann man nicht reden!«, ereiferte er sich. »Er behauptet nach wie vor, weder Connor ermordet noch die Tropfen auf das Essen gegeben zu haben. Dabei wirkt er wenig glaubwürdig. Ich möchte fast wetten, dass er schuldig gesprochen wird und man den Schlüssel zu seiner Zelle fortwirft.«

Mae trat mit einer Whiskeyflasche in der einen und

einer Kanne Tee in der anderen Hand an den Küchentisch. »Bevor du mir cholerisch wirst: Möchtest du Whiskey in deinen Tee? Bei mir hilft das immer.« Sie zwinkerte Loreena zu.

Brandon seufzte. »Granny, du weiß doch, ich bin im Dienst! Und außerdem trinke ich Kaffee.« Er griff nach der Kaffeekanne, die bereits auf dem Tisch stand, und goss sich ein. »Tut, was ihr nicht lassen könnt! Aber vergesst nicht, mich zu informieren, wenn er euch etwas Wichtiges erzählt!« Er trank einen Schluck und schaute Mae streng an. »Denk dran, Granny: Der Polizei Informationen zu verschweigen, die zur Aufklärung eines Verbrechens führen könnten, kann dir als Vertuschung einer Straftat ausgelegt werden.«

»Ach, mach dich locker, Brady!«

Der lange, kahle Gang, der zum Besucherraum der Polizeistation in Longford führte, war grün gestrichen.

»Wie Erbsensuppe«, flüsterte Mae Loreena ins Ohr und kicherte leise.

Dann folgten sie dem Justizvollzugsbeamten. Sein Schlüsselbund klirrte und ihre Schritte hallten von den schwarz-weißen Fußbodenfliesen wider. Es war Loreenas erster Besuch in einem Gefängnis und sie hoffte, dass es auch ihr letzter sein würde. Schon draußen hatte sie sich befangen gefühlt, aber hier drin war es noch viel schlimmer. Sie hatte den Eindruck, erstarrt zu sein, ihr Körper wollte ihr nicht mehr richtig gehorchen.

Mae hingegen wirkte beschwingt. Sie trug ein dunkelbraunes Cape, das Loreena stark an die alte Margaret Rutherford erinnerte, und darunter Jeans und Boots. Dem Beamten lief sie hinterher, als sei es das Selbstverständlichste der Welt. Vermutlich hatte sie auf den Reisen in ihrer bewegten Vergangenheit weitaus gefährlichere oder unangenehmere Orte besucht als ein irisches Gefängnis und empfand den Ausflug hierher allenfalls als eine weitere interessante Erfahrung.

Ein Stück weiter hinten wurde der Gang von einer Gittertür aus Eisen versperrt, vermutlich um eventuell flüchtenden Gefängnisinsassen den Ausbruch zu erschweren und den Gefangenentrakt vom Rest des Gebäudes abzugrenzen. Der Beamte schloss sie auf und sie gingen hindurch, ehe er sie wieder fest verschloss. Dann wandte er sich einer weißen Tür zu ihrer Linken zu und sperrte diese auf.

Loreena atmete einmal tief durch, straffte sich und folgte Mae in den Besuchsraum. Der Fußboden war derselbe wie im Flur. Die Wände hatte man hier allerdings in einem sonnigen Gelb gestrichen, wohl um dem Ganzen einen fröhlicheren Touch zu geben. Im Raum verteilt standen massive Tische und Bänke, die vermutlich am Boden verschraubt waren. An einem der vorderen Tische saßen eine junge Frau, der die Tränen über die Wangen liefen, und ein Mann, der sie mit einer gewissen Hilflosigkeit ansah.

»Er ist dort hinten«, flüsterte Mae und zeigte auf den rothaarigen Hünen, der an einem Tisch in der Ecke saß und seine Besucherinnen ein wenig ratlos musterte.

Sie gingen zu ihm hinüber.

»Hallo Mr Nash!« Mae wollte ihm die Hand geben, woraufhin der Wärter, der an der Wand gestanden hatte, einen Schritt vortrat. Mae zog die Hand wieder zurück und ließ sich auf der Bank gegenüber von Russell Nash nieder.

»Mae Pennywether, nicht wahr?«

Mae nickte.

Russell Nash runzelte die Stirn und sah zu Loreena. »Was verschafft mir die Ehre?«

Loreena setzte sich neben Mae. »Wir wollten mit Ihnen reden, Mr Nash«, begann sie.

»Warum so förmlich?«, fragte Russell Nash höhnisch. »Immerhin wollte ich Sie laut Inspector Porter doch umbringen. Nennen Sie mich einfach Russel!«

Loreena legte die Hände auf den Tisch. »Mr Nash«, sie verbesserte sich: »Russell, ich glaube nicht, dass Sie das vorhatten.«

Russell Nashs Miene hellte sich ein wenig auf. »Ach ja?«, fragte er gedehnt. »Was bringt Sie zu dieser Annahme?«

»Das wollen wir herausfinden. Irgendetwas an der ganzen Sache ist eigenartig«, erwiderte Loreena.

»Oder zu passend«, mischte Mae sich ein.

Russell Nash lehnte sich zurück und musterte die Frauen mit neuem Interesse. »Also gut«, sagte er deutlich zugänglicher. »Was wollen Sie wissen?«

Loreena räusperte sich. »Wie kam das leere Fläschchen in Ihren Wagen? Haben Sie dafür eine Erklärung?«

»Wir sind in Irland, hen«, antwortete er naserümpfend, als würde das alles erklären. »Ich sperre meinen Wagen nie ab, so alt, wie der ist. Auf der Beifahrerseite ist sogar das Schloss kaputt. Wer würde denn so eine Karre schon klauen? Ich schließe übrigens auch meine Wohnung nicht ab. Sobald etwas abgesperrt wird, verlockt es zum Diebstahl.«

Das war eine gewagte Theorie, aber wenn diese Eigenart bekannt war, hatte der wahre Mörder leichtes Spiel gehabt, ihm die Indizien unterzuschieben.

»Wer weiß davon?«

Russel Nash zuckte mit den Schultern und kratzte sich

an der Schläfe. »Ich denke, in der Brennerei ist das allgemein bekannt.«

Das grenzte den Kreis der Verdächtigen nicht gerade ein. Und wenn jemand aus der Destillerie dieses Wissen ausgeplaudert hatte, war im Prinzip jeder verdächtig, überlegte Loreena.

»Wie war Ihr Verhältnis zu Ihrem früheren Chef, Edward Connor?«, fragte sie als Nächstes.

Russell Nash kniff die Augen zusammen. »Der Mistkerl hat mich vor drei Monaten entlassen.« Er schnaubte ärgerlich. »Von einem Tag auf den anderen fristlos gekündigt!« Sein Gesicht färbte sich rot. »Hatte nicht mal den Schneid, mir das persönlich zu sagen, der feige Kerl.«

»Und wieso wurden Sie rausgeworfen?«, fragte Loreena.

»Tja, wenn ich das mal wüsste. Man hat mir jedenfalls nicht gesagt, warum. Aber weil Mr O'Mulligan schon kurz darauf Kontakt zu mir aufnahm und fragte, ob ich nicht Lust habe, für ihn zu arbeiten, bei doppeltem Gehalt, hab ich mich um den Kündigungsgrund einen Teufel geschert«, erklärte Russell Nash.

»Und mit Mr O'Mulligan meinen Sie den Senior oder den Junior?«, hakte Loreena nach.

»Den Senior.«

»Woher wusste er von Ihrer Kündigung?«

Russell Nash zuckte mit den Schultern. »Vielleicht aus dem schottischen Whiskymagazin. Ich hab sofort wegen eines neuen Jobs inseriert.«

»Ian O'Mulligan hat Sie doch nicht einfach aus Gutmenschentum zu solchen Konditionen eingestellt«, mischte Mae sich ein. »Was wollte er von Ihnen?«

Der Anflug eines Lächelns huschte über Russell Nashs Gesicht. »Dass ich ihm ein paar Geschäftsgeheimnisse von Highland Spirits verrate.«

»Kannten Sie denn welche?«, wollte Loreena wissen.

Nun grinste Russell Nash. »Natürlich nicht. Ich war Stillman, nicht der Manager der Destillerie. Aber das muss Mr O'Mulligan ja nicht wissen«, erklärte er.

»Und wenn er es herausfindet?«

»Nun, er kann mich auch nur feuern. Ich wollte ihn so lange wie möglich hinhalten. Vielleicht hätte ich mir auch ein paar Tricksereien einfallen lassen, um noch mehr Zeit zu schinden«, erzählte Russell Nash ungerührt. »Das Gehalt ist üppig und ich kann etwas zurücklegen. Damit kann ich mich garantiert bis zum nächsten Job über Wasser halten.«

»Die Besuchszeit ist vorbei«, ertönte eine strenge Stimme vom anderen Ende des Raumes.

»Haben Sie gewusst, dass Connor nach Badger's Burrow kommen wollte?«, fragte Loreena schnell.

Ein Wärter klapperte mit dem Schlüsselbund.

Russell Nash erhob sich. »Davon hatte ich keinen blassen Schimmer. In der Nacht, in der er wohl nach Badger's Burrow kam, war ich mit den anderen Jungs unterwegs. Wir haben ziemlich viel gesoffen. Ich weiß nicht mehr, was zwischen Mitternacht und dem nächsten Morgen vorgefallen ist. Filmriss, Sie verstehen?« Mehr konnte er nicht sagen, denn ein Wärter führte ihn ab.

Loreena sah ihm hinterher. Als er den Raum verlassen hatte, sagte sie zu Mae: »Gehen wir!«

Auch die schluchzende junge Frau wurde von einem der Wärter aufgescheucht. Sie folgte Loreena, Mae und dem Beamten, der die Besucherinnen hinausbegleitete und wartete, bis sie das Gelände durch den Haupteingang verlassen hatten. Das Metalltor schloss sich krachend. Loreena nickte der weinenden Frau zu und kehrte mit Mae zu ihrem Auto zurück, das in einer Seitenstraße parkte.

Auf dem Rückweg fragte sie: »Was für einen Eindruck hattest du von Russell Nash? Er hat nicht den Anschein erweckt, als wolle er etwas verheimlichen. Im Gegenteil: Er hat sogar gestanden, Ian O'Mulligan etwas vorgemacht zu haben. Andererseits könnte er schlau genug sein zu wissen, dass es besser ist, ein kleineres Vergehen zu gestehen und dann das größere Verbrechen zu leugnen.« Sie seufzte.

Mae rutschte auf ihrem Sitz hin und her. Als sie endlich eine bequeme Position gefunden zu haben schien, antwortete sie: »Er ist unschuldig. Davon bin ich mehr denn je überzeugt.«

»Ich auch.« Loreena nickte. Sie war froh, dass ihre Intuition mit der von Mae übereinstimmte. »Aber was können wir tun, um das zu beweisen?«

»Den wahren Mörder finden«, entgegnete Mae, als wäre es das Selbstverständlichste der Welt.

»Und wie sollen wir das schaffen, wenn nicht einmal die Polizei erfolgreich ist?«, fragte Loreena.

»Wir müssen Leute befragen, Hinweisen nachgehen, die die Polizei nicht verfolgen würde, Lösungen ins Auge fassen, die so unwahrscheinlich scheinen, dass niemand sonst sie in Betracht zieht«, erklärte Mae nachdenklich. »Aber das wird Zeit in Anspruch nehmen.«

Loreena unterließ es, sie darauf hinzuweisen, dass sie nicht für immer in Badger's Burrow bleiben konnte. Ihre Zeit hier lief ab und sie erinnerte sich an die Urne, die in ihrem Zimmer am Fenster stand und darauf wartete, bei O'Mulligan's geleert zu werden. Loreenas Herz zog sich zusammen. Es war der letzte Wille ihres Vaters gewesen, dass seine Asche dort verstreut wurde, und sie würde ihn erfüllen. Außerdem wollte sie sich noch mit den O'Mulligans aussprechen.

Doch der Mordfall ließ sie nicht los. Um ehrlich zu sein, war sie reichlich verwirrt. Wenn Russell Nash tatsächlich der Täter war, gäbe es ein schlüssiges Motiv: Rache. Aber wenn nicht, dann fiel Loreena nur eine Familie ein, die eventuell einen Grund gehabt hätte, Edward Connor den Tod zu wünschen: die O'Mulligans. Schließlich war er ihr größter Konkurrent gewesen.

Übelkeit stieg in ihr auf.

14. Kapitel

»Wenn Gott gewollt hätte,
dass wir alle nur Wasser trinken,
hätte er nicht 97 % so versalzen.«
Unbekannt

Nachdem Loreena einen halben Tag und einen Teil der folgenden Nacht darüber nachgedacht hatte, wie sie vorgehen wollte, hatte sie eine Entscheidung getroffen. Beim Aufwachen fiel ihr Blick als Erstes auf die Urne. Sie atmete tief durch und richtete sich auf. Nein, sie würde sich nicht länger quälen und das dringend fällige Gespräch mit ihren neuen Verwandten suchen.

Nach einer heißen Dusche ging sie in die Küche hinunter und fand Mae über ein dickes Buch gebeugt, in dem sie eifrig Notizen machte.

»Guten Morgen!«, sagte Loreena.

Mae schob ihre Lesebrille auf die Nasenspitze hinunter und schaute Loreena irritiert an, ehe sie sich straffte.

Sie legte Buch und Stift auf den Stuhl neben sich und die Lesebrille obendrauf. Dann stand sie auf.

»Guten Morgen, Loreena! Ich hab mit dem Frühstück auf dich gewartet und inzwischen einen Bärenhunger.« Sie ging zum Kühlschrank hinüber und nahm Butter und Marmelade heraus.

Loreena holte Geschirr und Besteck. »Ich fahre heute zu den O'Mulligans«, verkündete sie, während sie sich setzte.

Mae zog die Augenbrauen hoch. »Gute Entscheidung!«, lobte sie. Sie trat an den Tisch und stellte Butterdose und Marmelade ab. »Das ist überfällig.« Dann legte sie ihre Hand auf Loreenas. »Sprich dich mit ihnen aus, lass dir alles erzählen, was sie dir mitteilen können, lern sie kennen! Familie ist wichtig.« Sie zwinkerte Loreena zu. »Und wenn es dir unangenehm wird, verabschiede dich einfach! Ich kann dich begleiten, wenn du möchtest.«

Loreena lächelte. »Ich denke nicht, dass das nötig werden wird. Die O'Mulligans sind nett und ich glaube nicht, dass sich das ändert, nur weil wir jetzt verwandt sind. Außerdem will ich ja nichts von ihnen. Ich würde mich einfach nur freuen, sie näher kennenzulernen und etwas über meinen Vater und seine Kindheit zu erfahren.«

»Das klingt vernünftig«, sagte Mae. »Was hältst du jetzt von einem typisch irischen Frühstück? Das gibt Kraft für den Tag.«

Nach dem Essen fühlte sich Loreena nicht energiegeladen, sondern eher träge und bereit für ein Verdauungsschläfchen. Dennoch hielt sie an ihrem Entschluss fest, die O'Mulligans aufzusuchen. Sie holte ihre Jacke und die Handtasche aus ihrem Zimmer und kehrte in die Küche zurück, aber Mae war nicht mehr da. Loreena fand sie auf dem Fußboden im Wohnzimmer. Sie hatte Karten ausgelegt und betrachtete diese.

Loreena trat näher. »Spielst du Solitaire?«, fragte sie.

Mae schüttelte den Kopf und lachte. »Eigentlich sortiere ich die Karten nur nach Mustern – oder nennt man das Farben? Egal. Du machst dich auf den Weg?«

»Ja«, antwortete Loreena. »Ich fahr jetzt zur Destillerie und hoffe, mit den O'Mulligans sprechen zu können.«

Mae rappelte sich auf und musterte sie besorgt. »Pass auf dich auf! Da draußen läuft noch immer ein Mörder frei rum. Und der wollte dir schon zwei Mal ans Leder.«

»Vielleicht finde ich ja im Gespräch mit den O'Mulligans heraus, wer hinter den Anschlägen stecken könnte«, sagte Loreena betont gelassen. Ihr Magengrummeln ignorierte sie fürs Erste. »Also, bis später!«

Mae seufzte. »Ja, bis später!«

Loreena verließ das Haus, stieg in ihren Wagen und startete den Motor. Während sie an grünen Wiesen, Weideflächen und auch vereinzelten Häusern vorbeifuhr, überlegte sie, was sie tun sollte, wenn keiner der O'Mulligans da war oder Zeit für ein kurzes Gespräch hatte. Vielleicht konnte sie den schönen Tag dann dazu nutzen, ein wenig Sightseeing zu betreiben. Immerhin war sie ja auch in Irland, um Land und Leute kennenzulernen.

Sie erreichte die Destillerie und fuhr kurz entschlossen an der Einfahrt vorbei, die auf den Angestelltenparkplatz führte. Stattdessen steuerte sie den Besucherparkplatz an. Das gab ihr noch ein wenig Zeit, sich auf das Gespräch vorzubereiten. Im Gegensatz zu ihr hatten die O'Mulligans schließlich schon länger gewusst, wer sie war.

Patricia würde ihr sicherlich viel zu erzählen haben,

nicht nur über die Familiengeschichte und ihren Dad, die Gründe für sein Fortgehen und wieso er den Kontakt zu seiner Herkunftsfamilie abgebrochen hatte, sondern auch, warum es sie so überrascht hatte, dass Loreena aufgetaucht war. Schließlich hätten ihr Vater oder einer seiner Angehörigen jederzeit zurückkehren können, so wie es nun tatsächlich geschehen war. Oder gab es gewichtige Gründe, die diese Möglichkeit ausgeschlossen hatten?

Nun wurde Loreena noch nervöser. Was, wenn sie Dinge erfuhr, die ihr nicht gefallen würden? Aber das Risiko musste sie wohl eingehen. Sie parkte den Wagen und stieg aus. Kurz darauf lief sie über den schmalen Trampelpfad und die kleine Brücke, die über den Bach führte, und erreichte schließlich die Rückseite des Bürogebäudes. Sie umrundete das Haus und betrat es durch die Eingangstür, die auch heute unverschlossen war. Dann ging sie hinauf in das Stockwerk, in dem die O'Mulligans ihre Büros hatten. Als sie das Großraumbüro betrat, erhob sich die Sekretärin, die ihnen beim letzten Mal den Kaffee gebracht hatte, und kam auf sie zu.

»Sie wünschen?«

»Ich möchte zu den O'Mulligans, am liebsten zu Mrs O'Mulligan.«

»Haben Sie einen Termin?«

»Nein, tut mir leid. Aber es wird auch nicht lange dauern«, versprach Loreena. »Ich möchte nur ein paar Worte mit einem von ihnen wechseln.«

»Die O'Mulligans sind im Moment nicht da«, verkündete die Sekretärin resolut.

Enttäuscht sah Loreena zu den Bürotüren hinüber. Natürlich konnte sie nicht erkennen, ob die Aussage stimmte oder ob man die Sekretärin nur angewiesen hatte, jeglichen Besuch abzuwimmeln. Inzwischen waren auch einige der anderen Bürodamen auf sie aufmerksam geworden und starrten sie an.

»Wo kann ich Mrs O'Mulligan denn finden?«, fragte Loreena und zwang sich zu einem Lächeln, obwohl ihr überhaupt nicht danach zumute war.

»Sie müsste jetzt unten im Shop sein. Sie wollte mit Caitlin die Inventur besprechen«, erklärte die Sekretärin in blasiertem Ton.

Loreena dankte ihr, verließ das Großraumbüro und eilte die Treppen hinunter. Vor dem Haus sah sie sich nach dem Shop um. Sie entdeckte ihn auf der anderen Seite des Hofes. Das war der Teil des Geländes, den normalerweise die Touristen zu sehen bekamen. Loreena lief hinüber. Im Schaufenster hatte man ein Fass platziert, auf dem die beliebtesten Whiskey-Sorten der Brennerei präsentiert wurden. Zur Dekoration waren Kleeblätter zwischen die Flaschen gestreut worden.

Loreena öffnete die Ladentür und trat ein. Sie schaute sich um, doch Patricia O'Mulligan war nirgendwo zu sehen. In den dunkelgrünen Regalen links und rechts an den Wänden gab es allerlei irischen Schnickschnack für die Touristen. Außerdem waren dort die verschiedenen Whiskeysorten der Destillerie O'Mulligan's aufgereiht, die teureren Sorten sicher verwahrt hinter Glasscheiben. In der Mitte des Raums stand ein Tisch, auf dem Bücher über Land und Leute aufgebaut waren sowie einige Lesezeichen und Schreibwaren mit typisch irischen Szenen und Motiven lagen.

»Dia dhuit!«, sagte die Verkäuferin freundlich.

»Dia's Muire dhuit!«, erwiderte Loreena. Sie war stolz, wenigstens ein paar irische Phrasen zu beherrschen.

Die Verkäuferin trat hinter der Ladentheke hervor. Sie

trug eine weiße Kurzarmbluse, dazu eine grüne Kniebundhose und Schnallenschuhe. So hatte sie etwas von einem Kobold, einem Leprechaun, wie sie hier in Irland hießen, an sich.

»Womit kann ich dienen?«, fragte sie und strahlte Loreena an. Vermutlich war sie froh, nicht länger allein im Laden zu stehen. Sie zeigte auf die Whiskeys im Regal. »Irische Whiskeys sind Gottes Antwort auf schottische Whiskys!«

Loreena musste trotz ihrer angespannten Gemütslage lächeln. »Und ich dachte, Schokolade sei Gottes Antwort auf Brokkoli«, entgegnete sie.

»Gott hat viele gute Antworten für den, der zuhören will«, erwiderte die Verkäuferin schlagfertig. Ihre Augen blitzten vergnügt.

»Eigentlich suche ich Mrs O'Mulligan«, erklärte Loreena. »Ihre Sekretärin sagte mir, sie sei hier im Laden.«

»Sie ist schon wieder fort. Aber sie wollte bald wiederkommen.« Die Verkäuferin trat an das Schaufenster und blickte auf den Hof hinaus. »Möchten Sie so lange warten? Ich kann Ihnen einen Tee anbieten.«

»Nein, vielen Dank!«, antwortete Loreena. »Hat sie Ihnen gesagt, wohin sie wollte?«

Die Verkäuferin schüttelte den Kopf. »Sie bekam einen Anruf und ging daraufhin hinaus. Ich vermute, sie wollte ins Lager«, erzählte sie.

»Na gut, dann werde ich dort mal nach ihr schauen«, sagte Loreena. »Tschüss!« Sie verließ den Laden und machte sich auf den Weg zum Lager. Falls ich Patricia auch dort nicht antreffe, nimmt das Ganze langsam skurrile Züge an, überlegte sie.

Aber gerade, als sie das Lagergebäude erreichte, öffnete sich eine Seitentür und Patricia kam heraus. Sie entdeckte

Loreena sofort. Zunächst wirkte sie überrascht, doch schon in der nächsten Sekunde strahlte sie vor Freude. Sie kam auf Loreena zu, beide Arme ausgestreckt, und ergriff Loreenas Hände. Die Geste hatte etwas Herzliches, das Loreena durch und durch ging.

»Loreena, wie schön, dass du gekommen bist!«, sagte Patricia. »Geht es dir gut?« Sie löste ihren Griff und zeigte auf das Bürohaus. »Komm, wir gehen in mein Büro! Wir trinken einen Kaffee oder Tee und reden.«

Patricia schwieg, bis die Sekretärin die Tür hinter sich geschlossen hatte. »Du hast bestimmt viele Fragen«, begann sie.

»Ja«, entgegnete Loreena zögerlich.

Patricia nahm einen Karton aus dem Regal neben ihrem Sessel, öffnete den Deckel und zog ein Schwarz-Weiß-Foto heraus. »Ich ahnte von Anfang an, wer du bist.« Sie reichte Loreena das Foto.

Es zeigte eine Frau, die zwei Kinder – einen Jungen und ein jüngeres Mädchen – an den Händen hielt. Sie sah Loreena unglaublich ähnlich.

»Das ist deine Großmutter Fiona«, erklärte Patricia. »Du bist ihr wie aus dem Gesicht geschnitten.« Sie zeigte Loreena weitere Fotografien. »Dein Großvater John, unser Cottage in Mostrim, dein Stiefgroßvater Harry Boyle und das Granard-Haus, in dem Mum und ich später mit ihm lebten.«

Loreena nahm sich Zeit zum Betrachten der Fotos und gab sie schließlich an Patricia zurück.

»John wurde nach unserem Vater benannt, er hat ihn verehrt. Dad arbeitete hier in der Brennerei und John wollte beruflich in seine Fußstapfen treten. Doch dann starb Dad und Mum lernte ziemlich bald einen neuen Mann kennen: Harry. Der konnte Johns Begeisterung für Whiskey nicht nachvollziehen, seiner Meinung nach sollte ein Junge etwas Sinnvolles werden, Bauarbeiter oder Farmer. John und er haben oft darüber gestritten.«

Loreena kannte ihren Vater gut genug, um zu ahnen, wie stur und streitbar er gewesen sein musste. »Also ist mein Dad sobald wie möglich von daheim fortgelaufen.«

Patricia knetete die Hände. »Ja. Er hatte es mir anvertraut, aber ich war noch sehr jung und nahm es ihm übel. Ich sagte ihm, ich wolle ihn nie wiedersehen und er sei nicht mehr mein Bruder, wenn er ginge.« Tränen stiegen ihr in die Augen. »Er hat mir ein paar Mal geschrieben, aber ich habe nie geantwortet – aus Trotz. Später, als ich Kontakt aufnehmen wollte, war er unter der angegebenen Adresse nicht mehr erreichbar. Ich habe noch einige Versuche unternommen, aber nichts in Erfahrung bringen können.«

Loreena nahm ihre Hand. »Er hat sich mit zwanzig in meine Mutter verliebt, die als Touristin in Irland war. Dann ist er mit ihr nach Deutschland gegangen.«

Patricia blinzelte. »Er war doch glücklich, oder?«, fragte sie.

»Ja, sehr sogar. Er hatte Mum, den Whiskeyladen und mich. Er sagte immer, die Feen hätten ihn von seiner Grünen Insel gepustet, weil das Ende des Regenbogens bei uns wäre.« Loreena schmunzelte bei der Erinnerung und fühlte zugleich Bedauern für Patricia und ihren Dad und die verlorene Zeit der beiden.

»Das freut mich«, sagte Patricia leise und tupfte sich die Tränen aus den Augenwinkeln.

Loreena wollte ihr etwas Nettes sagen. »Bestimmt hat er dich ebenfalls vermisst. Er hat die O'Mulligan's-Whiskeys immer allen anderen vorgezogen. Ich bin mir sicher, dass er die ganze Zeit über ein Auge auf dich hatte, wenigstens aus der Ferne.«

Patricia lächelte, doch es wirkte traurig. Eine Zeit lang schwiegen sie beide und tranken ihren Tee, bis es an der Bürotür klopfte. Kurz darauf trat Kenneth ein. Er stockte kurz, sah seine Mutter an, dann Loreena, und schloss die Tür hinter sich. Loreena erhob sich, um ihn zu begrüßen, und wurde von ihm in die Arme geschlossen.

»Cousinchen, ich freu mich wirklich, dass Mum und du endlich miteinander redet. Solange ich denken kann, hat sie immer wieder von ihrem Bruder John gesprochen. Ich hatte schon das Gefühl, ihn persönlich zu kennen«, erzählte er und seine Stimme klang so warm und herzlich, dass Loreena ihm das fraglos abnahm. Er ließ sich neben seiner Mutter auf einem Stuhl nieder und blickte von ihr zu Loreena. »Das alles muss für dich ziemlich überraschend sein, Loreena.«

Sie überlegte einen Moment lang. »Dass ihr es seid, ja«, sagte sie dann. »Aber ich wusste oder hoffte vielmehr, dass mein Dad noch Familie hatte.«

Kenneth nickte. »Ich freue mich auf jeden Fall über unsere Verwandtschaft. Und dass Whiskey eine Familienleidenschaft ist, finde ich äußerst faszinierend.« Er lächelte. »Aber nun erzähl uns alles von eurem Leben in Deutschland! Wie ist es Onkel John in all den Jahren ergangen?«

Loreena lehnte sich zurück und begann von ihrem Dad zu erzählen. Danach unterhielten sie sich über seine und Patricias Kindheit und Jugend, und irgendwann kamen sie auf die Vorfälle der letzten Zeit zu sprechen.

»Die Sache mit den K.-o.-Tropfen tut mir so unglaublich leid!«, sagte Patricia. »Wenn ich gewusst hätte, was Russell im Schilde führt, hätte ich ihn nie gebeten, die Häppchen abzuholen.« Die Angelegenheit nahm sie sichtlich mit.

Kenneth legte seinen Arm um sie. Loreena zögerte. Sie war überzeugt davon, dass Russel Nash unschuldig war, wollte das aber noch für sich behalten.

»Nun, mir ist ja nichts passiert«, erklärte sie schließlich und wechselte das Thema. »Mich beschäftigt aber eine andere Frage: Wieso hatte Edward Connor eine Visitenkarte meines Dads bei sich, als er ermordet wurde?« Sie zwang sich zu einem beiläufigen Ton, doch sie beobachtete Kenneth und Patricia genau.

Patricia rutschte in ihrem Sessel hin und her. »Das ist in der Tat ungewöhnlich. Ich würde dem aber keine allzu große Bedeutung beimessen. Der arme Mann wurde auf eine so schreckliche Art ermordet, und das vermutlich aus einem mehr als unsinnigen Grund.« Sie warf Kenneth einen Blick zu und er nickte pflichtschuldig.

»Vielleicht hat er Dad gekannt«, überlegte Loreena. »Könnte doch sein, oder?«

»Sicher, unwahrscheinlich ist es nicht«, gab Patricia zu. »Edward tingelte ja ständig durch ganz Europa, von einer Whiskeymesse zur nächsten. Aber mich interessiert vielmehr, warum er nach Badger's Burrow kam und wer ihn ermordet hat.«

Für einen Moment huschte ein Schatten über Kenneths Gesicht, doch nur so kurz, dass Loreena sich nicht sicher war, ob sie sich nicht getäuscht hatte.

»Habt ihr denn keine Idee, wer es getan haben könnte?«, wollte sie wissen.

Kenneth zuckte mit den Schultern. »Da bin ich überfragt. Ich weiß beim besten Willen nicht, wer so etwas tun würde oder welchen Grund es dafür geben könnte. Vermutlich ist er einfach Opfer eines Raubüberfalls geworden.«

Offenbar wollte er die Diskussionen über Edward Connor beenden, doch so leicht gab Loreena nicht auf.

Sie hatte endlich ihre Verwandten gefunden – etwas, das sie sich sehr gewünscht hatte. Da erschien ihr der Gedanke, einer von ihnen könnte etwas mit dem Mordfall oder den Anschlägen auf sie zu tun haben, unerträglich. Sie musste einfach die Wahrheit herausfinden, denn sonst würde ihr die Angelegenheit zeitlebens keine Ruhe lassen.

»Also glaubst du nicht, dass es Russel Nash war?«, fragte sie.

»Auf keinen Fall! Russell mag seine Fehler haben, aber ein Mörder ist er nicht. Da will ihm jemand was in die Schuhe schieben«, erklärte Kenneth hitzig und verschränkte die Arme vor der Brust. »Und er hat auch keine K.-o.-Tropfen auf das Essen gegeben, das ist einfach Unsinn! Warum hätte er das tun sollen?«

Loreena schluckte. »Vielleicht weil ich ihn am Tag der Whiskey-Präsentation bei einem Streit beobachtet habe.« Und dann erzählte sie Patricia und Kenneth, was sie mitbekommen hatte.

Die beiden hörten ihr schweigend zu.

»Das Ganze ist mir ein Rätsel«, sagte Patricia schließlich und seufzte. »Aber so schnell werden wir dieses Geheimnis wohl nicht lüften können.«

»Zumindest nicht bis Montag, befürchte ich. Da geht mein Flieger«, erklärte Loreena.

»Am Montag schon?« Patricia setzte sich aufrecht. »Kannst du deinen Aufenthalt nicht verlängern?«

»Leider nein«, erwiderte Loreena. »Ich kann den Whiskeyladen nicht ewig geschlossen lassen.«

»Natürlich.« Kenneth nickte verständnisvoll.

»Das ist wirklich sehr schade. Aber was hältst du davon, heute Nachmittag nach Geschäftsschluss noch einmal herzukommen, vielleicht so gegen vier? Dann kannst du dir in Ruhe eine Auswahl unserer Whiskeys für deinen Laden zusammenzustellen«, schlug Patricia vor. »Jetzt ist leider keine Zeit dafür, denn wir haben gleich einen Termin.«

Loreena überlegte. Die Idee gefiel ihr, schließlich war es von Anfang an ihr Plan gewesen, O'Mulligan's-Whiskeys in ihr Sortiment aufzunehmen. Sie hätte die Auswahl und eine Bestellung auch per Internet erledigen können, aber so konnte sie noch etwas Zeit mit ihrer Tante und ihrem Cousin verbringen. Außerdem war da ja auch Ian, ihr Onkel, der sich noch gar nicht hatte blicken lassen.

»Sehr gern«, antwortete sie. »Dann bin ich gegen vier wieder hier.«

Die Zeit bis zum Nachmittag verbrachte Loreena in Mostrim mit einem ausgedehnten Spaziergang. Sie hoffte, einige Wege abzulaufen, die ihr Vater in seiner Kindheit gegangen war. Dann kehrte sie wie vereinbart in die Whiskeybrennerei zurück. Sie war etwas früh dran, aber zu ungeduldig, um noch länger zu warten. Wieder näherte sie sich dem Fabrikgelände von hinten. Sie umrundete das Lagerhaus und erreichte die Vorderseite, aber diesmal war das Tor geschlossen. Zum Glück stand eine Seitentür offen. Loreena ging darauf zu und hatte sie fast erreicht, als sie plötzlich ihren Namen hörte. Sie schaute sich um, doch niemand war zu sehen. Also trat sie vorsichtig näher an die Tür heran. Sie lehnte sich gegen die Mauer und lauschte. Zwei Personen unterhielten sich im Innern des Lagerhauses, ein Mann und eine Frau. Das mussten Kenneth und Patricia sein. Offenbar sprachen sie über sie.

»Wir müssen sie aus dem Weg schaffen«, sagte Kenneth gerade.

Loreena hielt sich die Hand vor den Mund. Sie presste sich gegen die Wand und lauschte weiter.

»Und wie sollen wir das anstellen?«, fragte Patricia nervös.

»Wir halten uns an den ursprünglichen Plan. Wenn Loreena erst einmal verschwunden ist, können wir uns um Dad kümmern.« Kenneth klang wild entschlossen.

»Das gefällt mir nicht«, erwiderte Patricia. Sie schien erschöpft zu sein. »Das ist hinterhältig.«

»Wir haben keine andere Wahl!« Kenneths Stimme war kalt wie Eis. »Zu viel steht auf dem Spiel, das weißt du genauso gut wie ich, Mum!«

Ein Schauer überlief Loreena. Sekundenlang stand sie wie eingefroren da, ehe das Leben in sie zurückkehrte. Dann fasste sie einen Entschluss. Sie lief am Produktionsgebäude entlang zu dem Bürohaus, und erst als sie im Treppenhaus stand, hielt sie inne. Ihr Herz hämmerte, ihr war übel und schwindlig. Aber sie musste sich zusammenreißen und weitergehen. Sie gönnte sich ein paar Atemzüge, um zu verschnaufen und ihre Beherrschung zurückzugewinnen. Fieberhaft dachte sie über das Gehörte nach. Was hatte sie belauscht? Kenneth und Patricia wollten sie aus dem Weg schaffen, das konnte doch nur eins heißen: Sie wollten sie umbringen. Und Ian offenbar ebenfalls. Auch er schien ihnen im Weg zu sein. Aber warum?

Sie umklammerte das Treppengeländer, weil sie erneut ein Schwindelanfall überkam. Gleichzeitig fürchtete sie, dass sie nie wieder aufstehen würde, wenn sie jetzt dem Bedürfnis nachgab, sich zu setzen. Während sie gegen den Schwindel ankämpfte, fühlte sie sich vom Schicksal betrogen. Da hatte sie geglaubt, eine neue Familie gefunden zu haben, doch alles, was sie bekommen hatte, waren

Mord, Intrigen und Betrug. Kein Wunder, dass ihr Dad zeitlebens keinen Kontakt mehr zu seinen Verwandten haben wollte!

»Loreena!«, ertönte plötzlich eine männliche Stimme hinter ihr.

Sie zuckte zusammen, doch dann versuchte sie zu lächeln und drehte sich um. »Ian!«

Er stand in dem Durchgang, der zu den Hallen führte, die Hemdsärmel aufgerollt, eine schwarze Mappe unter dem Arm. »Onkel Ian«, erklärte er lächelnd, trat näher und legte ihr die Hand auf den Arm. »Alles in Ordnung? Du wirkst so aufgewühlt.«

Loreena schluckte und versuchte, ihre Gedanken zu ordnen, weil sie nicht wusste, wie sie das Gespräch beginnen sollte, um glaubhaft zu wirken. »Also gut, Onkel Ian.« Sie straffte sich. »Schön, dass ich dich treffe ... Ich ...«

»Loreena, da bist du ja!« Kenneth kam von draußen herein und strahlte sie an. »Hatten wir nicht ausgemacht, uns beim Lager zu treffen?«

Hinter ihm betrat Patricia das Treppenhaus. Sie sah kurz zu Ian und Loreena hatte den Eindruck, auf ihrem Gesicht spiegele sich das blanke schlechte Gewissen.

»Geht es dir gut, meine Liebe? Du siehst blass aus«, stellte sie fest.

»Es geht schon«, antwortete Loreena. Was hätte sie auch sonst sagen sollen? Zu gern hätte sie die beiden auf das angesprochen, was sie belauscht hatte, doch sicher würden sie alles leugnen. Ganz verschweigen konnte sie ihr Wissen aber auch nicht, denn wenn Patricia und Kenneth tatsächlich finstere Absichten hegten, waren Loreena und Ian in Gefahr.

Die drei O'Mulligans musterten sie besorgt.

Loreena zwang sich zu einem Lächeln. »Vielleicht

war das alles ein bisschen viel in letzter Zeit. Ich glaube, ich fahre besser zu Mae zurück und lege mich in mein Bett.«

»Das ist eine gute Idee, Liebes«, meinte Patricia. »Die Bestellung können wir auch morgen oder übermorgen noch aufnehmen. Fahr nur zurück und ruh dich aus!«

Loreena nickte wie benommen.

»Soll ich dich fahren, Loreena?«, erkundigte sich Kenneth. Er wirkte fürsorglich, doch Loreena traute ihm nicht.

»Nein, nein, das schaffe ich wirklich allein«, wehrte sie ab. Sie verabschiedete sich und ging, so schnell sie konnte, zu ihrem Mietwagen zurück. Erleichtert ließ sie sich auf den Fahrersitz sinken.

Während der Rückfahrt beschloss Loreena, sich mit Mae zu beratschlagen. In der kurzen Zeit, die sie bei ihr gewohnt hatte, war ihr die alte Frau nicht nur ans Herz gewachsen, sondern sie vertraute ihr auch wie keinem anderen Menschen, seit ihre Eltern gestorben waren.

Als sie das Haus betrat, war es ungewöhnlich still. Sie spürte, dass etwas anders war, und rief nach Mae, doch sie bekam keine Antwort. Also sah sie zuerst in der Küche nach, und als sie sie dort nicht fand, im Wohnzimmer. Aber auch da war niemand. Verwirrt stieg Loreena die Treppe hinauf und fand einen Zettel an ihrer Zimmertür. Es hatte einen familiären Notfall in Galway gegeben und Mae würde erst im Laufe des nächsten Tages zurückkehren.

Loreena seufzte und knüllte das Papier zusammen. Dann ging sie in ihr Zimmer und trat ans Fenster, wo die Urne mit der Asche ihres Vaters stand. Sie sah hinaus in den Himmel und strich über das Gefäß.

»Ach, Dad, was soll ich denn nur tun?«, flüsterte sie.

Sie hätte Maes Rat jetzt wirklich gut gebrauchen können. Ob sie die Unterhaltung zwischen Patricia und Kenneth missverstanden hatte? Aber der Satz »Wir müssen sie aus dem Weg schaffen« war doch eindeutig! Das ließ keinen Raum für Interpretationen. Patricia und Kenneth hatten außerdem die Gelegenheit gehabt, die K.-o.-Tropfen auf die Käsehäppchen zu geben. Dazu kam die Aussage, dass sie sich um Ian kümmern würden, wenn Loreena fort war. Er hatte sich rargemacht in den letzten Tagen. War das ein Hinweis darauf, dass er seiner Frau und seinem Sohn bereits misstraute? Und was zur Hölle könnte ein Grund dafür sein, dass Kenneth und Patricia sie beide loswerden wollten?

Das Erbe, schoss es Loreena durch den Kopf. Was wusste sie denn über die finanziellen Gegebenheiten der Familie? Hatte Patricia etwa Angst, dass Kenneth das Familienerbe der Fallons mit ihr teilen musste? Aber das war Unsinn. Die O'Mulligans besaßen die Destillerie, die Fallons entstammten offenbar der Arbeiterklasse. Wenn es Geld gab, dann das der O'Mulligans, und an das käme Loreena sowieso nicht ran. Außerdem interessierte sie sich auch gar nicht dafür. Warum also schien sie für Kenneth und Patricia eine derartige Gefahr darzustellen, dass sie sie aus der Welt schaffen wollten?

Die Gedanken, die Loreena nun durch den Kopf gingen, waren einfach zu haarsträubend. Sie versuchte, sie abzuschütteln und sich lieber auf die Urne mit der Asche ihres Vaters zu konzentrieren. Sie hob das Gefäß hoch und hielt es auf Augenhöhe.

»Da hast du mir ja einen schönen Schlamassel beschert, Dad! Hast du Irland deshalb verlassen – weil deine Familie eine Mördergrube ist?« Sie atmete hörbar aus und stellte die Urne wieder ab.

Angesichts des schönen Wetters entschied sie, ein wenig spazieren zu gehen, um ihre Gedanken zu klären. Anschließend wollte sie im Pub zu Abend essen. Ohne Mae wäre sie sonst gezwungen, allein zu essen, und das musste sie bald genug in Augsburg wieder. Jetzt im Urlaub hatte sie nicht wirklich Lust darauf. Außerdem widerstrebte es ihr, in Maes Schränken zu wühlen, auch wenn in der Nachricht für sie ausdrücklich stand, sie solle sich wie zu Hause fühlen.

Sie schnappte sich ihre Tasche und eine Jacke und verließ das Haus. Auf den Straßen waren nicht viele Leute unterwegs. Ein Schulbus hielt oben bei der Dorfkirche und mehrere Kinder in adretten Schuluniformen stiegen aus. Ihr Lachen und übermütiges Geschrei drang zu Loreena herüber. Dann liefen sie in alle Windrichtungen davon.

Loreena entdeckte eine Seitenstraße, deren Ränder von Bäumen und Büschen gesäumt waren, sodass sie wie die Miniaturausgabe einer Allee wirkte. Weiter hinten gab es sogar eine Art Laubengang. Neugierig ging Loreena hindurch und fand sich auf dem Hof eines heruntergekommenen Anwesens wieder. Sie blieb stehen und schaute sich um. Ein Fenster wurde geöffnet und sie rechnete schon damit, verscheucht zu werden, doch stattdessen erklang ein fröhlicher Gruß auf Irisch. Als sie genauer hinsah, erkannte sie Rory. Er winkte ihr zu.

»Cailín, willst du mich besuchen?«

Loreena lächelte ihn an. »Hallo Rory. Schön, dich wiederzusehen! Ich wusste nicht, dass du hier wohnst, und nein, ich gehe nur spazieren.«

Er nickte eifrig. »Hervorragender Plan, das Wetter muss man ausnutzen! Wird heute noch regnen«, sagte er und blickte zum Himmel.

»Meinst du?«, fragte Loreena zweifelnd. »Es sind doch gar keine Wolken zu sehen.«

Rory hob seine Hand. »Phantomschmerzen in den amputierten Fingern«, erklärte er. »Außerdem hast du in Irland immer eine fünfzigprozentige Chance auf Regen.« Er deutete auf einen schmalen Trampelpfad zwischen seinem und dem Nachbargrundstück. »Wenn du da hochläufst, kommst du bei der Kirche raus. Man sieht sich!« Er winkte ihr noch einmal zu und verschwand im Innern des Raumes.

Kurz darauf erklang die Titelmelodie einer britischen Krimiserie, die auch in Deutschland bekannt war. Schmunzelnd ging Loreena den Pfad entlang. Irland und seine Einwohner übten wirklich einen ganz besonderen Zauber auf sie aus. Ein wenig bedauerte sie, dass sie nicht noch mehr Zeit hier verbringen konnte, doch sie hatte in Augsburg einen Laden zu führen. Außerdem hatte sie nicht nur positive Erfahrungen gemacht, seit sie hier angekommen war: Man hatte versucht, sie zu vergiften und ein Whiskeyfass auf sie fallen zu lassen, hatte sie belogen und wollte sie nun, auf welche Art auch immer, aus dem Weg räumen. Was musste noch geschehen, um sie davon zu überzeugen, dass es besser wäre, Badger's Burrow zu verlassen und nie wieder zurückzukehren – so wie ihr Vater, der vielleicht ähnliche Gründe gehabt hatte?

Sie biss sich auf die Lippen, als ihr klar wurde, dass sie an ihren Dad schon lange nicht mehr mit dieser außerordentlichen Traurigkeit gedacht hatte, die sie auf dem Flug nach Irland noch begleitet hatte. Offenbar hatte ihr die Reise tatsächlich bei der Trauerbewältigung geholfen. Aber nun hatte sie ein anderes Problem: Wie sollte sie mit dem Wissen umgehen, dass Kenneth und Patricia sie und Ian beseitigen wollten? Sollte sie versuchen, mehr über die beiden in Erfahrung zu bringen? Irgendetwas, das ihr helfen würde, das Belauschte zu beweisen? Vielleicht sollte sie noch einmal Orla Kanturk aufsuchen und sie befragen. Die O'Mulligans waren ihre Verwandten, da war ihre Neugier doch völlig normal und legitim.

Andererseits war sie in ein paar Tagen wieder in Augsburg, weit weg von mordlüsternen Familienangehörigen und in Sicherheit – das hoffte sie zumindest. Sie würde versuchen, die Vorfälle mit den K.-o.-Tropfen und dem Whiskeyfass zu vergessen und nie wieder darüber nachzudenken. Vielleicht sollte sie sich einfach bis zu ihrer Abreise ruhig und unauffällig verhalten.

Seufzend öffnete sie das rostige Gatter, das auf den rückseitigen Teil des Friedhofs führte. Im Gegensatz zum vorderen Bereich gab es hier keine Grabstellen, nur Büsche und Bäume und natürlich den allgegenwärtigen Rasen, dessen Kante am Weg gerade von jemandem in schwarzer Kleidung gestutzt wurde. Als Loreena näher kam, drehte sich der Mann um und blickte auf.

»Guten Abend, Pater Sewey!«, grüßte sie ihn überrascht.

Er stand auf und musterte sie verwirrt. Offenbar konnte er sich nicht an sie erinnern. Dennoch zog er seinen Gartenhandschuh aus, wischte sich die Hand an der Hose ab und reichte sie Loreena.

»Wie schön, Sie wiederzusehen, Ms ...«, sagte er langsam.

»Fallon, Loreena Fallon. Ich bin zu Gast in Mae Pennywethers Haus«, erklärte sie.

Sofort erhellte sich seine Miene. »Ms Fallon, natürlich! Die Dame, die ihre Familie sucht.«

»Die bin ich«, erwiderte Loreena und lächelte, obwohl ihr überhaupt nicht danach war.

»Es tut mir leid, aber ich habe keine Informationen für Sie«, setzte Pater Sewey an.

»Das ist auch nicht länger nötig«, unterbrach Loreena ihn freundlich. »Ich habe herausgefunden, dass Patricia O'Mulligan die Schwester meines Vaters ist.«

Kopfschüttelnd betrachtete Pater Sewey sie. »Was Sie nicht sagen! Patricia O'Mulligan? Aber sie hieß doch vor der Ehe Boyle mit Nachnamen.«

»Genau darüber wollte ich mit Ihnen reden. Können Sie mir vielleicht irgendetwas über meine Tante und ihre Familie erzählen?«

»Ach, meine Liebe, das liegt ja schon ein halbes Leben zurück!«, sagte er. »Alles, was ich weiß, wurde mir ebenfalls nur berichtet, denn damals war ich noch nicht hier.«

»Aber vielleicht würde es mir trotzdem helfen«, beharrte Loreena.

»Also gut. Patricias Mutter war wohl verwitwet und heiratete dann den Chef einer hiesigen Baufirma. Harry Boyle hieß er, glaube ich. Er soll die kleine Patricia sogar adoptiert haben, weil er sie so mochte. Patricia und Ian O'Mulligan haben sich kennengelernt, da war sie kaum sechzehn Jahre alt. Sie heirateten auch sehr bald danach«, erzählte Pater Sewey. »Das ist jetzt nicht das, was Sie hören wollten, nicht wahr?«

Lachend hob Loreena die Schultern. »Ich bin mit diesen Informationen zufrieden«, behauptete sie.

»Das freut mich«, erwiderte Pater Sewey. »Wie geht es denn Mae? Sie hat mir eine Revanche für meine letzte Niederlage auf dem Schachbrett versprochen.«

»Sie ist auf Verwandtenbesuch und kommt morgen im Laufe des Tages zurück«, berichtete Loreena.

»Richten Sie ihr doch bitte einen schönen Gruß aus!«

»Das kann ich gern tun«, sagte Loreena. »Aber jetzt muss ich gehen.«

»Dann begleite ich Sie noch ein Stück«, bot Pater Sewey an. »Ich bin hier sowieso fertig.«

Sie schlenderten den Weg entlang und sprachen über dieses und jenes. Vor dem Kirchenportal blieb Loreena stehen. Es würde sicherlich nichts schaden, Pater Sewey nach ihrer Großmutter zu fragen. Vielleicht wusste er noch etwas über sie.

»Um noch einmal auf Patricia zurückzukommen: Sie kannten ihre Mutter also nicht?«

Pater Sewey, der ebenfalls stehen geblieben war, verschränkte die Hände. »Es tut mir leid, meine Liebe, aber ich bin erst seit zehn Jahren hier in Badger's Burrow«, sagte er.

Na gut, dachte Loreena enttäuscht, ich habe es wenigstens versucht.

Doch im nächsten Moment fuhr Pater Sewey fort: »Die alte Mrs Boyle war wohl für ihre scharfe Zunge berüchtigt. Nicht selten stieß sie die Leute vor den Kopf, und doch war sie beliebt. Patricia konnte wie keine andere mit ihrer Mutter umgehen und sie milde stimmen. Großartige Frau, diese Patricia O'Mulligan!«, schwärmte er.

Großartig manipulativ vielleicht, dachte Loreena verbittert. »Dann war meine Großmutter Boyle also nicht sonderlich mitfühlend?«

»Sie konnte zuweilen sehr bissig und sogar beleidigend sein, das hat man mir zumindest erzählt«, antwortete Pater Sewey. »Mich wundert aber, dass Ihr Vater Patricias Bruder sein soll, denn von einem Sohn war nie die Rede, da bin ich mir ganz sicher.«

»Es gab angeblich Streit mit dem Stiefvater, vielleicht wurde deshalb nicht mehr über meinen Dad gesprochen«, erklärte Loreena. »Wissen Sie denn sonst noch etwas über die Familie?«

»Leider nicht. Aber Eaghon Drumkeeran soll weitläufig mit Patricias Stiefvater verwandt sein. Vielleicht kann er Ihnen weiterhelfen.«

»Der Wirt vom Pub?«, fragte Loreena überrascht.

Pater Sewey nickte.

»Das sind ja hervorragende Neuigkeiten! Aber jetzt will ich Sie nicht länger aufhalten, Pater Sewey.« Loreena reichte ihm die Hand. »Vielen Dank für alles!«

Mit einem breiten Lächeln ließ sich Loreena auf einem der Barhocker im Pub nieder.

»Na, cailín, hat dich die alte Mae mal aus ihren Klauen gelassen?«, fragte der Wirt.

Loreena zog eine Augenbraue hoch. »Das klingt ja fast so, als hättest du was gegen sie.«

Der Wirt warf sich das Geschirrtuch über die Schulter und machte eine abwehrende Handbewegung. »Um Himmels willen, die schrullige Mae ist unser aller Liebling hier! Nicht wahr, Männer?« Er sah Hilfe suchend zu einer Gruppe Arbeiter, die in einer Ecke bei einem Feierabend-Guinness zusammensaßen.

»Na klar«, riefen einige von ihnen, wandten sich dann aber wieder ihren eigenen Angelegenheiten zu.

Der Wirt nickte zufrieden. »Was darf's denn sein, schöne Deutsche?«

»Was ist heute das Tagesgericht?«, fragte Loreena.

»Shepard's Pie«, antwortete der Wirt.

»Dann nehme ich das. Und eine große Coke.«

»Einmal Shepard's Pie«, rief der Wirt in die Küche.

Im Pub war noch nicht viel los und so beugte sich Loreena ein wenig vor. »Sag mal, Eoghan, stimmt es, dass du weitläufig mit Patricia O'Mulligan verwandt bist?«

»Allerdings«, erwiderte er und reichte ihr die Coke. »Ihr Stiefvater Harry und mein Vater waren Cousins. Und Patricia ist von Harry adoptiert worden.«

Loreena trank einen Schluck. »Der Pfarrer hat erzählt, du wüsstest auch Näheres über Patricias Mutter.«

»Die griesgrämige Maire? Klar, vor der alten Giftnatter hatten wir Kinder einen Heidenrespekt. Wieso fragst du mich das alles?«

In diesem Moment brachte Aileen den Shepard's Pie in einer großzügigen Schale aus der Küche, stellte ihn vor Loreena auf die Theke und legte Besteck daneben.

»Danke sehr«, sagte Loreena und wollte sich wieder dem Wirt zuwenden, doch der bediente gerade einen anderen Gast. Also kostete sie vorsichtig von ihrem Essen und wartete.

»So, wo waren wir stehen geblieben?«, fragte der Wirt, nachdem der Mann wieder gegangen war. »Ach so, ja, du wolltest was über die alte Maire wissen.« Er schaute sie fragend an.

»Sie war meine Großmutter«, erklärte Loreena und zwang sich, es möglichst beiläufig klingen zu lassen. »Patricias Bruder war mein Vater.«

Der Wirt ließ beinahe das Glas fallen, das er gerade polierte. »Wie? Dein Dad war Maires Sohn? Das ist doch ein Scherz, oder?«

»Nein, mein Dad und Patricia sind tatsächlich Geschwister. Und jetzt interessiert mich natürlich meine Großmutter und ihr Verhältnis zu meinem Dad.«

»Na ja, viel gibt's da nicht zu erzählen. Soweit ich weiß, hat Maire Harry recht bald nach dem Tod ihres ersten Mannes geheiratet. Ihr Junge und Harry konnten nicht miteinander, ständig gab es Streit. Also ist der Junge eines Tages fortgelaufen. Maire hat sich sehr darüber aufgeregt. Erst hat Harry allen verboten, über ihn zu sprechen, und später hat Maire regelrecht Gift und Galle gespuckt, wenn jemand ihn erwähnte. Also tat das niemand mehr.«

»Hat sie ihn denn überhaupt nicht vermisst?«, fragte Loreena verwundert. »Schließlich war er doch ihr Sohn.«

Der Wirt dachte kurz nach. »Als Maire starb, soll sie noch einmal nach ihm gerufen haben, zumindest hat meine Mutter das erzählt. Also hat sie ihn letzten Endes wohl doch vermisst.« Er musterte Loreena. »Und du bist ihre Enkelin. Interessant! Das erklärt auch, warum du mir gleich so bekannt vorkamst, als du hier zum ersten Mal zur Tür reingekommen bist. Aber dann hast du gesprochen und da dachte ich, ich hätte es mir nur eingebildet.« Er schüttelte den Kopf. »Hätte besser meinem Gefühl trauen sollen. Weiß Patricia schon Bescheid?«

Loreena nickte. »Ja.«

Auf einmal wurde es laut im Pub. Loreena schaute über ihre Schulter und sah, dass eine größere Gruppe hereingekommen war.

»Ich würde mich wirklich gern weiter mit dir unterhalten«, sagte der Wirt, »aber ich muss mich jetzt wohl um meine anderen Gäste kümmern.«

»Mach nur!«, erwiderte Loreena. »Ich werde mir mal das leckere Essen schmecken lassen.«

»Na, dann guten Appetit!«

Als Loreena ein paar Stunden später in ihr Bett taumelte, hatte sie nicht nur das eine oder andere Bier zu viel in ihrem Körper, sondern auch einen unterhaltsamen Abend im Pub verbracht. Das Gespräch mit dem Wirt hatte seinen Teil dazu beigetragen, dass sie eine gewisse Zufriedenheit verspürte. Zwar hatte sie nicht wirklich viel erfahren, doch mittlerweile war sie schon über Kleinigkeiten glücklich. Sie versuchte nachzudenken, soweit sie dazu in der Lage war.

Vielleicht konnte sie durch den Wirt noch mehr herausfinden oder mit anderen, besser informierten Verwandten Kontakt aufnehmen. Andererseits: Was sollte das bringen? Keiner von ihnen hatte sich je die Mühe gemacht, nach ihrem Vater zu suchen. Vielleicht sollte sie einfach aufhören, irgendwas über die Fallons, Boyles oder O'Mulligans in Erfahrung bringen zu wollen. Das war ja offenbar nicht ganz ungefährlich, wie das belauschte Gespräch zwischen Kenneth und Patricia gezeigt hatte. Und sie hatte schließlich ein Leben in Augsburg – ein gutes Leben. Dabei sollte sie es belassen und sich hier nicht in Gefahr stürzen.

Doch das konnte sie nicht. Sie hatte endlich die Familie ihres Vaters – ihre Familie – gefunden. Und nun versuchte jemand, sie umzubringen, vermutlich Kenneth und Patricia. Aber warum? Oder war das, was sie gehört hatte, doch ein Missverständnis gewesen und jemand anderes hatte es auf sie abgesehen? Aber wer sollte das sein? Ihr schwirrte der Kopf.

Nur die O'Mulligans hatten gewusst, dass ihr Vater Patricias Bruder war. Doch war das wirklich der Grund für die Anschläge auf sie? Immerhin hatte sie ja auch den Streit zwischen Russell Nash und seinem Kollegen wegen des Fasses mitbekommen, in dem später der tote Edward Connor gefunden worden war. Und hatten die K.-o.-Tropfen tatsächlich ihr gegolten? Wer war dafür und für das herabstürzende Fass im Lager von O'Mulligan's verantwortlich?

Kenneth hatte sie vor dem Fass gerettet, dieser Vorfall ging also nicht auf sein Konto. Konnte es dann tatsächlich sein, dass er und seine Mutter sie aus dem Weg räumen wollten? Andererseits war Patricia nicht bei ihnen gewesen. Sie hätte sich also hinter die Fässer schleichen und auf den passenden Moment warten können, um Loreena zu erschlagen. Und wenn sie es nicht gewesen war – wer dann? Fürchtete jemand, Loreena wüsste oder besaß etwas, das ihm gefährlich werden könnte? Oder war sie mit der Theorie, ihr Dad könnte etwas beobachtet haben – ein Verbrechen zum Beispiel –, auf der richtigen Spur? Hatte Edward Connor etwas gewusst, das ihm zum Verhängnis geworden war? Hatte er den Täter mit diesem Wissen erpressen wollen? Oder ...

Völlig erschöpft schlief sie mitten im nächsten Gedanken ein.

15. Kapitel

»Biete dem Engel,
der deine Seele heimwärts trägt, keinen Whiskey an,
er könnte den Weg zum Himmel verfehlen.«
Irisches Sprichwort

Als Loreena erwachte, war ihr Kopf voller wirrer Ideen, Erinnerungen und Bilder. Sie wälzte sich eine Weile im Bett herum, bis die Schleier des Schlafes endgültig zerrissen. Noch immer stand die Entscheidung aus, was sie wegen des Gesprächs zwischen Patricia und Kenneth, das sie belauscht hatte, unternehmen wollte. Sollte sie Ian warnen oder davon ausgehen, dass es nicht das war, nach dem es geklungen hatte? Hatte sie sich in etwas verrannt und interpretierte etwas in eine Situation, die eigentlich völlig harmlos war? Sie legte den Arm über die Augen und seufzte. Vielleicht hatte sie einfach eine zu blühende Fantasie. Ihre Gedanken wurden immer ausschweifender und unsinniger, je mehr Zeit sie darauf verwandte, um über alles nachzugrübeln. Sie musste endlich damit aufhören!

Also stand sie auf und schleppte sich unter die Dusche. Danach richtete sie sich ein einfaches Frühstück, und als sie mit einer Tasse Kaffee am Küchentisch saß, hatte sie den Entschluss gefasst, Ian zu warnen. Auch wenn es ein Fehler sein könnte – immerhin war Patricia seine Frau und Kenneth sein Sohn –, so wollte sie den Inhalt des belauschten Gesprächs doch nicht für sich behalten. Vielleicht stellte sich ja heraus, dass alles nur ein großes Missverständnis war, und im schlimmsten Fall würde Ian sie hinauswerfen oder sie wurde zur Persona non grata erklärt. Aber für ihr Gewissen war eine offene Aussprache mit Ian die einzig denkbare Möglichkeit.

Ihr graute vor der Möglichkeit, einen Mörder in der eigenen Familie zu haben. Doch dann gab sie sich einen Ruck und stellte die Tasse so energisch auf den Tisch, dass der Kaffee darin hin und her schwappte. Sie zog Ians Visitenkarte aus der Hosentasche und ging zum Telefon, weil ihr Handy im Zimmer lag und sie keine Lust hatte, es zu holen. Es klingelte scheinbar endlos. Sie hatte die Nummer von Ians Handy gewählt und hoffte, dass er es auch am Wochenende benutzte. Schließlich nahm er ab.

»Onkel Ian, ich bin's, Loreena.« Sie räusperte sich. »Ich muss dringend mit dir sprechen. Allein.«

»Das hört sich ja ernst an, Loreena. Ist etwas passiert?«

»Das möchte ich lieber nicht am Telefon erzählen«, sagte sie. »Kann ich vorbeikommen? Und es wäre mir recht, wenn weder Patricia noch Kenneth davon erfahren würden.«

»Ein konspiratives Treffen also?« Er lachte.

»Nur ein vertrauliches Gespräch«, meinte Loreena.

»Dann vielleicht heute Nachmittag gegen vierzehn Uhr?«, schlug Ian vor.

»In Ordnung, und wo?«

»In meinem Büro. Und keine Sorge, heute arbeitet niemand, und Patricia und Kenneth sind den ganzen Tag über in Longford.«

»Also gut, dann bis vierzehn Uhr«, stimmte Loreena zu und beendete das Telefonat. Als sie zurück in die Küche kam, war ihr Kaffee kalt. Sie brühte sich einen neuen auf und trat ans Fenster. In ihrem Kopf kreisten die Gedanken, und so sehr sie auch hin und her überlegte, sie kam zu keinem Ergebnis, das ihr zusagte. Wie sollte sie wissen, ob sie das Richtige tat?

Am frühen Nachmittag stellte Loreena ihren Wagen auf dem Angestelltenparkplatz der Destillerie ab. Der Platz war völlig leer, also war es wohl tatsächlich so, wie Ian gesagt hatte: Es hielten sich keine Angestellten auf dem Gelände auf. Loreena lief zum Bürogebäude hinüber. Die Eingangstür war unverschlossen. Sie stieg die Treppen hinauf und das Herz klopfte ihr bis zum Hals. Hätte sie lieber jemanden um Unterstützung bitten sollen? Kurz überlegte sie, ob sie zurückfahren und Brandon bitten sollte, sie zu begleiten. Oder vielleicht war Mae inzwischen wieder daheim und würde mitkommen? Ihr Magen fühlte sich flau an. Sollte sie die ganze Aktion einfach vergessen?

Nein! Sie empfand es als ihre Pflicht, Ian zu informieren, und durfte keinen Rückzieher machen, nur weil sie plötzlich Bedenken überkamen, sie könnte übertreiben und sich irren. Immerhin war auch sein Leben bedroht, wenn Loreena nicht alles missverstanden hatte. Und da es für Kenneth und Patricia ungleich schwerer war, zwei Personen auf einmal unauffällig zu ermorden, konnten

Loreena und Ian sich wohl einigermaßen sicher fühlen, wenn sie zusammen waren.

Trotz dieser Überlegungen ließen Loreenas ungute Gefühle nicht nach. Sie lief weiter die Stufen hinauf und fühlte vor lauter Nervosität Schwindel und Übelkeit in sich aufsteigen. Energisch kämpfte sie dagegen an und versuchte, sich auf ihre Umgebung zu konzentrieren. Im Treppenhaus war es totenstill. Jetzt bedauerte sie es zutiefst, die Einzige im Gebäude zu sein. Aber es gab kein Zurück mehr.

Sie erreichte die obere Etage und schaute auf ihre Armbanduhr. Es war kurz vor vierzehn Uhr. Zögernd öffnete sie die Tür zu dem Großraumbüro und sah sich um. Wie erwartet war niemand da. Also ging sie zu Ians Büro hinüber und lauschte. Hinter der Tür wurde eine Schublade geöffnet und dann wieder geschlossen. Ein Mann hustete. Das musste Ian sein. Loreena straffte die Schultern und machte sich klar, dass sie keine andere Wahl hatte. Sie räusperte sich und klopfte an die Tür.

»Herein!«

Loreena trat ein.

Ihr Onkel saß hinter einem viktorianischen Ungetüm von Schreibtisch und schaute sie neugierig an. »Loreena, da bist du ja schon. Wie schön, dass du gekommen bist!« Er erhob sich und kam ihr entgegen.

Sein Händedruck war ein wenig zu fest und Loreena musste sich beherrschen, sich nicht die Hand zu reiben.

Er lächelte breit und deutete auf einen Sessel. »Bitte, setz dich doch! Also, was führt dich zu mir?«

Loreena nahm Platz und hatte auf einmal das dumpfe Gefühl, dass es eine schlechte Idee gewesen war, herzukommen. Doch sie schob den Gedanken beiseite. Ian hatte ein Recht darauf, gewarnt zu werden. Sie könnte es sich nie verzeihen, wenn ihm wegen ihres Zweifelns etwas zustoßen würde.

»Ich komme mir fast ein wenig dumm vor«, begann sie.

Ian verschränkte die Arme vor der Brust. »Nun, das ist ein Vorrecht der Jugend. Aber ich glaube nicht, dass dich eine Dummheit herführt. Du wirkst ehrlich beunruhigt. Kann ich dir irgendwie helfen?«

Loreena holte tief Luft. Wie konnte sie ihm am besten mitteilen, was sie gehört hatte, ohne ihn zu verärgern oder für eine Verrückte gehalten zu werden, die die O'Mulligans gegeneinander aufstacheln und entzweien wollte?

»Meine Güte, Loreena, du bist ja ganz blass!« Ian griff nach ihrer Hand. »Und deine Hand ist eiskalt. Was ist denn nur los?« Noch bevor Loreena antworten konnte, ging er zu einem Sideboard hinüber, auf dem ein Tablett mit edlen Glencairn-Gläsern und eine Auswahl erlesener Whiskeys standen. »Komm, trink einen O'Mulligan's Reserve mit mir!«, forderte er sie auf. »Du siehst aus, als könntest du einen vertragen.« Noch einmal musterte er sie forschend. »Was sage ich, du scheinst im Moment nichts dringender zu brauchen als einen guten Schluck Whiskey!« Er füllte zwei Gläser, kam damit zu Loreena zurück und reichte ihr eins. »Trink, Mädchen! Das wird dir guttun.«

Loreena seufzte. »Vielen Dank!« Sie roch automatisch an dem Getränk, fand – ganz anders als sonst – aber keine wirkliche Muße daran. Um nicht unhöflich zu sein, trank sie einen Schluck, ohne jedoch die einzelnen Aromen auszukosten.

Ian beobachtete sie, während er selbst nur an seinem Glas nippte. »Diesen Jahrgang mag ich am liebsten«, verriet er und lächelte.

Mit einem Mal kam Loreena das unecht vor, wie ein Haifisch-Grinsen. Ein Schaudern überlief sie und sie fühlte Unruhe in sich aufsteigen, die sie sich nicht näher erklären konnte. Sie nahm einen weiteren Schluck von ihrem Whiskey.

»Kenneth wird sicherlich später einmal die Destillerie übernehmen, oder?«, erkundigte sie sich, um ein wenig Zeit zu schinden. Noch immer wusste sie nicht, wie sie Ian das Gehörte schonend mitteilen sollte.

Er betrachtete sie eine Weile schweigend. »Ja, davon ist auszugehen«, sagte er schließlich.

»Bestimmt seid ihr sehr stolz auf ihn«, plapperte Loreena weiter und umklammerte ihr Glas.

Ian ging zu seinem Schreibtisch, stellte sein Glas ab und nahm Platz. Ein wenig steif beugte er sich vor und faltete die Hände.

»Er ist, vorsichtig gesagt, sehr auf seine Mutter fixiert. Die beiden sähen es nur zu gern, wenn er schon jetzt der alleinige Chef der Destillerie wäre«, erzählte er. Dann griff er nach seinem Whiskey, nippte wieder daran und sah Loreena über den Glasrand hinweg an.

»Aber du hältst das für keine gute Idee«, vermutete Loreena. Offenbar war Ian noch nicht bereit, sich auf sein Altenteil zurückzuziehen.

»Sagen wir mal so: Im Moment ist es ungünstig. Ich möchte das Zepter noch nicht aus der Hand geben.« Ian schwenkte die Flüssigkeit in seinem Glas, dann leerte er es in einem Zug. »Weißt du was?«, sagte er zu Loreena und zeigte auf das Sideboard. »Ich habe hier eine echte Rarität. Eigentlich wollte ich sie aufheben, um sie an Weihnachten im Familienkreis zu öffnen. Aber irgendwie sind wir Whiskeykenner und -liebhaber doch alle wie kleine Kinder, viel zu ungeduldig, wenn wir ein gutes Tröpfchen probieren können, nicht wahr?«, fragte er mit einschmeichelnder Stimme.

Loreena nickte. In der Tat war sie neugierig. Sie konnte einem guten und obendrein noch seltenen Whiskey einfach nicht widerstehen. Und das erste Glas hatte sie so weit entspannt, dass sie nun der Meinung war, sie könne ihr Wissen über Patricias und Kenneths Pläne noch eine Weile für sich behalten. Außerdem würden die beiden den ganzen Tag über in Longford sein, sie musste also nichts überstürzen.

»Was für ein Whiskey ist es denn?«, erkundigte sie sich.

»Ein Cask Strength aus dem allerersten Fass, das mein Großvater persönlich destilliert hat«, verriet Ian stolz. »Angeblich hat er die Flasche sogar selbst verstöpselt.« Er nahm sein Glas, griff nach ihrem und ging damit zum Sideboard hinüber. Dort stellte er die benutzten Gläser ab, bückte sich und holte aus dem untersten Fach eine Flasche heraus, die er Loreena entgegenstreckte. »Siehst du? Ich habe nicht zu viel versprochen. In dieser Flasche lebt noch der Geist des Osteraufstandes.« Dann drehte er sich um und hantierte geschäftig.

Was genau er da tat, konnte Loreena nicht sehen, denn sein Körper verdeckte ihr die Sicht. Aber es interessierte sie auch nicht wirklich. Schließlich vernahm sie ein Ploppen und dann das Gluckern einer Flüssigkeit, die in ein Glas gegossen wurde.

»Die Flasche war wirklich für die Ewigkeit verschlossen«, brummte Ian, drehte sich wieder zu Loreena und kam dann langsam auf sie zu. Fast andächtig reichte er ihr ein Glas, in dem der Whiskey kupferrot leuchtete.

»Danke!«, sagte Loreena und schwenkte die Flüssigkeit ein wenig. Sie betrachtete die ölig aussehenden Schlieren an den Wänden des Glases und hob es an ihre Nase. »Er riecht fantastisch!«

Ian nickte. »Warte nur, bis du ihn probiert hast!«

Loreena nahm einen Schluck und behielt ihn im Mund, damit die verschiedenen Nuancen sich entwickeln konnten. Sie erkannte dunkle Schokolade, Gewürze und Vanille, im Abgang Honig und Toffee. Wohlwollend registrierte sie das samtige Gefühl, das sich über ihren Gaumen gelegt hatte.

»Das ist einer der besten Whiskeys, die ich je getrunken habe«, behauptete sie.

Ian lächelte versonnen. »Das freut mich.« Dann schien er sich auf den Grund ihres Treffens zu besinnen. »Aber wolltest du nicht eigentlich etwas Wichtiges mit mir besprechen?«

Loreena stellte das Glas vor sich auf den Tisch. »Ich weiß nicht, wie ich anfangen soll«, gab sie zu und biss sich auf die Lippen. Sie überlegte zum wiederholten Male, wie sie Ian den Inhalt der belauschten Unterhaltung zwischen Patricia und Kenneth mitteilen sollte. »Ich habe ein Gespräch mit angehört, das nicht für meine Ohren bestimmt war«, sagte sie schließlich. Erstaunlicherweise fühlte sie sich besser. Sie würde ihm einfach alles erzählen, schließlich war sie extra hergekommen, um ihn zu warnen. Was er dann mit dem Wissen anfing, war seine Angelegenheit.

»Ach, Kindchen, tun wir das nicht alle gelegentlich?« Ian lächelte wieder sein Haifischlächeln.

»Aber ich habe Kenneth und Patricia belauscht. Die beiden sprachen davon ...« Loreena stockte, ermahnte sich dann allerdings. Es hatte keinen Sinn, lange um den heißen Brei herumzureden. Ihr war schon ganz schwummrig vor Verlegenheit. So kannte sie sich gar nicht. »Sie sprachen davon, uns beide aus dem Weg zu räumen.«

Ian lachte. »Was redest du da nur, Mädchen?« Er nahm ihr Whiskeyglas und ging damit zum Sideboard hinüber, um es aufzufüllen. »Trink noch einen Schluck, das wird dich beruhigen! Du bist ja ganz aufgewühlt.« Damit drückte er ihr das Glas in die Hand.

Ohne nachzudenken, trank Loreena einen Schluck.

»Genieß ihn, Kind!«, sagte Ian. Er hob sein Glas und betrachtete den Whiskey darin. »Ein Jammer!« Dann trank er und stellte das Glas energisch auf den Tisch. »Du bist also tatsächlich davon überzeugt, dass sie uns umbringen wollen?«

Loreena nickte vorsichtig.

»Und du willst mich warnen.« Er lehnte sich zurück.

Loreena wunderte sich, dass er so entspannt war. Immerhin hatte sie ihm gerade mitgeteilt, dass seine Frau und sein Sohn planten, ihn zu ermorden. Er hätte doch irgendwie reagieren müssen. Selbst wenn er ihr nicht glaubte, müsste er doch zumindest wütend auf sie werden. Offenbar vertraute er Patricia und Kenneth. Natürlich, warum auch nicht, sie waren seine Familie. Wenn er der Familie nicht trauen konnte, wem dann?

»Es tut mir leid, Ian«, murmelte Loreena. In ihrem Kopf drehte sich alles. Der Whiskey musste hochprozentiger gewesen sein, als sie gedacht hatte. Sie ärgerte sich, so viel davon getrunken zu haben.

Ian musterte sie wortlos, und mit einem Mal hatte Loreena das Gefühl, Rotkäppchen zu sein, die dem bösen Wolf gegenübersaß. Ian lächelte sie an, doch es wirkte irgendwie – falsch.

Der Schwindel verstärkte sich und Loreena klammerte sich an den Armlehnen des Stuhls fest. »Ich sollte besser gehen«, sagte sie. Keine Sekunde länger wollte sie dableiben. Sie griff in ihre Hosentasche und bekam ihr Handy zu fassen. »Ich rufe Mae an, damit sie herkommt und mich abholt.«

Hoffentlich war sie schon zurück von ihrem Verwandtenbesuch! Loreenas Finger fühlten sich taub an. Sie versuchte, ihr Passwort einzutippen, doch Ian griff nach ihrem Handy und nahm es ihr ab. Er runzelte die Stirn.

»Du kannst nicht gehen, Loreena«, sagte er. »Ich bin noch nicht fertig mit dir.«

Loreena blinzelte und versuchte, wieder klar im Kopf zu werden, doch ihr Gehirn fühlte sich an, als wäre es in Watte gepackt. Ians Stimme klang wie aus weiter Ferne.

»Wovon redest du?«, fragte Loreena, aber es fiel ihr schwer, die Worte zu formulieren.

Ian legte ihr Handy in eine Schublade seines Schreibtisches. »Besser, du hast es hier vergessen. Nicht dass du noch Hilfe rufst. Das kann ich nicht zulassen«, erklärte er ruhig.

Loreena überlief es eiskalt. Sie starrte ihn an. Er schien zu schwanken, doch sie wusste, dass das nur ihre Einbildung war. Sie hatte das ungute Gefühl, einen verhängnisvollen Fehler begangen zu haben.

Ian legte den Kopf schief. »Diesmal scheinst du mehr K.-o.-Tropfen zu brauchen«, stellte er nüchtern fest.

Übelkeit überkam Loreena und in ihren Ohren rauschte es. Trotzdem versuchte sie, sich zu erheben. Aber so wacklig auf den Beinen, wie sie war, konnte Ian sie mit Leichtigkeit auf ihren Platz zurückschubsen. Sie landete hart auf der Sitzfläche.

»Du hast mir die K.-o.-Tropfen gegeben und es Russell Nash in die Schuhe geschoben?«, flüsterte sie und hatte das Gefühl, jeden Augenblick vom Sessel zu rutschen. »Aber warum hast du das getan?«

»Du hast keine Ahnung, oder?«, fragte er kalt. Von seiner Freundlichkeit war nichts mehr übrig. Jetzt war er knallhart – definitiv kein Mensch, mit dem Loreena gern Umgang haben, geschweige denn allein in einem einsamen Gebäude sein wollte.

»Was sollte ich denn wissen?«, fragte sie langsam. Ihr Herz pochte so heftig, dass sie den Pulsschlag bis in ihre Schläfen zu spüren meinte.

Plötzlich glaubte sie, eine Tür zufallen zu hören, doch da Ian nicht reagierte, hielt sie es für Einbildung. Wer sollte ihr auch zu Hilfe eilen? Niemand wusste, dass sie hier war, und an einem Samstag würde auch kein Angestellter ins Büro kommen. Also musste sie sich darauf konzentrieren, nicht bewusstlos zu werden, denn mit Sicherheit würde sie hier nicht lebend wegkommen, wenn es ihr nicht gelingen sollte zu fliehen.

Ian lachte rau. »Du bist Teilhaberin der Destillerie.«

»Was?« Verwirrt starrte Loreena ihn an. »Aber wieso?«

Ian schlug mit der Faust auf die Tischplatte, sodass die Gläser klirrten. »Weil Patricias Mutter es so wollte«, sagte er verächtlich.

»Ich verstehe nicht ...«, warf Loreena ein.

»Nun, sie überließ ihr das gesamte Vermögen – unter einer Bedingung. Die Fallons waren zwar nur einfache Arbeiter, und das bisschen Geld, das sie hatten, trage ich täglich im Portemonnaie mit mir herum. Aber Harry Boyle war wohlhabend und er vergötterte Maire. Er hat ihr all sein Geld vermacht. In einem Anfall von Reue hat Maire in ihrem Testament verfügt, dass Patricia zwar das Familienvermögen nach ihrem Gutdünken verwenden darf, aber sobald ihr Bruder oder einer seiner direkten Nachfahren auftauchen würde, müsste sie diesem die Hälfte abgeben.«

Um Loreena begann sich alles zu drehen. »Aber ich will doch gar keinen Anteil an der Destillerie. Ich unterschreibe jederzeit eine Verzichtserklärung«, versprach sie. Vielleicht ließ Ian sie gehen, wenn sie ihn davon überzeugen konnte, dass sie keine Ansprüche oder Forderungen an die O'Mulligans stellen würde. Dann stutzte sie. »Warum bin ich eigentlich Teilhaberin? Du hast doch gesagt, es geht um das Geld, das meine Großmutter Patricia hinterlassen hat und das sie laut Testament mit mir teilen soll.«

»Patricia hat alles in die Destillerie gesteckt«, erklärte Ian. »Das bedeutet, dass wir entweder Geld aus dem Familienvermögen nehmen müssen oder du zur Teilhaberin wirst.«

Inzwischen musste Loreena sich extrem stark konzentrieren, um nicht ohnmächtig zu werden. »Aber ich will wirklich keinen Anteil an der Destillerie«, wiederholte sie. »Ich will überhaupt nichts von euch!«

Ian verzog verächtlich das Gesicht. »Tja, meine Liebe, so einfach ist das nicht. Patricia und ihre verfluchte Anständigkeit werden das nicht zulassen. Sie wird einen Buchprüfer holen und auf den Cent genau ausrechnen lassen, wie viel dir zusteht.«

Loreena überlegte, wie schnell sie an der Tür sein könnte, und sah dann erneut zu Ian, um ihn in Sicherheit zu wiegen. Doch er schien ihre Gedanken gelesen zu haben.

»Versuche es gar nicht erst! Ich kann dich auch fesseln, wenn es sein muss«, warnte er sie.

»Es ist nicht nötig, mir etwas anzutun«, flehte Loreena. Sie war sich darüber im Klaren, dass sie ihn hinhalten und ablenken musste, wenn sie das hier überleben wollte.

Vielleicht kamen Patricia und Kenneth ja nach ihrem

Auswärtstermin noch ins Büro. Oder Mae würde aus irgendeinem Grund hier auftauchen. Aber bereits während Loreena das dachte, wusste sie, wie unwahrscheinlich das war.

»Natürlich ist es nötig«, knurrte Ian. »Nur dein Tod wird Patricia von einer externen Buchprüfung abhalten können.« Eine Haarsträhne fiel ihm in die Stirn und er strich sie mit einer zornigen Bewegung zurück.

»Aber warum ist das so wichtig?«, fragte Loreena.

Sie begriff es einfach nicht. Da musste doch noch mehr dahinterstecken.

Ian zuckte nur mit den Schultern und ging vor ihr in die Hocke. »Wie fühlst du dich, Loreena?«

Sie hob mühsam den Kopf und starrte in sein triumphierendes Gesicht. Ihr war schon wieder schwindlig – nur dass es sich diesmal anders anfühlte. Dann verschwamm alles. Sie kniff die Augen zusammen und schüttelte den Kopf. Ihre Gliedmaßen schienen schwer wie Blei zu sein. Das Gefühl, ihr Gehirn sei in Watte verpackt, verstärkte sich und sie glaubte, ihre Zunge müsse auf das Doppelte angeschwollen sein.

Plötzlich flog krachend die Tür auf und Ian schreckte hoch. Adrenalin schoss durch Loreenas Körper und sorgte dafür, dass sie sich etwas klarer im Kopf fühlte. Im Türrahmen stand Kenneth und hinter ihm – wie eine gealterte, aber deshalb nicht minder gefährliche Keltenkriegerin – Mae. Loreena konnte sich kaum bewegen, doch sie musste es irgendwie schaffen, aufzustehen und sich hinter die beiden zu flüchten. Also versuchte sie, ihren Körper aus dem Sessel hochzustemmen, doch vergeblich.

»Lass sie gehen, Dad! Ich weiß alles!«, rief Kenneth aufgebracht.

Ian trat hinter Loreena und packte sie so plötzlich, dass sie ächzte. Er legte seinen Arm um ihren Hals, die andere Hand an ihre Schläfe.

»Keinen Schritt weiter, Kenneth, oder ich brech ihr das Genick!«

»Mr O'Mulligan, machen Sie keinen Unsinn!«, mischte sich Mae ein. »Es gibt keinen Grund mehr, irgendjemandem etwas anzutun. Wir alle wissen Bescheid.«

Ian versteifte sich, offenbar befürchtete er einen Angriff. Aber Kenneth hob nur beschwörend die Hände. Als er keinerlei Anstalten machte, näherzukommen, lockerte Ian seinen Griff um Loreenas Kehle ein wenig und sie konnte wieder freier atmen.

»Dad, ich weiß von den finanziellen Schwierigkeiten unserer Firma. Lass Loreena bitte gehen!«

Loreena fühlte das Zucken von Ians Fingern an ihrer Schläfe.

»Woher willst du das wissen?«, knurrte Ian.

Kenneth warf Loreena einen nervösen Blick zu. Sie hatte Mühe, dem Gespräch zu folgen, und noch mehr, Maes Blicke zu deuten, mit denen sie ihr offensichtlich etwas mitteilen wollte.

»Ich war heute mit Mum bei unserer Hausbank«, erklärte Kenneth. »Der Bankmitarbeiter hat uns alles gesagt. Dad, wir sind fast pleite! Was hast du getan?«

Ian seufzte. »Ich habe mich verspekuliert«, gab er zu. »Ich hatte ein paar angeblich todsichere Tipps erhalten und unser Vermögen eingesetzt. Aber dann ging alles schief. Die Kurse fielen, und plötzlich waren die Aktien nichts mehr wert. Mir blieb keine andere Wahl, als eine Hypothek aufzunehmen, um die dringendsten Rechnungen zu bezahlen und dafür zu sorgen, dass keiner von euch etwas erfährt.«

Kenneth stemmte die Hände in die Hüften. »Und warum hast du mir und Mum nichts davon erzählt? Wir hätten sicher eine Lösung gefunden.«

»Ich wollte das selbst regeln«, erklärte Ian trotzig. »Und ich hätte es auch geschafft, wenn nicht auf einmal dieser verdammte Edward Connor aufgetaucht wäre!«

»Wieso, was ist mit ihm?«, fragte Kenneth und starrte seinen Vater entsetzt an. »Hast du ihn etwa getötet?« Er stockte und schien nachzudenken. »Natürlich, jetzt wird mir alles klar«, sagte er nach einer Weile. »Keiner von den Arbeitern hätte Connor unbemerkt in ein Fass stecken können, aber du als gelernter Küfer hattest die dafür nötigen Kenntnisse.«

»Soll das heißen, er hat das Fass extra gebaut, um Connor dort hineinzustecken?«, fragte Mae.

Kenneth ließ Ian und Loreena nicht aus den Augen. »Ja, davon gehe ich aus«, antwortete er. Dann wandte er sich wieder an seinen Vater: »Also, wieso das alles?«

Ian schnaubte. »Dieser Schwachkopf von einem Bankmenschen hatte Connor meine Hypothek verkauft. Und der glaubte daraufhin, er könne einfach herkommen und mir nichts, dir nichts die Destillerie übernehmen. Er dachte doch allen Ernstes, ich würde ihm O'Mulligan's kampflos überlassen. Aber die Brennerei wird niemals jemand anderem als einem O'Mulligan gehören!«, schrie er. »Ich habe Connor erdrosselt und ihn in das Fass gesteckt. Eigentlich sollte es versteckt hinter ein paar anderen stehen. So wäre die Leiche darin ein paar Jahre lang wohlverwahrt gewesen – das dachte ich zumindest. Aber dann hat dieser Idiot Russell es auf die Bühne gebracht!« Die Empörung war deutlich aus seiner Stimme herauszuhören.

Während Ian und Kenneth weiter diskutierten, räusperte sich Mae, und so sah Loreena zu ihr hinüber. Die alte Frau starrte mit großen Augen auf den Schreibtisch. Loreena folgte ihrem Blick und entdeckte einen Briefbeschwerer aus Kristall. Sie begriff, was Mae von ihr wollte. Unter Aufbietung ihrer letzten Kräfte nahm sie den schweren Gegenstand und schlug damit nach hinten. Ian jaulte auf, als er getroffen wurde, und ließ Loreena los. Im selben Moment preschte Mae vor und zerrte Loreena aus dem Sessel.

Nun stürzte sich Kenneth auf Ian und die beiden rangen miteinander. Aber da stürmten bereits Polizisten das Büro und trennten die beiden.

»Warum nur, Dad? Warum hast du das alles getan?«, schrie Kenneth außer sich, während ein Gardía ihn festhielt.

»Ich wollte O'Mulligan's retten«, erklärte Ian mit vorgerecktem Kinn.

Kenneth versuchte sich loszureißen, doch nun packte ihn auch ein zweiter Polizist.

»Du wolltest dich retten«, schleuderte Kenneth seinem Vater entgegen.

Ian starrte stur vor sich hin. »Das ist dasselbe«, behauptete er und ließ sich widerstandslos abführen.

Mae streichelte Loreenas Schulter. »Keine Sorge, Liebes, der Krankenwagen ist unterwegs!«

Ihre Worte hallten in Loreenas Ohren. Dann sah sie nur noch, wie Maes Lippen sich bewegten, bevor ihr schwarz vor den Augen wurde und sie das Bewusstsein verlor.

16. Kapitel

»Vier gute Wünsche für dich:
Mehr Geld. Schnellere Pferde.
Jüngere Frauen. Älterer Whiskey.«
Irischer Trinkspruch

Man hatte Loreena den Magen ausgepumpt und sie über Nacht im Krankenhaus behalten. Mae holte sie am nächsten Morgen ab und berichtete ihr, was geschehen war, nachdem sie aus Galway zurückgekehrt war: Sie hatte sich zunächst nicht darüber gewundert, dass Loreena das Haus verlassen hatte, sondern glaubte, Loreena sei zu einem Ausflug aufgebrochen. Doch dann war Kenneth aufgetaucht, um mit Loreena zu sprechen. Er war so aufgeregt gewesen, dass Mae die ganze Geschichte aus ihm herausgekitzelt hatte: Schon längere Zeit war Kenneth misstrauisch gewesen, was die Buchhaltung der O'Mulligans betraf, doch da Ian die Kontrolle darüber nicht aus den Händen geben wollte, war es recht aufwendig gewesen, an die nötigen Informationen und vor allem an Beweise heranzukommen. Dann war auch noch Loreena, die potenzielle Miterbin des Boyleschen Vermögens, aufgetaucht, worüber sich Ian über die Maßen aufgeregt hatte, sodass Kenneth noch stutziger geworden war. Und spätestens nach dem zweiten Anschlag auf Loreena hatte es für ihn keinen Zweifel mehr gegeben, dass sein Vater dahintersteckte.

Also hatten er und seine Mutter überlegt, wie sie Loreena am besten in Sicherheit bringen konnten, damit sie nicht in Gefahr war, wenn sie Ian mit ihrem Verdacht konfrontierten. Bei dem Besuch der Hausbank hatten sie schließlich von den tatsächlichen finanziellen Schwierigkeiten der Destillerie erfahren und Kenneth war schlagartig der Zusammenhang klar geworden. Er hatte Loreena darüber informieren wollen, doch da er sie nicht auf dem Handy hatte erreichen können, war er zu Maes Haus gefahren. Mae hatte allerdings auch keine Ahnung gehabt, wo Loreena steckte.

Dann aber war ihr etwas aufgefallen: Sie stellte ihr schnurloses Telefon immer zurück auf die Ladestation, doch als sie nach Hause gekommen war, hatte sie es auf dem Küchentisch vorgefunden. Deshalb hatte sie die Idee gehabt, nachzusehen, ob Loreena vielleicht vom Festnetz aus jemanden angerufen hatte. Die Wahlwiederholung hatte Ians Handynummer auf dem Display angezeigt. Und so hatten sie vermutet, dass Loreena bei ihm war – in akuter Gefahr. Sie waren davon ausgegangen, dass Ian sich nicht zu Hause mit ihr treffen würde und auch nicht an einem öffentlichen Ort, also war nur noch die Destillerie übrig geblieben. Auf dem Weg dorthin hatte Mae Brandon über die Angelegenheit informiert und er hatte versprochen, einige Polizisten zur Brennerei zu schicken.

Inzwischen saß Ian in Untersuchungshaft, während man Russell Nash am Morgen freigelassen hatte. Die Visitenkarte von Loreenas Vater in Edward Connors Jackett war offenbar tatsächlich nur ein Zufall gewesen, denn Ian hatte nichts von einer Verbindung der beiden gewusst. Zumindest hatte er das bei Brandons Befragung ausgesagt.

Der Rest des Sonntags war viel zu schnell vergangen. Loreena hatte ihren Koffer gepackt und einen ruhigen Abend mit Mae verbracht. Am Montagmorgen fuhr sie ein letztes Mal zum Gelände der Destillerie O'Mulligan's. In wenigen Stunden würde sie wieder im Flugzeug zurück nach Hause sitzen, doch zuvor gab es noch eine Sache zu erledigen.

Loreena nahm die Urne ihres Dads aus ihrem Rucksack, öffnete sie und sah hinein. Kaum mehr als eine Handvoll Asche war übrig. Sie war ein wenig traurig darüber, dass sie sich nun endgültig von seinen sterblichen Überresten trennen würde. Doch dann riss sie sich zusammen, kniete nieder und drehte die Urne beherzt um, sodass die Asche ins Gras rieselte und sich zwischen den Halmen mit der Erde verband.

»Das war's, Dad«, murmelte sie. »Leb wohl!«

Im nächsten Moment spürte sie eine Hand auf ihrer Schulter und zuckte zusammen. Sie sah auf und schaute in Patricias Gesicht. Kenneth stand hinter ihr. Loreena hatte die beiden gar nicht kommen hören, so vertieft war sie in ihr Ritual gewesen.

Patricia ging in die Hocke und blinzelte. Offenbar kämpfte sie mit den Tränen. Dann sah Loreena das Nosing-Glas mit dem Whiskey darin.

»O'Mulligan's Gold«, erklärte Patricia. Doch anstatt zu trinken, goss sie die Flüssigkeit auf die Stelle, an der die

Asche lag. Sie schlug ein Kreuz. »Ruhe in Frieden, großer Bruder!« Dann richtete sie sich auf und streckte Loreena die Hand entgegen.

Loreena griff danach. Sie stand ebenfalls auf und lächelte ihre Tante und Kenneth an.

Auch er schlug ein Kreuz über der Stelle mit der Asche, ehe er sich an Loreena wandte: »Wir haben etwas für dich.« Er zog einen Umschlag aus seinem Jackett und reichte ihn ihr.

Sie nahm ihn entgegen und starrte stirnrunzelnd darauf. »Was ist da drin?«, fragte sie.

»Mach ihn auf!«, drängte Patricia.

Neugierig öffnete Loreena das Kuvert und zog ein Blatt Papier heraus. Sie las es, ohne den Inhalt wirklich zu erfassen. Dann überflog sie es ein weiteres Mal, ehe sie es sinken ließ. Ihr Gehirn musste die Neuigkeiten erst einmal verarbeiten.

»Das ist doch verrückt«, sagte sie schließlich und schüttelte den Kopf. »Das könnt ihr nicht tun!«

»Oh doch!«, widersprach Patricia. »Das steht dir zu. Es hat alles seine Richtigkeit.«

Loreena öffnete den Mund und schloss ihn wieder. Hilfe suchend sah sie zu Kenneth, doch der wirkte genauso entschlossen wie seine Mutter.

»Wie du gesehen hast, steht auch meine Unterschrift auf dem Dokument.« Er grinste. »Nimm es an und du bist stolze Teilhaberin einer irischen Destillerie.«

Loreena atmete tief ein und aus. Ehrlich und gerecht bis an die Schmerzgrenze – entweder war das generell eine irische Eigenart oder aber diese Charaktereigenschaft ihres Vaters zeichnete auch Patricia und Kenneth aus. Sie wusste, dass sie nichts mehr gegen die Übertragung der Eigentumsrechte tun konnte. Also steckte sie das

Papier zurück in das Kuvert und sah Kenneth und Patricia an.

»Vielen Dank!«

Patricia lächelte sie an. »Es ist nur gerecht. Alles hat so seine Ordnung.«

Noch einmal schüttelte Loreena den Kopf. »Ihr habt mir das absichtlich erst jetzt gegeben, damit ich keine Zeit mehr habe, euch das wieder auszureden, nicht wahr?«

Kenneth zwinkerte ihr zu. »Möglich«, sagte er und sah auf seine Armbanduhr. »Du musst jetzt gehen. Der Verkehr in Dublin und zum Flughafen ist um diese Zeit höllisch.«

Loreena steckte den Umschlag und auch die Urne in ihren Rucksack. Sie konnte immer noch nicht glauben, was die beiden getan hatten: einfach so eine Whiskeybrennerei mit ihr zu teilen. Es war wohl nicht mehr zu leugnen, sie war nun Teil einer Familie.

Patricia umarmte sie. »Sollen wir dich noch zum Auto begleiten?«

»Lieber nicht«, erwiderte Loreena. Sie hatte in letzter Zeit für ihren Geschmack zu oft Abschied nehmen müssen: von ihrem Dad, ihrem alten Job, ihrem langjährigen Lebensgefährten Paul. Also wollte sie die Verabschiedung von ihrer Tante und ihrem Cousin kurz und knapp halten, ehe sie noch in Tränen ausbrach.

Auf dem Parkplatz entdeckte Loreena zwei weitere vertraute Gesichter.

»Mae! Brandon! Was tut ihr denn hier?«

Die beiden standen bei Loreenas Mietwagen und warteten auf sie. Von Mae hatte sich Loreena bereits am Morgen verabschiedet.

Die alte Frau grinste breit. »Brady wollte dir noch persönlich Auf Wiedersehen sagen. Ich bin nur die Anstandsdame«, behauptete sie.

»Ich wollte mich einfach noch mal selbst davon überzeugen, dass es dir gut geht«, erklärte Brandon.

Loreena lächelte. »Das ist nett von dir. Und mir geht's bestens. Die Ärzte im Krankenhaus haben das auch gesagt. Außerdem wurde Ian verhaftet, während Russell Nash wieder frei ist. Demnach ist alles gut!«

Brandon nickte und streckte ihr die Hand entgegen.

Doch Loreena beachtete sie gar nicht und umarmte ihn stattdessen. »Danke für alles!« Sie löste sich von ihm und sah, dass er rot geworden war. Dann verabschiedete sie sich erneut von Mae. »Danke auch dir, Mae, du warst großartig! Wie ...« Sie stockte. »Wie eine zweite Mutter!«

Mae lachte. »Sag ruhig die Wahrheit: wie die Großmutter, die du nie hattest!«

Nun musste auch Loreena lachen, obwohl sie eben noch geglaubt hatte, sie würde in Tränen ausbrechen.

Als Loreena ihren Mietwagen auf den Motorway lenkte, lächelte sie immer noch. Sie hatte eine Familie gefunden und Mae kennengelernt – eine wirklich ganz besondere Frau! Und obwohl ihr Leben im idyllisch wirkenden Badger's Burrow einige Male in Gefahr gewesen und sie mit der dunkelsten Seite der menschlichen Seele konfrontiert worden war, hatte sich ihre Reise mehr als gelohnt. Sie hatte den letzten Wunsch ihres Vaters erfüllt und beendet, wozu er nicht mehr in der Lage gewesen war: Frieden mit seiner Vergangenheit zu schließen.

Glossar

Bodhrán irische Rahmentrommel, Rhythmusinstrument
Bog Oak irische Mooreiche, verleiht einem bekannten irischen Whiskey besonders erdige Aromen
cailín irisch für Mädchen
Cask Strength/Natural Strength »Fasstärke«; Art der Abfüllung, bei der der Whiskey ohne Zugabe von Wasser in Flaschen gefüllt wird, mit eben jenem Alkoholgehalt, den er nach der Fassreife erlangt hat
Cé as thú? gälisch für: Woher kommst du?
Concertina Handzuginstrument, ähnlich einem Akkordeon
darren Dazu wird die befeuchtete Gerste auf Dachböden ausgebreitet und zum Keimen gebracht. Das sogenannte Grünmalz wird durch heiße Luft oder Rauch so weit erhitzt und getrocknet (gedarrt), dass der Keimprozess beendet wird. Durch die Hitze und den damit verbundenen Entzug der Feuchtigkeit wird das Malz nicht nur lagerfähig, sondern erhält vor allem auch sein typisches »malziges« Aroma.

Dia dhuit Begrüßung, gälisch für »Gott mit dir«

Dia's Muire dhuit Erwiderung auf Gruß, gälisch für »Gott und Maria mit dir«

Glencairn-Glas Variante des Nosing-Glases

Grain Whisky aus gemälzter Gerste und anderen Getreidesorten, zum Beispiel Weizen oder Mais; wird im Gegensatz zu Malt Whiskeys, die in Pot Stills destilliert werden, in sogenannten Patent Stills gebrannt

hen schottisch für »Mädchen«

Hogshead Eichenfass mit bestimmtem Fassungsvermögen, in der irischen und schottischen Whiskyindustrie meist 250 Liter

Kiln Trocknungsofen, in dem das grüne, gekeimte Malz getrocknet wird

Maische Geschrotete Gerste wird mit warmem Wasser im Maischebottich vermengt; durch die daraus resultierende Verzuckerung der Getreidestärke entsteht die Maische

Middle Cut »Herzstück« des Brandes, das später zur Reifung in Fässer gefüllt wird und für das der Stillman verantwortlich zeichnet

Nosing-Glas, auch Tasting-Glas (von engl. nose = Nase bzw. taste = schmecken) spezielles, tulpenförmiges Glas, das traditionell zur Verkostung von Whiskey verwendet wird; seine Form verhindert ein rasches Verfliegen des Aromas

Osteraufstand Aufstand der Iren im Jahr 1916 gegen die britische Besatzungsmacht

peated (getorft) hierzu wird das Malz über offenem Torfrauch gedarrt, wodurch ein rauchiges Aroma erzeugt wird, das später in den Whiskey übergeht

Poítin irischer Kartoffelschnaps

Pot Still Brennblase aus Kupfer, meist zwiebel- oder birnenförmig; die Form beeinflusst den Charakter des Destillats entscheidend

Sláinte »Prost« auf Irisch

Slán »Tschüss« auf Irisch

Spirit Safe, zu Deutsch etwa: Brandtresor ein futuristisch anmutender, verplombter Glaskasten, der dem Stillman zur Begutachtung der Alkoholqualität des produzierten Destillats dient und für die steuerliche und zollamtliche Erfassung der Produktion wichtig ist

Stillman (Brennmeister) zuständig für das eigentliche Brennen des Wash und die Trennung des Destillats in unerwünschten Vor- und Nachlauf einerseits sowie den begehrten Middle Cut andererseits – ein erfahrener Stillman kann die Destillate allein anhand ihres Aussehens unterscheiden; eine der verantwortungsvollsten Positionen in einer Destillerie

Tin Whistle irische Blechflöte

Wash leicht alkoholhaltige Flüssigkeit (etwa 6 bis 10 %), entsteht beim ersten von zwei bis drei Durchgängen der Destillation

Washback oder auch Fermenter Gärbottich, in dem die Maische durch Zugabe von Hefe(n) zu Wash vergoren wird

Wort (Würze) bleibt nach dem Auswaschen der Maische zurück

Nachwort

Die Destillerie O'Mulligan's ist rein fiktiv. Auch der Ort Badger's Burrow existiert nur auf den Seiten dieses Romans.

Zum jetzigen Zeitpunkt (2017) gibt es in Irland 20 produzierende und rund 67 stillgelegte Whiskey-Brennereien, die teils als Museen genutzt werden. Die älteste behördlich registrierte irische Destillerie (1608) ist Bushmills. Vieles spricht dafür, dass der erste Whiskey überhaupt von irischen Mönchen gebrannt wurde.

Auf der Seite www.irelandwhiskeytrail.com findet man genauere Informationen zu einigen der besten Destillerien, Museen, Bars und Pubs in Irland.

Danksagung

Ganz besonders danken möchte ich Dirk Lunken, der mir mit seinen Kenntnissen der Whiskeyherstellung sehr geholfen hat und einiges klarstellen konnte. Außerdem danke ich Maximilian Glade, der ebenfalls meine Notizen gelesen hat.

Nicht vergessen werden darf das »Isle of Skye« in Augsburg, dessen Chef Rainer Pfaff sowie seine hilfsbereiten Mitarbeiter(innen) und ein unvergesslicher Abend mit einem Whisky-Tasting (auch wenn es schottische Whiskys und keine irischen waren, die verkostet wurden, so war es doch ein spannendes Erlebnis, all die verschiedenen Nuancen, die ein Whisky bereithalten kann, zu erschmecken).